睡夠了嗎？

下

樓見 著

高寶書版集團

目錄
CONTENTS

第八章　予死予生

八點半，正是夜生活即將開始的時候。

選的餐廳在市中心，窗外燈火闌珊，鄰桌是一對男女，正湊在一起說話，沒注意到這邊的動靜。

極近的距離下，時吟單手勾著他的脖頸，吧唧嘴，唇瓣在他下巴上蹭了蹭。

顧從禮捏著她的後頸，把人往前拉了拉：「時吟，妳有沒有朋友家人電話。」

她皺起眉來：「沒有、沒有，念念不回家。」

「不回家她去哪。」

她和他拉開距離，坐直了身子，固執地重複：「她分手了，不能再讓她落入渣男的魔爪。」

他聽懂了，側頭看了坐在對面趴在桌子上的女人一眼：「那她父母？」

「很遠、很遠……」時吟挺直了腰，探過身來，又要去拿桌邊的酒瓶子，「我來照顧她，我保護她。」

顧從禮先她一步，將瓶子推到她搆不著的地方：「誰照顧妳還不知道呢。」

她指尖往酒瓶的方向搆，笑咪咪地看著他：「顧老師照顧我。」

顧從禮垂眼。

克制了很久很久的那一層，被一點一點劃出缺口。

他放低了聲音，輕聲問：「誰照顧妳？」

「顧老師、顧老師照顧我，可是顧老師不願意管我……」她趴在桌子上，含糊嘟囔，「那我就自己管自己，顧老師去照顧念念……」

「……」顧從禮失笑，也側過頭來趴在桌子上，和她對視：「這麼大方啊。」

時吟委屈兮兮看著他：「你誰都喜歡。」

顧從禮不知道她這控訴從何而來。

「就不喜歡我。」她接著說。

顧從禮湊近，親了親她濕漉漉的眼睛：「就喜歡妳。」

她眨了眨眼，長長的睫毛刷子一樣刷在他唇瓣上，癢癢的。

時吟開心起來，又坐直了：「那我們一起照顧念念。」

顧從禮一手拎著兩個女式包，左邊扶著一個，右邊牽著一個走出餐廳的時候，周圍的服務生、客人，紛紛向他行注目禮。

坐在門邊位置一個喝醉的男的朝他吹了聲口哨：「兄弟，強啊！」

顧從禮沒注意到別人說了什麼，時吟正湊在他耳邊，背《沁園春雪》。

將兩個鬼哭狼嚎的女人扛上車以後，顧從禮的氣壓已經跌到谷底了。

林念念還是很安靜的，坐在後座上直勾勾地盯著前面看了一下，然後突然整個人倒在後座，又開始睡覺。

邊睡覺邊哼哼，然後在睡夢裡破口大罵：「秦江你他媽不得好死！」

這是，很安靜的了。

相對來講，時吟看起來比她清醒得多。

應該說，這女人看不太出來喝醉了的樣子，剛剛出來的時候腳步穩得很，自動自覺爬上了副駕駛座，乖乖地做好，甚至還記得幫自己扣上安全帶。

只不過，等顧從禮坐進駕駛席，她還在摸索著，找不到要往哪扣。

顧從禮嘆了口氣，伸手準備幫她扣上，結果時吟突然唰地收回手，警惕看著他：「你要對我的寶貝做什麼？」

「……」顧從禮面無表情：「時吟，妳清醒點。」

他那樣子冷冰冰的，她又委屈了，看著他不說話了。

「……」

顧從禮心裡那點無奈和不耐煩，被她這一眼全都看化了，迅速軟趴趴地消失得無影無蹤。

他嘆了口氣，抬手去抓她的手，動作很輕地拉過來：「插這裡。」

喀嗒一聲，安全帶入扣。

時吟卻突然開始哭了。

她的手還被他捏在手裡，軟綿綿的小小一團，有點燙，手指不停的動來動去，指尖蹭著他的掌心，抽抽搭搭，聲音黏糊糊的，哭得好慘：「我的寶貝沒有了……我的寶貝被王八搶走了……」

她一哭，林念念躺在後面，在睡夢中，也開始嚎啕大哭。

二重奏。

「……」

顧從禮覺得太陽穴青筋突突地跳。

他飛速發動車子，打方向盤，一腳油門出去。

哪怕能解決一個，也是好的。

可是後面那個是時吟朋友，他總不能真的不管。

上了高架橋，顧從禮打了個電話給曹姨。

他幾乎沒有主動打過電話給她，更何況他剛從那邊過來，曹姨接起來，有點詫異：『怎麼了？落下什麼東西了？』

顧從禮沉默了一下，淡淡道：「沒什麼。」

他掛斷電話，開下高架橋，往相反的方向走。

他的曾經和過往，半點都不想讓時吟接觸到。

顧從禮確實沒什麼熟人在陽城，就算有，也早就不聯絡了。

所以，當他帶著兩個女人進了家五星級酒店的時候，再次，受到前檯的矚目，甚至聯絡了副經理。

顧從禮黑著臉，臉上的表情已經不能用單純的，冷若冰霜來形容了，每一個字都帶著寒意：「三間，隨便什麼房。」

前檯保持著優雅得體的微笑：「三間是嗎，請出示身分證件。」

時吟趴在前檯，拽過林念念的包，翻出她錢包裡的身分證以後，又翻出自己的，遞給前檯，然後就不動了，直勾勾地看著她。

前檯小姐姐職業化的微笑在她灼熱的注視下幾乎掛不住了。

時吟剛剛哭了一路，眼睛還紅著，此時卻笑咪咪地：「姐姐，妳真好看喲。」

「……」微笑：「謝謝，您也很美。」

顧從禮抓過房卡，塞進旁邊幫忙扶著林念念的女服務生手裡，把林念念交給她，又轉身和大堂經理再三確認了情況以後，才帶著時吟上電梯。

過程中，時吟始終穩穩地站在旁邊，垂著頭，很有耐心的等著。

進了房間，她也不動，安靜地站在門口。

隔壁是服務生半背著林念念進了房間，這家酒店的服務毋庸置疑，不需要擔心，顧從禮回手關上門，哢噠一聲輕響。

漆黑的房間裡一片安靜。

顧從禮抬手，插房卡，開燈。

手指還沒來得及碰到開關，忽然被人按住。

時吟手附在他手背上，人湊前來，很輕的「噓」了一聲：「不要開燈，我給你看個寶貝。」

黑暗安靜的，封閉的房間，某些東西開始發酵，順著之前被撕破的缺口探出頭來。

眼睛適應了黑暗，顧從禮借著窗外的月光看著面前的人，俯身靠近，額頭抵著額頭，輕聲問：

「嗯？什麼寶貝。」

「你等一下。」她慢吞吞地垂下頭，將他手裡的她的包包拉過來，在裡面翻啊翻，翻了好半天，抽出一個小盒子。

時吟把包隨手丟在地上，美滋滋地把盒子捧到他面前，眼睛亮亮的：「給你的寶貝。」

顧從禮沒說話。

她拉過他的手，將他的手指一根一根掰開，長方形的盒子塞進他手裡，軟聲說：「我也準備了生日禮物給你，你不要說我沒有給你，我準備了，是你嚇我，誰讓你嚇我，」她語無倫次，說的話亂七八糟，仰著頭，下巴抵在他胸口，可憐兮兮地扁著嘴看著他，「我給你了，念念沒給你，我對你好，你要管我。」

聲音被醺得軟綿綿的，吐息間繚繞著酒氣。

缺口被撕得粉碎。

猛獸衝破牢籠。

顧從禮隨手把盒子放在旁邊鞋櫃上，抬手按住她後頸，垂頭咬住柔軟的唇瓣。

時吟嗚咽了聲，抬手推他，直往後縮：「疼……」

他彷若未聞，單手捏住她推他的手腕，長腿前抵直接把人摁在牆上，另一隻手扣著纖長後頸往上抬，牙齒一寸一寸咬過唇瓣，而後探入，酒氣被攪散。

動作完全不溫柔，近乎撕咬的一個親吻。

時吟慘兮兮的呼痛聲音全部被吞吃掉，只留下低低嗚咽，口腔被捲得發麻，唾液順著唇角溢出。

她無意識的吞掉口腔裡不知道是誰的唾液，發出一點點細微的，吞咽的聲音。

顧從禮動作頓住。

下一秒，她舌尖被人狠狠地咬住，攪開。

淡淡的鐵銹味在口腔裡蔓延，時吟疼得一抽，整個人被按在牆上往後縮，手腕掙了掙，掙脫不開。

她腦子裡暈乎乎一片，人像是踩在雲上，軟綿綿，張開嘴想要呼吸，卻讓他的動作更加方便了。

顧從禮輕而易舉、無止境地攻占城池，呼吸的聲音越來越沉重清晰，像是無法被滿足的，饑渴而狂暴的困獸。

她避無可避，乾脆放棄掙扎，身子整個軟下來，任由他按著，輕輕地，生澀而小心地，探過去主動碰了碰他闖進來的舌尖。

顧從禮停了兩秒，睜開眼。

女孩的眼睛濕漉漉的，安靜又可憐地看著他，舌尖湊過來軟綿綿地勾了下他的舌尖，討好似的舔了舔。

像是在討饒。

夢境和現實重合了。

顧從禮不知道，少女尖銳鋒利的雪白獠牙是不是就隱藏在她玫瑰色的唇瓣之後，引誘他越陷越深，然後殺了他。

有那麼一瞬間，他彷彿聽見血液從身體裡流失的聲音。

他放開她的唇，灼熱的唇瓣落在她耳畔，舌尖輕輕地舔上她的耳尖，沿著耳廓一路向下，含住柔軟的耳垂研磨。

「顧老師……」她縮著脖子想躲，沙啞軟糯，帶著一點點哭腔的綿長聲音。

顧從禮舔上白皙脖頸，啃咬薄薄皮膚下淡青色的血管，「時吟。」

他氣息滾燙，嗓子喑啞，「妳先惹我的，別想全身而退……」

受邀去實驗一中的時候，顧從禮沒想過自己會遇到這麼大的一個麻煩。

後來走的時候，他覺得也就這樣了。

遇到了一個有點麻煩的小女生，長得挺好看，很纏人。

除此以外，時吟沒給他留下什麼太深的印象。

顧從禮本來是這麼以為的。

就是這麼一個，本來應該「沒給他留下太深的印象」的小女生，等他真的回憶，才發現關於她的一切，他全都記得。

笑的時候、哭的時候、手足無措的時候、倔強又固執的時候。甚至第一次見到她時，少女在黑夜中的頂樓，手裡提著昏黃的燈盞停下腳步，轉身望過來的那雙眼睛。

漫長無邊的黑夜裡，她是唯一的光。

明明是她先來招惹他的，可是現在她想逃了。

顧從禮怎麼可能放手。

無論如何，她都逃不掉。

昏暗的房間裡，顧從禮唇瓣貼著她頸間薄薄的皮膚，順著動脈輕輕咬出齒印，輕而易舉將她提起來往床邊走。

人倏地騰空，時吟輕輕叫了一聲，熊貓抱著竹竿一樣四肢下意識纏到他身上。

女孩的頭埋在他頸間，雙手撐著他的肩膀，湊到他耳邊，悄聲問道：「你是我的竹子嗎？」

「不是，」他咬她唇角，聲音沙啞壓抑，「我是妳男人。」

他下口太重了，毫不留情，時吟疼得嗚嗚叫，掙扎著把他推開，委屈地癟嘴：「我是熊貓，我不要男人，我要竹子。」

顧從禮垂頭從上至下看著她，輕聲：「沒有竹子，我要不要？」

時吟深陷在裡面，安靜地看了他一下：「你是我的寒塘冷月。」

顧從禮不知道她在說什麼，她大概也不知道自己在說什麼，下一秒，突然側過頭，用臉頰蹭了蹭柔軟的枕頭，咯咯地笑：「我躺在雲裡了。」

她不老實地顛了顛，柔軟的床墊跟著彈動。

顧從禮對這個酒店的床很滿意。

「妳在雲裡了，」他耐心地說著，將她散亂的碎髮別到耳後，垂眸，低聲問，「喜歡我嗎？」

時吟側著頭不看他，側臉的線條美好，露出瑩白的耳朵，聲音低低的，輕不可聞：「喜歡……」

「真聽話，」顧從禮笑了，輕輕親了親她的耳垂，柔聲誘哄，「想要我嗎？」

她不說話了，啜泣似的長長「唔」了一聲。

和夢境裡，她躺在他身下時的聲音幾乎重合。

無法克制，也不想忍耐，見到她的那一瞬間，理智築成的心理防線，全數崩塌。

顧從禮抓住她的手腕翻上頭頂緊扣，一手按在纖細的鎖骨，從鬢角開始，一寸一寸向下吻過去。

灼熱靈活的指尖挑開上衣邊緣，觸碰腰線，繞到平坦的小腹。

下一秒，顧從禮頓住，抬起頭。

身下的女孩側著腦袋，人安靜地躺在床上，閉著眼，皺著眉，氣息有些重。

看起來像是快要睡著了。

似乎是被親到有點不舒服，她的手在他大掌的桎梏下像隻小魚一樣動啊動，動啊動，細腰扭了扭，躲他鑽進衣擺裡的手。

顧從禮鬆了手，從她身上翻下來。

她抬手，撓了撓被他親得癢癢的耳朵，又揉了揉下巴，長腿往旁邊一伸，翻了個身，側過身來，腦袋整個埋進蓬鬆的枕頭裡，嚶嚀了聲。

顧從禮坐在旁邊，看著她細長的腿幾乎占了大半張床，大咧咧地橫在那裡，月光下白得像瓷。

他長長地吐出口氣，單手捂住半邊眼睛，垂下頭，低低罵了句髒話。

時吟這一覺睡得很沉。

凌晨三點多，她渾渾噩噩地爬起來，坐在床上，茫然的看著周圍昏暗陌生的環境，一時間有點分辨不清狀況。

我是誰，我在哪，我在幹什麼，我剛剛幹了什麼，現在幾點了，等等等等——一連串問題出現在她的腦海裡。

她屁股慢吞吞地往後蹭了蹭，靠在床頭坐了一下，回憶之前發生的事情。

頭一側，看見窗邊沙發上坐著個人。

黑乎乎一團的人影，銀月照耀在他英俊冷漠的臉上，長眼，薄唇，下頜的線條帶著凌厲的稜角感。

在月光下愈發陰森駭人。

時吟嚇了一跳，差點跳起來，尖叫含在嗓子眼。

靜了幾秒，才發現他在睡覺。

顧從禮斜著身子靠坐在沙發上，頭微仰著，脖頸拉長成一條線，凸起的喉結鋒利。

時吟緩慢地，一點一點蹭到床邊，伸長脖子看他。

這個男人真好看。

動態好看，靜態的時候也好看，像幅畫。

空調溫度適中，稍微有點乾燥，房間很大，窗邊沙發離床有一段距離，時吟看了一陣子，脖子發疼，又坐回去。

她思考著要不要把他叫醒，就這麼坐著睡到早上，起來肯定會渾身疼死。

她舔了舔嘴唇，舌尖唇瓣一陣細微的疼。

時吟：「……」

她幾乎沒有喝酒喝到斷片過，女孩子自己一個人在外面，多少要注意一點的。

這次她這麼肆無忌憚的放任自己，其實想想看，好像就是因為有顧從禮在。

發愣的功夫，沙發上的人忽然睜開眼，仰靠著的頭抬起。

淺棕的眸在昏暗的燈光下顏色很深，微皺著眉，開口時聲音微啞：「醒了？」

時吟手指按在刺痛的下唇唇瓣上，坐在床上，愣愣看著他。

「要水嗎？」

她點點頭。

顧從禮單手按住後頸，脖子轉了轉，站起身來，到旁邊櫃子前抽了瓶礦泉水，走到床邊，開了壁燈，水瓶擰開遞給她。

時吟渴得狠，嗓子乾乾的，小聲說了聲謝謝，咕咚咕咚灌了小半瓶，才長舒了口氣。

他接過來，蓋子擰好，放在旁邊床頭櫃上，側頭垂眸。

女孩跪坐在床上，安安靜靜乖乖巧巧地樣子，和幾個小時前掛在他身上問「你是我的竹子嗎」的傻樣子截然不同。

都說女人喝醉了媚。

到她這裡就只剩下傻了。

最可怕的是，她傻乎乎發酒瘋，胡言亂語不知道在說什麼的時候，他都覺得她像個妖精一樣在勾引他。

顧從禮覺得自己無藥可救。

沉默了片刻，他開口：「睡吧。」

時吟沒動，身體看起來有些緊繃，也不抬頭看他。

顧從禮以為她在怕。

他眼眸微沉，後退一步，淡聲說：「我在隔壁，有事叫我。」他說著，轉身要走。

剛走出一步，手指被人輕輕地拉住了。

溫軟細膩的小手，力氣輕輕的，拽著他的一根食指，往回扯了扯。

顧從禮腳步頓住，回過頭。

時吟抿著唇，抬起頭來看著他，聲音很輕：「我記得的。」

心臟裡有什麼東西，劈里啪啦地緩慢炸開了，迸發出很小很小的火星。

「記得什麼？」他輕聲問。

她別開視線，抬手捏著他指尖撚了撚：「就……都記得。」

話音剛落，顧從禮按著她的肩膀將人重新壓進床裡，單膝跪在床沿，垂頭看著她：「那繼續？」

時吟差點沒被口水嗆著，抬手推他，撲騰著往外鑽：「不繼續了不繼續了，這也太快了！你當做這事也像趕畫稿一樣嗎！」

顧從禮低低笑了聲，頭已經低下來了，深深埋在她頸間。

男人溫熱的呼吸熨燙著她皮膚，時吟癢得直縮脖子，整個人僵硬了。

半晌，他抬起頭來，溫溫熱熱的唇落在她眼睛上：「那慢點，再等等妳。」

她眨眨眼：「我沒卸妝，你把睫毛膏都吃進去了。」

「嗯，我也吃得差不多了，不差一點睫毛膏。」

時吟紅著臉，推著他腦袋把人推起來，瞪他：「為什麼咬我，很疼。」

「想咬，忍不住。」

何止想咬，甚至想把她拆了吞進去，將她整個人揉進骨血裡。

顧從禮重新垂頭，親了親她唇瓣上被咬破的地方，才直起身，把旁邊的被子往上拉了拉：「睡吧，明早過來叫妳。」

時吟「噢」了一聲，人在被子裡面轉了一圈，重新枕到枕頭上，被子拉過頭頂，聲音被蓋住，悶悶的：「晚安。」

「晚安。」男人淡淡的聲音從床邊傳來，安靜一下，緊接著是門被打開，又關上的聲音。

時吟從被子裡面鑽出來，看著天花板，發了一分鐘的呆，忽然拽過旁邊的枕頭捂在臉上，很小聲的尖叫，用被子把自己裹成一團，在床上滾來滾去滾來滾去。

她突然懷疑自己是不是還沒醒酒，或者是喝醉了以後在夢裡。

就像是很多年前的那個晚上，她在學校天臺夢見的那個，溫柔沉默的，有點怪異的顧從禮一樣。

時吟第二天八點多才醒。

倒是沒有宿醉後的痛苦，近十個小時睡醒反而還很神清氣爽，她洗了個澡，敷了個面膜挽救一下自己極度缺水的皮膚，穿著酒店浴袍出來的時候剛好外面有人敲門。

她跑到門邊，確認來人以後小心翼翼地開了個門縫，探出去還貼著面膜的腦袋。

顧從禮：「哇哦。」

「……」

時吟：「你哇哦什麼。」

「沒什麼。」他看出她不是很想讓他進，也沒有要進去的意思，站在門口遞了兩個袋子過來。

時吟接過來，簡單看了一下，是衣服和一套，內衣。

時吟：「……」

她匆匆丟下一句「我馬上出來」以後，「嘭」關上了門，把他關在外面。

一刻鐘後，時吟換好衣服出門。

顧從禮人在隔壁房間，房門沒關，見她出來起身，兩人下樓，到酒店二樓餐廳。

林念念已經在了，點了一大堆東西，看見她過來，朝她招了招手。

時吟走過去。

林念念完全恢復狀態，看不出半點昨天狼哭鬼嚎的模樣，笑得美若天仙，推給她一杯果汁：「哎呀哎呀，昨天太不好意了，我真的一點都不記得後面怎麼了，麻煩你們了。昨天的房錢我來付吧，順便等等請你們吃個飯。」

正常來說，林念念跟時吟是不會這麼客氣的。

不過現在，她身邊坐了個孤僻冷美人顧從禮。

時吟叼著吸管吸了兩口，隨口說：「沒事，我也不記得了。」

顧從禮微揚了下眉，瞥了她一眼，很快重新恢復到一臉孤僻沒朋友的淡漠相。

林念念轉頭看向顧從禮，終於忍不住，一臉八卦地微笑：「這位是？」

顧從禮還沒來得及說話。

時吟行動快於思考：「我主編。」

顧從禮頓住，緩緩地轉過頭來，看著她。

時吟也反應過來，張了張嘴，又合上，注意到他的視線，時吟微微縮了下脖子，心虛地不敢看他。

林念念眨眨眼，敏感地察覺到周圍越來越低的氣壓，十分有眼力的轉移了話題。

三個人吃完飯，時吟和林念念上去整理東西，時吟先理完，下來的時候顧從禮靠站在大廳大理石柱前等。

時吟訕訕地，一步一步蹭過去。

顧從禮抬眸，淡聲：「理好了？」

時吟點點頭，他就不說話了。

生氣了。

可是這也不是什麼大事，她確實只是一時間沒反應過來，主觀意識上還沒接受到自己已經有了男朋友這件事。

時吟覺得，奔三的男人和她想像中不太一樣，某些事情上好像有點幼稚。

他就那樣沉默的站在那裡，微垂著眼，背靠冰涼大理石，看起來有點懶，和平時沒什麼差別。

也不知道是不是主觀臆斷，就是莫名的讓人覺得，有點委屈的感覺。

時吟突然產生一點淡淡的愧疚感，就好像自己是個渣男一樣。

可是她真的什麼也沒幹。

她苦惱地嘆了口氣，看看他，人又往前蹭了一點，悄悄地拉了拉他衣服袖口，又很快鬆手。

他沒理。

過了十幾秒，她又抬手，拽了拽他的手指。

顧從禮淡淡垂眼。

女孩仰著頭，眨著眼看著他：「我不是故意的。」

她討好地，輕輕捏了捏他指尖，小聲說：「這不是太突然了，我還沒來得及適應嘛，而且到時候我朋友問起來了，我也還沒想好要怎麼說呀，我直接說我泡了我高中老師嗎。」

關於兩個人確定了純潔男女朋友關係這事，顧從禮和時吟約法三千章。

一、和高中時期認識的朋友保密。

他知道她在意的點，也知道她一直耿耿於懷，沒多說什麼。

二、工作上，尤其在雙方共同認識的人面前關係暫時不公開。

就算他們之間沒有過什麼師生關係，他現在也是主編，是時一的責編。

和責編談戀愛這種事，就像是另類的辦公室戀情一樣，時吟暫時有接受障礙，怎麼想怎麼都覺得不太適應。

她掰著手指頭跟他講道理：「你看啊，你現在是我的責編，我又還不太紅，如果這個時候被傳出和我的編輯不清不楚，我那些黑粉們肯定會覺得，我就是想要主編能給我的資源，我自己一點也不努力，都是走後門來的。」

此時兩人已經在回去的路上，林念念請他們吃了個飯，中途秦江打了個電話給她，問她什麼時候回家，昨天為什麼沒回來，手機也關機。

林念念冷笑了聲，放下筷子雄赳赳氣昂昂起身，十分鐘後一臉神清氣爽的回來了。

礙於顧從禮在，時吟沒多問，飯後把她送回家，她們回S市，路上兩個小時，時吟剛好無聊用來思考條約。

等她舉著手機備忘錄一條一條的把她自稱「非常平等」條約讀完以後，顧從禮沒發表任何意見，只平靜說：「爭取一個月以後牽手這條沒必要，親都親了。」

時吟純情的臉紅了：「那能一樣嗎，不一樣，牽手是靈魂之間的交流。」

顧從禮瞥了她一眼，單手握方向盤，右手突然伸過來，從她手裡抽走手機放在她腿上，在她還沒反應過來的時候抓過她的手，輕輕捏了捏。

「看見我的靈魂了？」他淡問。

時吟：「……」

她唰地抽回手，往車門邊靠了靠，背靠著車門側過身來，高舉起手機擋住視線，小聲嘟囔：

「去掉就去掉，去掉就去掉。」

顧從禮勾起唇，將她那邊車門落鎖。

一趟陽城回來不到兩天，時吟卻覺得好像過了很久。

到家以後，她要開始馬不停蹄還這個月的債，時吟用了一個禮拜的時間把《退潮》畫完。

故事本來就不長，她既然畫了，那麼無論當中發生了什麼事情，也應該有始有終，給等待的，喜歡這個故事的人一個交代。

從始至終，她都沒提之前全網鬧得轟轟烈烈的事情，韓萏的社群還在持續更新，說明最近的事宜，也放了一些證劇，進度更新到準備打官司。

結果第二天，時吟就看到下面一個留言，說她蹭熱度。

時吟氣笑了。

這留言被蓋了很多層樓，點進去大概都是在罵她的，讚數最多的一則回覆：『時一蹭熱度我沒看出來，有些人蹭熱度是吃相挺難看的。』

時吟心裡啪啪鼓掌。

再看這個頭像，有點眼熟。

再看看這人的ＩＤ——甜味蘋果糖。

噢。

噢。

時吟點進他的帳號，她之前一直是偷偷摸摸視奸他，順便默默地追著他在社群上連載的條漫，人倒是沒關注。

她點了關注，然後驚奇的發現，兩個人變成了互相關注。

原來人家早就關注她了。

時吟想了想，截圖用私訊傳給他，傳了個貼圖：『謝謝蘋果糖老師。』

頓了頓，補充：『您也不用本人直接過來啊……』

過了幾分鐘，林佑賀回：『啊？沒事，我嗆黑粉習慣了，她們都知道我脾氣不好。』

時吟：「……」

您到底是有多隨心所欲的做著漫畫家的啊！

時吟不知道該怎麼回了，覺得校霸不愧是校霸，做什麼職業並不會影響到他的王霸之氣。

她這邊沒說話，林佑賀就繼續道：『我看了妳的關注列表，裡面有欺岸啊。』

漫畫家欺岸，代表作《紅纓》、《沉睡之日》，畫風精緻陰詭，故事卻大氣磅礴，單行本銷量破千萬，曾經創下同時連載兩部漫畫並且分別拿到人氣排行第一第二名的恐怖記錄。

上一本連載的《零下一度》連續十七週拿到順位人氣排行榜第一名。

少年漫市場現在多為王道熱血漫畫，王道即是少年漫的正道，非王道幾乎毫無生存之地。

唯一的例外是日本漫畫家大場鶇和小畑健合作的《死亡筆記》，身為非正道的邪道漫畫，卻風靡全球，幾乎家喻戶曉。

而欺岸的漫畫，走的就是這種邪道，在當時國內漫畫市場比起日本來說幾乎是雲泥之別，這種大環境下，一部邪道漫畫能被讀者接受更是難上加難。欺岸的作品，無疑掀起了新一波的另類狂潮。

雖然半年多以前，他毫無預兆地，突然銷聲匿跡了，但是這並不能影響他粉絲一天比一天多。如果說時吟現在還站在半山腰上，那麼這位欺岸大大，是當之無愧站在珠穆朗瑪峰頂端的真．天才漫畫家。

時吟盤腿坐在椅子上轉了一圈，拿著手機打字：『是啊，偶像嘛。』

校霸小甜甜：『哦，下個月《零下一度》一週年啊，好像會有一個活動，妳去不去啊？』

頓了頓，林佑賀傳了語音過來，聲音有刻意壓低的神祕感：『據說欺岸可能會去，哦。』

「……」

你這個「哦」為什麼要停一下才說啊，聽起來就像是在賣萌一樣啊。

聽起來跟顧從禮的「哇哦」一樣崩人設啊朋友。

時吟已經習慣了校霸時不時的崩一崩，相對來講比較一下，竟然還是顧從禮的「哇哦」比較驚悚一點。

她也就淡定了，咬了咬指尖，打字：『這個是可以隨便去的嗎，肯定要邀請的吧，我又不認識他的。』

校霸小甜甜：『你們不是同一個出版社嗎？』

時吟愣了愣。

好像是哦。

欺岸大大，好像也是搖光社的哦。

只不過他當時是在週刊《逆月》連載，和時吟的月刊《赤月》雖然都屬於搖光社，卻不是同個編輯部。

而且——

時吟：『是同個出版社啊，可是跟我有什麼關係？』

林佑賀沉默了一下，語氣開始不耐煩了：『所以，妳找妳的責編問問不就知道了嗎。』

時吟恍然：『我懂了，我找我責編問一下，應該就可以去參加這個，什麼週年會，畢竟是一家人嘛，如果是別的出版社的作者，那應該沒辦法。』

『……』

時吟：『然後我再跟他好好說說，曉之以情動之以理，說不定還能不只一個人去。』

林佑賀：『……』

時吟：『帶個同行一起去的難度，我覺得應該不大吧。』

『……』

時吟：『就是不知道如果這個同行不是搖光社的作者行不行欸。』

『……』

時吟微微一笑：『你覺得呢？蘋果糖老師？』

林佑賀不回覆了。

時吟開心極了，像是發現什麼小祕密一樣，歡樂地說：『你原來這麼喜歡欺岸啊，我以為高傲如您，是不可能有崇拜之人的。』

林佑賀依舊不理她。

時吟：『蘋果糖老師，您在嗎，您在嗎？？』

『蘋果糖老師？？？？』

『老師？！？！？！』

對面一片死寂。

逗歸逗，認識了半年，時吟把林佑賀歸類於關係還可以的，屬於朋友的行列。

這一點點小忙，還是可以幫一幫的。

顧從禮來看《鴻鳴龍雀》新一話的分鏡草稿的時候，時吟把這件事情簡單的跟他說了。

顧從禮沒抬眼，專注手上的工作，似乎對這件事情沒怎麼關注過：「什麼一週年。」

「就是欺岸的那本啊，《零下一度》一週年，不是會有什麼活動嗎，據說欺岸本人會到場簽售欸。」

「這邊鴻鳴的話刪一刪，」顧從禮紅筆在影印下來的紙上圈了個圈，才漫不經心，「好像是有，不過欺岸應該不會去。」

時吟拖長了聲：「啊……」

顧從禮頓了頓，抬眼：「妳喜歡他？」

「還好吧，我有個朋友好像很喜歡他，想讓我帶他去看看。」

「那就去看看，這個活動好像是《逆月》那邊辦的，我明天去幫妳說一聲。」他重新垂眼。

時吟眨眨眼，捧著臉看著他高高的鼻樑弧度，還有低垂著眼時，覆蓋下來的長長睫毛：「哇哦。」

時吟：「哇哦。」

顧從禮沒抬頭：「這裡解釋說明的地方太多了，沒必要，稍微精簡一下。」

「這裡分鏡有點亂，節奏再放慢點。」

時吟第三次：「哇哦。」

他終於停下筆，抬起頭來：「時一老師，工作的時候好好工作。」

時吟撇了撇嘴。

感覺這個男朋友有和沒有一樣。

兩個人各自都很忙，經常每天只能靠傳訊息來維持這段脆弱的，突如其來的戀情，好不容易週末編輯部放假了，他還會固定的人間蒸發一下。

她悄悄地看了好多網路上的什麼情侶約會聖地、情侶旅行聖地，完完全全用不上。

時吟趴在沙發上，悶悶地小聲抱怨：「假正經。」

她以為他沒聽到。

結果一抬眼，看見男人的筆已經放下了。

時吟從沙發上爬起來，乖巧地坐好，一臉無辜地朝他眨了眨眼睛。

顧從禮筆放到桌上，稿子往前微微推開一點，傾身，手臂伸過來，隔著茶几把她抱過來放在腿上，圈進懷裡。

她還沒反應過來，小貓似的乖乖縮在他懷裡，剛想仰起頭。

顧從禮已經重新拿起筆，他目光落在面前的畫稿上面沒移開，只是微低了下頭，親了親她髮頂：「乖點，等等陪妳玩。」

在得到了一個抱抱和一個吻作為安撫以後，時吟的少女心撲騰著跳了一陣子，終於平靜下來，乾脆抱了電繪板和筆電過來，坐在顧從禮旁邊，把他前面修改過後的分鏡草稿 NAME 畫出來。

時吟之前畫《退潮》，又出了趟門，《鴻鳴龍雀》截稿日眼看著將近，她只把主要人物的墨稿部分畫好，分鏡背景和背景人物，網點之類的基本上都會交給助手。

等顧從禮這邊分鏡的草稿改完，時吟這邊也已經專心地投入進去，盤著腿趴在茶几上畫得很認真。

顧從禮手背撐住臉側，側頭靜靜看了她一陣子。

主要人物勾線勾好，時吟一抬頭，注意到他的視線。

她眨眨眼，抬手去拽他面前的草稿：「這些都好了嗎？我看看哦……」

她剛拉過草稿，顧從禮忽然坐直了身子，抬手又重新把她扯回懷裡，頭剛低下去——被時吟抵著腦門推開。

顧從禮額髮被她抓得亂糟糟，露出額頭，沒什麼表情的垂著眼。

時吟抿了抿唇，心有餘悸：「不准咬我，」她有些委屈地補充，「你上次咬得我疼了好幾天，現在還沒好呢。」

她說著，吐了吐舌頭，紅紅的小舌尖吐出來給他看。

顧從禮棕眸沉了沉，拽著她抵著他腦袋的手腕拉下，垂頭含上去。

柔軟的，溫熱的口腔，唇瓣和舌尖被頭一次清晰又清醒的感受，時吟縮著身子，頭皮發麻，緊張得一動都不敢動。

像是品嚐到什麼美味的東西，唾液腺辛勤地工作，來不及吞咽，他又一口咬下來了。

時吟疼得往後一縮，推開他，抬手用手背蹭了蹭嘴巴，喘著氣氣鼓鼓瞪他。

他低低笑了一聲，舔了下唇角。

時吟翻了個白眼，不想再理他，等氣終於喘勻了，才抬起頭，歪著腦袋看著他：「真神奇。」

顧從禮垂眼，大手托在她的後頸，指尖緩慢地摩擦著那塊細膩的肌膚：「怎麼神奇。」

「就，你也會做這種事情，感覺是特別神奇的事，」時吟一本正經地，「我當年甚至覺得你不會拉屎，一想到你拉屎的畫面覺得太破滅了，破滅到我差點就不喜歡你了。」

顧從禮瞇起眼，溫柔摩擦著她後頸的手指微微收緊，輕輕捏住她纖細的脖頸，額頭抵著她額頭，嗓音冷漠陰柔：「那喜歡誰？」

感受到頸間的壓力，她縮了縮脖子，抱住他人貼上來，鼻尖討好地蹭了蹭他：「我這不是很明顯是開玩笑的嗎，你不要這麼嚇人，你要掐死我嗎？」

顧從禮手指鬆了鬆：「看妳乖不乖。」

「……」時吟受到驚嚇，「你難道真的會掐死我嗎？」

顧從禮笑了：「不會。」

他哪裡捨得。

連觸碰都是小心翼翼的，想把她放在心尖上，妥善安放，細心保存。

想讓她不受驚擾，不被傷害，也極端自私的，不想她被任何人發現。

關於欺岸的《零下一度》週年會，顧從禮算是答應下來了，本來就是偏向粉絲福利性質的活動，到時候也會有一些粉絲來參加，所以帶人沒什麼問題。

週一梁秋實過來的時候，時吟無意間跟他說了這件事，梁秋實眼睛都亮了。

「大大就是大大，連作品都過生日，我什麼時候也能有個出道N週年會，」時吟視線從電腦上的PS線稿上面移開：「你不會也是他的粉吧？」

「畫漫畫的有不喜歡他的嗎？」

時吟想了想：「有吧，我記得之前不是有一位什麼老師說他畫風太陰詭了，有些地方表達的太過於殘酷現實，不適合給青少年觀看……什麼的，我也記不清了，大概是這個意思吧。」

梁秋實筆下唰唰不停，動作熟練的畫背景：「但是欺岸的主人公其實本質上也都是『善』的吧，只不過有些時候他們用來表達的方式和想法極端了一點，看起來就近似於『惡』，又不是真的是那種反社會人格的。」

「你還真是忠實的欺岸大大擁護者。」

「時一老師不也關注他了嗎？」

「我只是關注他，然後單純的覺得他的作品挺有趣的，跟你們這種粉絲肯定是不一樣的啊，」時吟理所當然道：「而且我覺得我這輩子都不會喜歡他的，之前社群不是天天有黑粉說我跟風，說我裝神祕，說我想當第二個欺岸，不發照片不搞簽售不出席活動就要被人說是『學欺岸大大』這口氣我還憋著呢，怎麼就只准你們大大神祕啊。」

她吐槽完最後，翻了個白眼作為總結：「這仇不共戴天我告訴你，不原諒。」

梁秋實：「……」

所以這關人家欺岸什麼事啊，是妳的黑子的問題好嗎。

梁秋實面無表情把畫好了背景圖的分鏡傳給她：「時一老師，這不關欺岸老師的事。」

「《零下一度》週年會你還想不想去，」時吟用筆尖戳了戳電繪板，「P9這個背景人物怎麼回事，太敷衍了吧，透視也不對。」

梁秋實：「啊，我修一下。」

時吟一頓，抬眼看了他一眼：「球球，你最近是不是有點心不在焉，類似的問題出了好幾次了。」

「……」梁秋實轉過頭，視線停在PS上，沒什麼反應：「可能是因為要見到欺岸老師，有點開心，抱歉，我馬上重新畫。」

時吟沒說話，人在電腦後面微微皺了下眉。

之前因為事情太多太雜，一件接著一件，所以她一直沒注意到，現在想想看，梁秋實好像已經很久，很久沒有好好跟她聊過天了。

她跟他關係算不錯，年齡並不差太多，性格也合得來，她平時生活中是個二級殘廢，他經常會買點吃的東西過來，或者幫她打掃一下屋子。

梁秋實比起她的助手，更像是她的助理，也會幫忙打理一些生活瑣碎，所以雖然是兼職助手，時吟發給他的薪水，甚至比很多全職助手要多得多。

但是最近，除了工作，他像是消失了一樣。

包括之前顫慄的狸貓那件事，在網路上鬧得沸沸揚揚，連林佑賀大佬心那麼大的校霸都來問了她情況，梁秋實卻連一個字都沒有說。

正常情況下，以時吟對他的瞭解，他一定會第一時間衝到她們家幫忙想對策才對。

有什麼地方，在她沒意識到的時候，好像變得不一樣了。

《零下一度》週年會時間在十二月初，正是最忙的時候。

《赤月》的每年十二月刊都會出特刊，作為這一整年的總結，是平時的兩倍厚度，會有漫畫家的專欄，分享創作中的趣事或者日常。

工作量，自然也是平時的兩倍多。

通常編輯部都會提前兩三個月就開始準備，再加上十二月底是搖光社的年會，雖然年會是人事部負責，並不需要編輯部插手，但是很多事宜也需要各刊主編聯絡配合。

等時吟反應過來，她才意識到，她挑了一年中即將到來的，最忙的一個月來談戀愛。

特刊上的連載是要兩話合一的，時吟再次進入漫長的趕稿週期，梁秋實和另外一個小助手兩位助手一起，才勉強趕上進度。

時吟的另外一個助手叫小魚，是個很可愛的女孩子，一開始被時吟以「主編的一張照片」吊著，一吊就吊到了現在。

大餅畫了幾個月，人雖然說是一次都沒見過，小魚倒是已經漸漸地適應了這個節奏在這待下來了，看起來有望成為除了梁秋實以外能夠忍受時吟半年以上的助手第二人。

時吟有些恍惚，自從顧從禮第一次按響她家門鈴到現在，已經過去半年了。

她甚至還記得那天的天氣很好，她起床剛敷了一個面膜所以頭上還帶著髮箍，以及當時手裡的冰鎮酸梅汁沁涼的溫度。

週六《赤月》編輯部加班，顧從禮週日過來，時吟一邊畫稿，一邊跟他回憶他們真正意義上的開端。

時吟用筆的末端戳了戳下巴：「主編，你還記不記得你第一次見到我的時候？」

顧從禮翻著編輯回饋上來的出版目錄，沒抬頭：「記得。」

一開始他對她其實沒什麼印象，也就是眾多半夜不睡覺跑出來夜遊的小朋友裡的其中一個，印象是她準備下去的時候那一眼留下的。

後來，顧從禮把它歸結為巧合，記憶深刻大概也只是因為，當時的那副畫面實在太過於符合他的審美。

黑夜人群裡，她提著做舊燈盞回眸的樣子，像極他小時候看的日本繪本漫畫當中，參與百鬼夜行的某隻美豔的妖。

時吟建了個新圖層，透過草圖勾勒出鴻鳴的眼部線條：「你真的不能怪我，你當時好嚇人啊，突然就出現了，跟大變活人似的，我真的不是故意把門甩你臉上的。」

她頓了頓：「不過你也太小心眼了，這就走了，還不理我。」

他才反應過來，她和他說的，不是一個第一次。

「不是因為這個。」顧從禮說。

「那是因為什麼。」

似乎是想到什麼很不愉快的事情，顧從禮唇角垂下來：「妳不穿衣服，站在別的男人旁邊，看著我。」

他皺眉：「好像我是外人。」

「……」

你不要這麼不見外好嗎，您當時本來就是外人啊主編。

不過——

「誰不穿衣服了？我穿了衣服的好嗎，」時吟停下筆，抬頭，「你怎麼污蔑人啊？」

「睡衣。」

「……」時吟對這個男人的認知再一次被刷新了，她一臉驚悚加一言難盡的複雜表情，「那個不算睡衣吧，是居家服啊，我有的時候去樓下超市都會直接穿那個去的。而且趙哥做了我快一年責編了，也很熟了，又沒關係。」

「有關係，」顧從禮看了她一眼，神情淡漠：「幾年都不行。」

十一月底的那天，顧從禮接到顧璘的電話。

他沒有存號碼的習慣，通訊錄裡面的手機號一共也沒幾個，顧從禮人還在編輯部，從會議室走出來，漫不經心接起來：「您好。」

對方沉默了一下，才緩緩開口：『是我。』

顧從禮腳步一頓。

編輯部例行加班，一出了會議室周圍吵吵嚷嚷的，電話聲音此起彼伏，顧從禮沒說話，那邊也一片安靜。

過了幾秒，顧璘才問：『你在哪？怎麼這麼吵。』

「上班，」顧從禮走回到桌前，把手裡的東西放下，靠進椅子裡，打開電腦，「有什麼事嗎？」

『上班？』顧璘慢慢地重複道：『你現在在做什麼。』

顧從禮笑了，看著電腦桌面，語調有點懶：「我在做什麼，你不知道嗎？」

他不可能不知道自己現在在做什麼。

顧從禮一直覺得，自己跟顧璘很像。

血緣的力量很可怕，從小，他就覺得他在有些地方跟顧璘一模一樣。

某些思想，對不在意的事物、情感上的淡漠，還有過於極端的掌控欲。

他是掌握皇權的王，國土之上任何人都不能忤逆他。

顧從禮覺得，自己的病症比起他，好像還要輕一點。

至少沒到無藥可醫的程度。

顧璘沉默一下，忽然道：『我去看過你媽了。』

顧從禮一頓。

他靠在椅子裡，笑意消失得無影無蹤，緊繃著唇角，眸光斂起：「誰讓你去了。」

顧璘似乎完全不在意兒子糟糕的語氣，依然平靜，聽起來沒什麼情緒起伏繼續道：『我的助理跟我說，你把她接出來了？』

顧從禮冷冷勾起唇角，淡聲：「你助理的消息可真靈通。」

他半年前就接出來了，他不可能不知道。

顧璘嘆息一聲，似乎是在抱怨兒子的任性讓他有點苦惱：『你不應該把她帶出來的，她在那邊得到了最好的治療——』

「神經病。」顧從禮把電話掛了。

他沉默地坐了十分鐘，忽然起身，抓過外套和車鑰匙，轉身往外走。

上了車以後，他打了個電話給曹姨。

電話那頭聲音很嘈雜，有女人在尖叫，還有桌椅翻倒的聲音，說些什麼顧從禮分辨不清。

下一秒，手機被誰搶走，然後是一片寂靜。

白露輕柔的聲音，軟軟傳來：『阿禮，我今天夢見你爸爸來了。』

顧從禮抿了抿唇，沒有說話。

白露在那邊，低低輕輕的笑：『我夢見他站在門口的地方，他看見我了，然後轉身走了。』

『我跟他說話，可是他不理我，』她委屈地，語無倫次地說：『明明是夢裡，他為什麼也不理我，我就說他真的來了，她們全都說沒有，她們騙人。』

『阿禮、阿禮，你什麼時候放學，媽媽烤了個蛋糕，你再不回來就冷了，冷了不好吃的。』

顧從禮喉嚨乾澀，一句話都說不出來。

他閉了閉眼，淡淡說：「媽。」

白露還在歡喜地，不停地說：『我今天中午烤了個蘋果塔，放了好多好多蘋果，還剩一塊，媽媽幫你留著，特地沒讓別人吃，等你回來嚐嚐。』

「妳要去看醫生嗎。」

女人的話音戛然而止。

顧從禮耐心地：「妳生病了，就像感冒一樣，感冒要看醫生，看過了就好了，我帶妳去看醫生，好不好？」

『我沒有……』她喃喃著，忽然低低哭起來了，『我沒有，我不要看醫生，我又沒有病，我為什麼要去看醫生，阿禮、阿禮，你也不要媽媽了嗎？』

『你也不要我了、你也不要我！你也要把我送走！』

她尖叫著，下一秒，電話被她掛斷。

十幾分鐘後，曹姨打了電話過來：『夫人剛剛打了鎮定劑，現在已經睡了。』

顧從禮仰著頭，靠坐在車裡，淡淡「嗯」了一聲。

曹姨嘆了口氣：『治療的事情還是要慢慢來，不能急，她現在確實是對這方面比較抵觸，這種事情還是要你來跟她說，我們的話肯定是不行的。』

「我知道。」顧從禮依然語氣淡淡，聽不出什麼情緒。

曹姨嘆了口氣，又說了兩句話，才準備掛掉，掛之前，她忽然叫了他一聲。

顧從禮沒應聲。

曹姨猶豫了一下，才道：『你也要注意自己，別給自己太大壓力，會好的。』

顧從禮坐在車裡，垂著眸，忽然笑了。

這麼畸形的家庭。

這麼不正常的父親和母親。

大概還有一個，同樣不太正常的自己。

時吟觀察梁秋實整整兩個禮拜，終於確定了，他確實有點不對勁。

何止是有點，他簡直太不對勁了，時吟覺得自己之前一定是談戀愛談得智商降到負五了，才沒有發現。

比如，冰箱裡再也沒有來自梁球球同志的水果和零食，再也沒有畫完一頁分鏡以後休息時間的扯屁，梁秋實整個人變得安靜了不少，時吟有些時候甚至覺得，他在刻意躲著她。

終於，這天下午，時吟忍不住，在梁秋實傳給她一頁畫好的分鏡背景，透視又又又又出現了差錯以後，看著他幽幽問道：「球球，你是談戀愛了嗎？」

助手小魚：「欸？」

梁秋實差點被口水嗆著：「我沒有，妳突然之間問得是什麼問題？」

時吟眨眨眼：「那你是有什麼心事嗎？」

梁秋實沒表情：「沒有。」

時吟點點頭，啪啪啪幾張圖，把他剛剛交過來的東西都甩給他，放下筆：「那好，剛剛是作為朋友，我關心你一下，既然你不想說，那接下來我就作為雇傭你，發薪水給你的，你的老闆。」

她人靠回椅子裡：「這種低級錯誤出現不只一兩次了，背景人物、透視、網點，一塌糊塗，你如果真的有什麼心事沒辦法集中注意力，要麼跟我說，要麼拿起筆來以前自己解決消化掉，不要影響到正事。」

時吟毫不客氣：「你做了我的助手快兩年，這種程度的錯不應該一而再再而三的犯才對，一次兩次就算了，連著幾個禮拜，一直都是這樣，現在小魚的背景人物都畫得比你好。」

被點到名的小魚看看這個，又看看那個，覺得現在好像不是開心地接受表揚的時候。

梁秋實的臉色也不太好看，他沉默一下，忽然低聲道：「妳也知道，我做妳的助手快兩年了。」

時吟皺著眉，嘆了口氣，聲音聽起來有些無力：「球球，我是想你有一天能畫出自己的作品的，但是你這不是一個漫畫家應該有的工作狀態。」

「那什麼樣是一個漫畫家該有的工作狀態？」他反問，「妳自己不是也每次都拖到最後才會開始畫嗎？妳這樣就是正確的，好的工作狀態？我做了妳的助手快兩年了，從來都是我在照顧妳，我也不是為了妳多給我的那點薪水，我不缺錢，但是我不想一直做助手，我也想有自己的粉絲和作品。」

時吟愣住了。

梁秋實笑了笑：「我在想什麼，妳注意過嗎？之前的新人賞我也去參加了，第二輪就被刷下來了，這些妳也不知道吧，在妳心裡我永遠只是妳的助手而已，妳有覺得，我也有想要畫出自己的東西的欲望嗎？」

空氣凝滯，旁邊的助手小魚默默往牆角縮了縮，儘量降低自己的存在感。

時吟頓了兩秒，才說：「我沒有覺得你只是我的助手……我們認識的第一天我就說了，你什麼時候有自己的作品了跟我說啊，我一定會跟編輯介紹你呀。」

「不用了，」梁秋實重新轉過頭去，看著電腦上的PS，淡淡地說：「因為我個人的問題影響到工作品質是我的錯，對不起，之後不會了。」

時吟皺了皺眉，覺得哪裡不對，可是梁秋實明顯不想再說下去的樣子，時吟沒辦法，只能繼續工作。

梁秋實確實調整了狀態，修改過的分鏡毫無瑕疵，效率也提升上來了，晚上兩個人走的時候，他一臉平靜，看不出有什麼不對。

時吟想叫住他留下來好好聊聊，看著他的表情，又覺得今天不是好時候。

改天再說好了。

送走了兩個人，時吟回去把最後一頁的主要人物墨稿畫完，筆剛放下，門鈴就響了。

她站起來走到客廳，門已經開了，顧從禮站在門口，頭倚靠在門框上，淡淡看著她。

時吟先是確定了一下今天是工作日沒有錯，眨眨眼：「你怎麼來了。」

顧從禮沒說話，唇角垂著，神情看起來有些陰鬱。

她跑過去，單手扶著門框，身子從他旁邊探過去，關上了防盜門。

「砰」一聲。

十二月，白晝變短，天黑的早，她沒開客廳燈，只有從書房裡傳來的隱約燈光。

淡淡的，熟悉的椰子混合著奶香，還有清新的洗衣精味道縈繞鼻尖。

她的沐浴乳和洗衣精，過了這麼多年都沒有換過。

而他過了這麼多年，也沒能把這味道忘掉。

時吟關好了門，單手撐著他肩膀，去開玄關和客廳的燈。

啪嗒一聲，光線明亮。

顧從禮微瞇了下眼。

時吟站在他面前，抬手輕輕地，戳了戳他唇角：「你不開心嗎？」

他適應了燈光，垂眼：「沒有。」

她穿著白色的珊瑚絨睡衣站在那裡，白白小小的一團，杏眼漆黑，明亮又清澈。

顧從禮想起顧璘，想起白露，想起曹姨對他的擔憂和小心翼翼的提醒。

他忽然不知道，自己將時吟這麼不管不顧地拉到身邊，是不是對的。

她那麼美好，她的家庭應該是很美滿的，有疼愛她的父母，以後也會有愛護她的，溫和又簡單的男人出現。

不能想。

一想到她會站在別人身邊，縮在別人的懷裡，跟他擁抱、接吻、上床，顧從禮神經都麻掉了。

可能會忍不住殺了那個男的，然後把她綁在床上，鎖在家裡。

讓她看著他，只看著他。

這樣不對。

她不是他的所有物，她應該是自由的。

可是他有什麼錯，他的想法有什麼錯，想要的東西無論如何都要得到，這是顧璘教他的。

顧從禮低垂著頭，腦子裡有些陰暗的東西掙扎著，和另一股理智較著勁，長睫覆蓋下來，遮住眼底所有情緒。

忽然，有誰輕輕靠過來。

細膩溫熱的小手，勾住他的脖子，往下拉了拉。

顧從禮揚睫。

時吟勾著他，踮起腳尖，唇瓣輕輕碰了碰他的嘴唇，很快親了他一下，又落回去。

她放開手臂，額頭抵在他的胸口，像是被欺負的小動物一樣，撒嬌似的蹭了蹭：「我不開心，我今天和朋友吵架了，好不開心，還好你來了。」

她的聲音低低的，軟軟的，帶著一點委屈，聽起來難過又低落。

顧從禮閉了閉眼睛。

所有的事情，都不想再去想了。

隨便吧。

什麼是對的，什麼是錯的，通通都不想考慮了。

她只能是他的。

時吟這個名字，生生世世都要和他纏繞在一起。

如果他只能在地獄裡無法逃離，那就把她也拉到地獄裡來。

顧從禮工作日來，用冰箱裡僅有的材料幫她煮了一頓晚飯，然後，坐在對面，看著她吃。

時吟被他看得渾身不自在。

她把盤子推到他面前，裡面炒飯裹著蛋液，黃澄澄的，黃瓜和胡蘿蔔的丁像是點綴，白的黃的綠的橘的，賣相很好，時吟還挖了一勺辣椒醬在盤邊。

「你不吃嗎？」

「不吃。」

時吟歪了下頭：「你今天怎麼突然來了？」年終，他這段時間一直很忙。

他看著她：「幫妳弄個晚飯。」

時吟點點頭，沒再說話了。

他的表情和眼神，讓她突然覺得，現在還是暫時不要跟他提梁秋實的事好了。

總覺得如果說了，會發生什麼很糟糕的事情。

吃過飯後，顧從禮沒待多久就走了。

時吟回書房，繼續把剩下的最後一點工作做完，凌晨一點半，終於把全部原稿都寄給顧從禮。

時吟大功告成，長長舒了口氣，人癱軟在椅子裡，揉著痠疼的右手手腕，指關節嘎嘣嘎嘣的響。

她看著手機，開始發呆。

之前答應過梁秋實，會帶他去欺岸的《零下一度》週年會。

結果現在這個樣子，也不知道他還會不會去。

時吟很不擅長處理這種情況，梁秋實工作上的失誤她有點生氣，可是作為朋友，她覺得他說的好像也沒錯。

兩個人認識近兩年，一直以來，她都是被照顧著的那一方。

他的心思是很細膩的，而且是個居家小能手，很多她想不到的地方，他都會幫她做好。

而她，好像沒有幫過他什麼忙。

除了把自己會的東西教給他，時吟不知道自己還能夠做什麼，她能夠提供的也僅僅是漫畫上的一點幫助，她一點也不知道梁秋實什麼時候去投稿參加了新人賞，梁秋實從來沒跟她說過。

時吟很苦惱，一苦惱，不知道該怎麼辦，舉棋不定的時候，她就去騷擾方舒。

方舒從小到大主意都特別好，時吟就沒有見到過她不果斷的時候。

她是她最後的港灣，是她的智慧囊。

方同學也是個夜貓子，一滑好友動態發現這人十分鐘前才上傳了一個文藝電影的截圖，配字是破口大罵女主角智障，時吟大喜，傳訊息給她。

對方秒回。

於是她打了電話過去。

方舒那邊接得挺快，講話有點含糊：『喂？』

「妳在吃東西嗎？」

『敷面膜，』方舒把面膜揭了，聲音清晰起來，『怎麼了？』

時吟悶悶不樂：「我跟別人吵架了。」

『就妳？』方舒詫異，『現在連妳都能跟人吵架了？』

時吟：「我國中的時候也太妹過的好不好，染過紫毛，西街一霸。」

『我知道，阿姨跟我說過，染完被胖揍一頓，第二天就染回來了。』

時吟：「……妳別鬧，我真的好鬱悶，我跟人吵架了，然後不知道該找他說什麼。」

『男的女的。』

「男的，就我助手。」

方舒很不解：『既然是妳的助手，妳為什麼要主動找他？』

「因為我覺得我確實有點，忽略他了吧，這麼久了，我一直沒注意到他心態上的問題，」時吟把和梁秋實的事情前因後果都跟她說了，「就，我也有錯。」

方舒聽完，沉默了一下：『我就說妳怎麼可能跟人吵架，軟得像團棉花一樣。首先，本來就是他工作上出了問題，無論是什麼原因，他在工作的時候就是妳的助手，妳是他老闆，覺得你們關係好，所以一而再再而三的在工作上出現失誤，然後用這種神奇的理由甩鍋，他會不會有點太理所當然了？』

『而且，他聽起來好像完全沒有真的覺得抱歉的意思嘛，大概他覺得自己一點錯都沒有吧，這種情況下，妳還要主動找他？妳是不是腦子被門夾了？管他去死，就晾著他吧，女人沒有錯，女人是不會犯錯的。』

時吟：「……」

好生霸道。

她好喜歡。

時吟想，如果方舒是個男人，那還有顧從禮什麼事，在遇到他之前，她可能就愛上方舒了。

聽了方舒的話，時吟沒主動去找梁秋實。

梁秋實也很安靜，畫稿交上去，助手也暫時進入休息期，沒有什麼工作，他消失不見了。

另一個助手小魚倒是打了個電話給時吟，還傳訊息問了下情況，勸了她一下。

《零下一度》的週年會在週末，週六那天早上九點半，時吟家門鈴久違的響起。

時吟現在幾乎被顧從禮搞出生理時鐘來了，一到每天早上九點多，她必然要醒一次，但是醒過來和起床，差別還是很大的。

所以顧從禮進來的時候，時吟正坐在床上，一臉無精打采地垂著眼皮，不爽地看著他。

顧從禮從容的幫她倒了杯水。

時吟接過來：「你既然有鑰匙，為什麼還要按門鈴。」

「提醒妳一下，我要進來了，免得看到什麼奇怪的畫面。」

時吟一頓：「什麼奇怪的畫面？」

「有些人不是會，習慣裸睡。」顧從禮說。

「……」

時吟一口白開水差點噴了。

她咽下去，抹了下嘴角：「下次不用按門鈴了，我沒有裸睡的習慣，謝謝您了。」

「真遺憾。」顧從禮聲音淡漠，完全看不出半點遺憾的意思。

時吟翻了個白眼。

他垂眸看著她，忽然笑了一下。

每次早上把她吵醒，她發脾氣的時候，都很可愛。

那種和平日裡有點不一樣的，鮮活生動，讓他忍不住想要一次次地這麼做，屢試不爽，令人上癮。

這麼無聊的事情，他曾經以為自己永遠都不會做。

時吟咕咚咕咚喝掉了一杯水，顧從禮接過杯子，往外走：「起來洗漱，換衣服，等等出門。」

她一頓，坐在床上茫然地抬起頭，看著他：「啊？去幹嘛？」

「約會。」

說實話，時吟對顧從禮的「約會」，沒有抱太大的期望。

她還記得他之前幾次所謂的，自稱的約會，差點把她氣背過氣去。

所以當顧從禮真的帶著她，車子開到遊樂園門口的時候，時吟的下巴都快驚掉了。

這還不如之前的呢。

時吟坐在副駕駛座裡，沒下車，聽著車門的鎖被他打開了。

顧從禮側頭：「怎麼了？」

時吟耐心道：「主編，成年人的約會通常不會選在遊樂場。」

顧從禮平靜地說：「妳們女生不是都喜歡嗎。」

「我們女生也不是都喜歡的……」時吟無力地靠在副駕駛座裡。

而且，那些什麼懸掛式雲霄飛車、什麼大擺錘，時吟看著就怕得不行。腿都軟了，進去她大概只會選擇坐坐旋轉木馬什麼的。

可是來都來了。

她總不能說，我不想玩，我們回去吧。

時吟清了清嗓子，解開安全帶，抬手去開車門：「先進去看看吧，應該會有很多好吃的什麼的？就是不知道週末人會不會很多。」

她打開車門，只來得及推開一條縫，懸掛式雲霄飛車剛好在離門口很近的地方，呼啦啦的一排呼嘯而過，尖叫聲此起彼伏，清晰得近在咫尺，從這裡甚至能看見上面的人被倒掛著，頭髮全都垂下來的樣子。

時吟仰著頭，準備邁出去的腳頓住，臉都白了。

顧從禮看了她一眼，忽然探過身，手勾著副駕車門砰的一聲關上，又抬手去把她的安全帶重新拉下來，扣好，發動車子。

時吟眨眨眼，側過頭來：「不進去了嗎？」

「人多，有點煩。」顧從禮淡道。

遊樂場離市區有點遠，來回的車程用掉了很多時間，等兩個人再次回到市區已經十一點多了，顧從禮直接找了家私房菜館，先吃飯。

餐廳裝潢得很有格調和情懷，位子不多，隔斷很好，從燈光到桌椅掛畫，各處充滿了舊上海灘的風情。

時吟其實挺能吃的，顧從禮吃的倒是不多，吃到一半，她起身去洗手間。

穿過長長一段走廊，剛走到洗手間門口，餘光瞥見一個熟悉的人影從左邊的男廁那邊走出來。

時吟愣了下，停住腳步，看過去。

男廁門口還站著個男人，個子不高，矮矮胖胖的，臉很圓擠著那雙眼睛幾乎看不見了。

用了十幾秒鐘的時間回憶，時吟想起來，是之前新人賞頒獎典禮上，從後面往她身上湊的那個男的。

好像是什麼，從陽文化的副經理？

時吟一陣惡寒，看著他就想起了當時那種讓人頭皮發麻的感覺，雞皮疙瘩都起來了。

而他面前，梁秋實正側對著時吟，跟他說話。

胖男人笑容可掬，梁秋實倒是沒什麼表情。

時吟面色一沉，幾乎沒做考慮，直接走過去：「梁秋實。」

兩個人同時轉過頭。

梁秋實明顯愣住了，而那個胖男人則愣了一下，然後露出驚恐的表情，急急忙忙地往她身後看。

看到沒有其他人的時候，他才鬆了口氣。

時吟根本沒看他，直直看著梁秋實：「這麼巧，你也來吃飯？」

「是啊。」他乾巴巴地說。

時吟側頭，看向那個胖男人，微不可查皺了下眉：「這位看起來有點眼熟。」

梁秋實頓了頓，似乎有些猶豫，目光遊移，沒說話。

那個胖子表情忐忑，似乎有些不安，又低聲說了幾句，才笑呵呵地：「那我就先走了，梁先生，以後再聯絡。」

梁秋實點了點頭。

胖子逃似的快步離開了。

只剩下兩個人站在洗手間門口走廊裡，兩個人隔著一段距離，沉默地看著對方，沒人說話。

時吟吐出一口氣，淡淡問：「你什麼意思。」

「什麼什麼意思？」他皺起眉。

「這就是你最近一段時間工作一直心不在焉，背景人物畫得一塌糊塗的原因？」

時吟又難過又生氣，失望伴隨著火氣一層一層往上竄。

她強壓下火氣，歪了下頭，心平氣和地說：「你不想做我的助手了可以直接跟我說，你想畫自己的作品，我可以幫你介紹我認識的，可靠的編輯，我不會不讓你走的，你不用背著我找這種垃圾公司的垃圾管理層，這種出版社，對你的發展沒什麼好處。」

時吟氣死了。

之前她還覺得自己忽略了他，甚至準備下次見面找他談談心，現在，完全不想了，只想把他腦子撬開看看裡面到底都裝了什麼。

這感覺就像，辛辛苦苦養大的小孩，突然進入了叛逆期，你跟他講也沒用，他不僅不聽，還不好好唸書考試考了不及格，考了不及格也就算了，想讓他好好反思一下自己為什麼不及格吧，他倒好，偷偷背著你去找街頭的小混混加入神龍幫去了。

幽靜雅致的私房菜館，男廁所門口，時吟抱著手臂，平靜地看著他：「你想去從陽？」

梁秋實沒說話，眼神有些躲閃。

熱水壺座在火上，裡面熱水沸騰，壺蓋咕嚕咕嚕，壺嘴裡冒出熱氣。

時吟氣笑了：「你想去從陽，這個公司的底你探過嗎？」

「……」

「你知道公司規模管道平臺嗎？知道他們能給你什麼資源嗎？」

「他們會給我的第一期連載封面彩圖，也會重點推我的。」

時吟靜了靜：「什麼？」

「他說他看了我投新人賞的作品，覺得我不應該被埋沒，從陽剛好在這塊也有缺口，沒有什麼出名的作者，資源都可以留給我，競爭壓力也比較小，也承諾了會考慮出單行本。」

梁秋實抬起頭，聲音有些低：「我知道從陽不能跟搖光社比，但是在業內也算是有點名氣的，而且這兩年勢頭也很猛。」

「……」

時吟用了十幾秒的時間，來消化他這番話。

「勢頭很猛？那你知道它們為什麼發展那麼快嗎？剛剛那個男人，你知道他是什麼樣的貨色？」她說到一半，想起來，新人賞那次梁秋實並不在，他不知道。

時吟強裝鎮定地說：「你看他長得那麼猥瑣，一看就不可靠。」

「……」

梁秋實抿了抿唇：「就算不可靠能有多不可靠？人家畢竟是上市公司的部門經理，有出版社主動來找我，說喜歡我的作品，妳知不知道這對我們這種普通人來說是多麼難得的機會？難道因為有風險就不去試了嗎？」

「退一步來說，我當然知道搖光社好，但是就算我接受妳的推薦去搖光社，競爭那麼激烈，資源就那麼一點，我一個小新人，能得到什麼好的資源？妳能保證給我封面彩圖嗎？《赤月》或者任何一本週刊月刊會重點推我？甚至，我連自己能不能順利連載都不知道。」

時吟啞然。

梁秋實眼睛都紅了：「妳這種天才懂什麼，妳當過助手嗎？每天只能打雜、刮網點，畫別人的東西，不能有自己的思想，這種感覺妳知道是什麼滋味嗎？」

「妳第一部漫畫就拿獎，直接出道，一入行就是老師，妳當然不知道我們助手過的是什麼日子。」

「妳不要因為妳自己幸運，就覺得機遇是那麼簡單的事情行嗎？妳知不知道這行有多少人，從十幾歲開始就幫別人畫畫，替別的漫畫家打雜，每個月就領著一點錢，當助手貼網點，一貼就貼了一輩子？」

一片寂靜。

沒人說話。

梁秋實情緒有些激動，他平穩一下呼吸，調整好情緒，忽然狼狽地垂下眼去：「時一老師，我們每一個人，一開始進入這個行業，都是因為熱愛，也有夢想，也有滿腔熱血。沒人會甘心做一輩子助手，可是現狀就是殘酷，能被人拿著作品找上門，對於我們這種人來說是天上掉餡餅的事情，我沒有挑剔的理由和資本，就算是坑，也想跳進去試試看。」

話說到這個份上。

既然已經說到這個份上。

時吟突然，不知道該說什麼了。

漫畫行業有多艱難，她不是不知道。

最近幾年已經好了太多，二次元普及，國漫崛起勢頭正盛，幾年前的國人漫畫，真的是一片蕭條，偶爾曇花一現有爆紅的作品，這種也只是多少年才能出現的那麼幾個而已，甚至一隻手都數得過來。

大多數漫畫家，錢少活多，溫飽勉強，職業病一身，有上頓沒下頓，前途一片迷茫。

更多的人甚至不能被稱作漫畫家，因為他們無法靠自己的漫畫養活自己，收入微薄，靠幫別人畫訂製漫畫為生。

訂製漫畫是什麼樣的呢，就是讓你畫什麼畫什麼，你永遠沒辦法畫自己的東西，相當於槍手，或者畫工。

跟漫畫家這麼個夢想中的詞相距甚遠。

梁秋實說的是實話。

每個人都是為了實現夢想踏入這個世界，推開期待已久的門扉，然後被現實打得一落千丈，萬念俱灰。

時吟沒感受過那段灰暗的時代，她開始畫漫畫的時候國漫已經有了起色，她也確實幸運，一出道就遇到了可靠的編輯，可靠的公司，沒走過什麼彎路，出道處女座雖然一直不溫不火在中上游徘徊，但是也一直平穩地連載到了完結，沒被腰斬過。

就像梁秋實說的，他不是沒感覺到不安，但是僧多粥少，找上門的機會太難得，就算前面是懸崖，也讓人忍不住想要跳下去看看。

萬一成功了呢。

她沒切身感受過梁秋實所感受的，所以她不知道該說什麼。

她只知道，她不想看著他就這麼，一頭熱的栽進去。

有太多的人因為一時衝動前程盡毀，時吟不知道從陽文化怎麼樣，但是這個副經理，絕對不是什麼會幫人走上正途的良人。

良久，時吟才看著他，低聲說：「我確實沒當過助手，也沒有考慮過你的心情，沒察覺到你情緒出現問題，這點是我作為你的朋友的失格。」

梁秋實垂著頭，肩膀小幅度的顫了一下。

「接下來的話你可能會有點反感，但是我得跟你說清楚，我雖然也還只能算是入了個門，但是作為你的半個前輩，我想對得起你叫我的這一聲『老師』。我無法勸你什麼，我只能說這個世界上其實是有無限的可能的，你覺得自己現在沒機遇，但是只要有付出，不會真的完全沒有回報的，最好總是在後面的。」

時吟頓了頓，平靜道：「你可以急，但要保持頭腦清醒，別急功近利，別誤入歧途。」

時吟回去的時候，顧從禮已經吃完飯了，正坐在座位上玩手機。

看見她過來，他抬了抬眼：「我差點報警。」

時吟恍惚地坐下，茫然看著他：「啊？」

「叫消防，把妳從洗手間馬桶裡撈出來。」

時吟：「……」

她有氣無力地捏著筷子，夾了根黃瓜絲塞進嘴巴裡，像是小倉鼠啃瓜子的慢動作一樣，牙齒一下，一下的咬。

顧從禮抬眼看著她：「怎麼了。」

時吟眼睛發直：「我剛剛，遇到我助手了，就是之前那個，你見過的。」

顧從禮一頓，棕眸暗沉沉。

「他好像要跳槽了。」時吟繼續說。

「哦，」顧從禮神情恢復淡漠，重新垂下頭去，玩手機，緊繃的唇角放鬆下來，看起來還帶著幾分愉悅：「鑰匙拿回來了嗎？」

時吟一愣：「什麼？」

「他不做你助手了，難道還拿著妳家鑰匙？」

「……」

時吟覺得這個人的關注點有點不太對勁。

時吟：「正常情況下，你不是應該問一下為什麼嗎？」

顧從禮其實根本不在意為什麼，他只想讓她那個助手趕緊滾蛋，能今天滾就別拖到明天。

他心情很好地，配合著她問：「嗯，那為什麼？」

時吟惆悵地嘆了口氣：「被挖角了。」

「挖得好。」顧從禮淡淡嘆道。

時吟：？

「我是說，」他平靜地說：「好眼光。」

時吟本來覺得，顧從禮這個人好像醋勁還挺大的，每次一提到梁秋實的時候，他那個眼神和氣場都會變得異常恐怖，會給她一種，再說下去就糟糕了的感覺，所以她之前都有稍微注意到刻意避免。

可是這次她實在不知道跟誰說才好，她太憋屈了，如果梁秋實最後真的去了從陽，發展得好還好，萬一被坑了什麼的，她會鬱悶死。

她把前因後果簡單的跟他說了一下，顧從禮垂著頭安靜聽完，全程沒發表什麼意見，也不知道到底是聽進去了還是沒有。

等她說完，他才問：「從陽？」

「對，從陽文化，這家我沒瞭解過，據說最近勢頭還挺猛的，挖了不少漫畫家和作者過去？」

時吟厭惡地皺起眉來，一想到那個胖子，她雞皮疙瘩都起來了，「而且那個經理，就是上次那個，新人賞上的那個胖胖的，噁心死了。」

顧從禮有些漫不經心的淡然態度終於發生一點改變，他微瞇了下眼：「新人賞上那個？」

一瞬間，他身上散發出陰寒涼意，時吟愣了下，才眨眨眼：「他看起來也不太想遇到我的樣子，一看見是我，就跑掉了。」

顧從禮卻忽然展顏笑了，淡淡輕輕的一聲：「他當然不想遇到妳。」

他的語氣甚至稱得上溫柔。

時吟卻覺得有點冷，無意識微微縮了下肩膀。

她捏著筷子，低垂下頭，忽然想起那次夏季新人賞的頒獎典禮上。

男人輕飄飄地折了那人的手腕，拖著往外走，就彷彿是在拖著什麼沒有生命的死物，整個人陰冷到骨子裡去了。

時吟當時沒反應過來，後來再想起來，她下意識地，不想去深究那些事情，不想踏入到那個另一邊的世界。

那些令她有點不安的東西，總會給她一種，如果她靠近深入瞭解過了以後，顧從禮這個人在她心裡會被完全顛覆掉的錯覺。

第二天《零下一度》週年會，林佑賀很興奮。

時吟因為在意梁秋實的事情，一整晚沒怎麼睡好，早上起床掛著大大的黑眼圈，眼睛也有些浮腫。

她從冰箱裡翻出兩瓶優酪乳，平躺在沙發上，一邊一個放在眼睛上，十分鐘以後，她把優酪乳拿下來，打開一瓶，抓起手機。

林佑賀已經不知道傳多少訊息給她了，手機就放在茶几上叮鈴叮鈴，提示音不停地響。

時吟回覆，化了妝換好衣服，泡了碗麥片吃掉，出門。

時吟和林佑賀約好在搖光社旁邊的一家星巴克見面。

顧從禮今天說要加班，他沒細說，她也就沒問，搭車過去的時候，林佑賀正坐在靠窗邊的位子等，擰著眉，表情是他標誌性，有點不耐煩的樣子，看起來很凶，手邊是兩杯星冰樂。

時吟走進去，走到他旁邊，他抬眼，沒說話，推給她一杯星巴克。

時吟看了一眼，都是香草的。

甜味校霸的喜好果然和他的名字一樣，還有點甜。

兩個人往搖光社的辦公大樓方向走，搖光社很大，不只做漫畫，圖書方面在業內也是數一數二的，旗下大牌作者一籮筐。老闆很有錢，ＣＢＤ整棟辦公大樓，LOGO在玻璃幕牆上方，大大的Alkaid字樣。

週年會在一樓禮宴廳，她們進去的時候，裡面已經有不少人了。

時吟旁邊站著兩個女生，其中一個對另一個說：「我之前在搖光社實習過，那個時候偶然見過欺岸老師。」

時吟一頓，側過，果然，林佑賀停在原地，一動也不動站在那裡，耳朵都快豎起來了。

那女孩的同伴很驚訝：「真的假的，他不是神龍見首不見尾的嗎，妳怎麼見到的？」

「就，我之前不是在人事部實習嘛，然後有一次去幫我們部長跑腿，就在電梯門口看見他，沒看見臉什麼樣子，很高很瘦的一個男人，看背影就覺得特別帥那種，然後我想繞到前面去看看他的臉，結果還沒走過去，就看見漫畫那邊有人跑出來喊他欺岸老師。」

女孩的女伴小聲叫了一聲。

女孩子接著說：「我愣了下，因為我特別喜歡他嘛，然後他跟著那個漫畫部的走掉了，嗚嗚，差一點就看到臉了。」

那女生可惜得很，一臉苦兮兮地沮喪著，兩個女孩子差點抱頭痛哭起來，時吟不太懂她們，側頭看了林佑賀一眼。

這人一臉暗爽的樣子。

時吟：「……」

她問道：「蘋果糖老師，您想見到欺岸嗎？」

林佑賀回答得很乾脆：「不想。」

時吟完全不太相信：「哦，不想就不想吧。」

林佑賀側過頭：「我之所以不想看見他——」

「……」

我沒問你為什麼好嗎，你自顧自地說什麼啊。

「是因為，萬一他比我帥，我可能會脫粉。」林佑賀繼續道。

「……」時吟乾笑：「看不出來，您還挺有鬥爭之心。」

說完，她瞥見他一身堪比健身教練的腱子肉，補充道：「對不起，您一看就是鬥爭欲很強的那種男人。」

林佑賀：「……」

這個週年會，欺岸本人最後還是沒有到場。

時吟以前沒接觸過搖光社的週刊漫畫編輯部，這次活動由他們負責，品質很高，甚至請來了知名的 coser 來 cos《零下一度》裡面的幾個主角，除了欺岸不在以外，各個方面都堪稱完美。

臨近散場的時候，時吟四下找了很久，沒有見到粱秋實的影子。

時吟嘆了口氣。

他是個成年人，可以為自己的人生做決定，該說的話她昨天已經全都說得清清楚楚了，怎麼選擇都是他的決定，時吟沒辦法參與到他的人生裡去。

林佑賀去排隊買欺岸的限量版漫畫，時吟跟他打了個招呼，人往外走。

突然想起顧從禮說他今天加班。

時吟眨眨眼，跟前檯打了聲招呼登記過以後上了電梯，到《赤月》編輯部所在的樓層。

裡面果然在加班，時吟站在編輯部門口，悄悄探頭往裡面看。

最先看到她的還是上次那個小實習生。

男生和她對視了兩秒，臉紅了，小跑過來，舔了舔嘴唇，看起來有點小緊張：「時一老師，您怎麼來了……」

時吟直勾勾地盯著他看，半晌，眨眨眼。

長長的睫毛，像蝶翼撲搧。

她今天化了妝，人收拾得精精神神的，唇紅齒白，黑眸明亮，她的眼神有種專注感，看著人的時候會讓人產生一種，彷彿她的世界只剩下你似的錯覺。

小實習生第一次見到她的時候就發現了。

小實習生被她那種火辣辣的視線盯得連脖子都紅了。

顧從禮從電梯裡一出來，就看見時吟站在門口，對著小夥子笑得春光明媚，輕軟好聽的一把嗓子：「你好呀，請問顧主編在嗎？」

像是要開出花來似的。

顧從禮瞇了下眼，走過來，提著她的外套領口把人往後拽了拽，拉開一點距離，淡淡瞥了那實習生一眼。

男生落荒而逃，飛速竄進辦公室裡，既興奮又羞澀：「我剛剛看到時一老師來了。」

趙編輯有點訝異，他太清楚時吟有多懶，讓她出個門難度係數有多高了。

「時一老師來了？來幹嘛的？」

「來找主編的，」小實習生嘆道：「時一老師真好看，完全是理想型。」

趙編輯輕哼了一聲，老神在在道：「理想型也沒用了，聽前輩一句，小命要緊。」

「謝謝趙哥指教……」小實習生一臉茫然，顯然完全沒聽懂他的意思。

這邊編輯部辦公室門口，時吟被顧從禮往後扯了兩步，差點撞在他身上。

她連忙往旁邊側了側，四下看了一圈，確定沒人在以後，才小小鬆了口氣，轉過頭來看向他。

男人穿著風衣外套，顯然是剛從外面回來，周身裹挾著冷意，視線順著往上，對上他冷冰冰的棕眸，時吟愣了下。

他眼裡的冷意幾乎具象化，全部彙聚在一起。

她抬起手，忽然摸了下他的臉。

顧從禮愣住了。

時吟歪著腦袋看著他：「你冷嗎？你看起來好冷。」

他垂下眼，聲音很輕：「冷。」

顧從禮不喜歡回陽城。

每次從白露那裡回來，他都覺得自己不太對勁，像在一遍一遍提醒他什麼。

負面情緒和空氣攪拌在一起，從四面八方包圍著他，密度太高，摻著雜質，呼吸間鑽進氣管裡，讓人喘不過氣。

時吟垂下手，小心地，再次看了四周一眼，把他拉到角落裡，笑嘻嘻地拉著自己的風衣外套兩邊，笨手笨腳把他包進去抱著。

他比她大了一截，只能堪堪包了他一半進去，拽著風衣的手搭在他腰際，抬起頭，下巴抵著他的胸膛，眼睛彎彎的：「這樣暖和嗎？」

顧從禮站在原地，一動也不動。

心臟好像被她拽出來，放到溫水裡浸泡著一樣。

輕輕抱了一下，她剛鬆開手。

他俯身，忽然將她抱進懷裡，手臂力氣很大，緊緊地箍著她，頭深深埋進她頸間。

懷裡是溫熱的，柔軟的女孩，鼻尖全是她的洗髮精混合著洗衣精的味道。

像三月的杏花樹，像薄陽穿透冰層，初春的凍土被融化了一層，深眠了整個冬季的植物悄悄地冒出一點點嫩綠色的芽。

時吟推了推他，有點慌：「欸，在公司裡呢……」

「讓我抱一下，」顧從禮聲音有點啞，「就一下。」

她眨眨眼，不動了，安安靜靜任由他抱著，輕聲問：「你不開心嗎？」

好像不久之前，她也問過同樣的問題。

你不開心嗎。

顧從禮否認了。

時吟不是真的看不出來，既然他不想說，她就不問了，每個人都有自己的，不想告訴別人的祕密，只會跟自己最最親近的人說。

她是很矛盾的，對於他，她有些好奇，又忍不住退縮，想要更加瞭解他一點，卻又不想。

時吟覺得自己從來沒瞭解過顧從禮。

無論他是作為她的老師，她的主編，還是她的男朋友，她喜歡的人。

他總是帶著一點點距離感，像是隔著層玻璃，他安靜站在玻璃後守著他的世界，沉默地拒絕任何人的進入。

以前，時吟不敢。

她膽子太小了，做錯一件事可以記一輩子，換編輯也好，什麼也好，她排斥任何改變，不想接受，也不敢面對。

她本來覺得這樣也很好，要接受真實的顧從禮，要走進他的世界裡，然後適應他的改變，這太難了。

萬一他不喜歡呢，萬一他不想告訴她，覺得她不自量力，覺得她多管閒事呢。

想得越多，就越想退縮。時吟接受他，小心翼翼地邁出去了一步，卻猶豫著接受完全的他，停在原地，又想退回去。

這對誰都不公平。

她不想再隔著玻璃看著他了。

時吟抿了抿唇，抬手回抱住他，聲音軟軟的：「你如果不開心可以跟我說呀，如果你不想跟我說，也可以對我發脾氣，我來幫你瀉火，」她頓了頓，又補充道：「不過你不能動手的，而且事後要跟我道歉，鄭重誠懇一百二十度角鞠躬的那種道歉。」

顧從禮輕輕笑了一聲，手臂鬆了鬆，垂眸看著她，「除了這個，怎麼都可以？」

她很鄭重的點了點頭，「怎麼都可以，但是你也別太凶了啊，」時吟提醒他，「萬一我真的被你罵跑了怎麼辦？」

顧從禮不說話了。

時吟又有點後悔了，舔了舔嘴唇，「你不會真的朝我發火吧，我其實就是想逗你開心一下。」

「我會。」他很認真。

時吟：「……」

週末的人很少，編輯部辦公室的門緊閉著，裡面隱隱傳來電話聲，還有加班的人說話的聲音，亂七八糟的混在一起，被隔絕在另一個世界。

兩個人站在走廊角落裡，旁邊是會議室巨大的落地玻璃窗。

顧從禮拉著她進去，回手關門，落鎖，手指插進她的長髮按在後腦，俯身吻上去。

時吟瞪大了眼睛，抬手啪啪地拍了拍旁邊的落地玻璃，嗚嗚地叫，含在嗓子裡的話全都被他吞了個乾乾淨淨。

這個時候如果有誰經過或者從辦公室裡出來，一眼就能看見她們。

時吟緊張得不行，抬手用力扯他。

顧從禮無動於衷，咬著她的唇瓣沒抬頭，伸手拉上了簾子，半抱著她按在上面。

遮光的簾子一拉，光線暗了一半。

良久，顧從禮放開她，額頭貼著額頭，鼻尖碰著鼻尖，喘息的聲音近在咫尺，聲音低啞：「這樣算動手嗎？」

時吟緊張極了。

搖光社的公司裡，隔壁就是《赤月》的編輯部，會議室裡面是長桌，一把把椅子整整齊齊，最前面是大螢幕，投影機。

會議室這種肅穆的，工作的地方。

怎麼能在這裡做這種事情。

像是在偷情。

時吟平穩了下呼吸，清了清嗓子，輕輕推了推他。

顧從禮微微往後退了一步，抬手，指腹摩擦過她有點腫的嘴唇，順著嘴角到下巴尖，脖頸，停留在鎖骨的前端：「穿這麼少，晚上會冷。」

這個男人怎麼這麼若無其事啊。

時吟抬手用手背蹭了蹭嘴唇，上面的唇膏一點都不剩。

她哀怨地瞪了他一眼：「我等等就回去了，不在外面待到晚上。」

顧從禮親了親她的頭髮，鼻尖蹭蹭發頂：「陪我加班？嗯？晚上送妳回去。」

時吟瞪大了眼睛，不可思議地看著他：「我怎麼陪你加班，我坐哪啊，你同事問起來我怎麼說？」

「和責編討論漫畫後續劇情和分鏡草稿 NAME。」

「……」

這理由還真是冠冕堂皇。

「編輯和手下的漫畫家談戀愛真方便啊。」時吟感嘆。

顧從禮低笑：「是方便，還能瀉火。」

時吟的耳廓，以肉眼可見的速度，迅速地紅了。

她後知後覺地，又有些遲疑地看著他：「主編，你剛剛是不是在耍流氓啊……」

顧從禮神色平淡：「妳是指什麼，說話的時候，還是和妳接吻。」

時吟：「……」

他說著這話的時候，表情無波無瀾，平靜得就像是在說「今天早上吃了個培根馬鈴薯餅，味道還不錯」。

看起來冷心冷情的一個男人，卻好像是個接吻狂魔。

空盪盪的會議室裡，男人的嗓音低低啞啞，存在感被無限放大。

時吟清了清嗓子：「我跟朋友一起來的，等等要去找他的。」

顧從禮皺了下眉。

「就是欺岸的那個見面會，我之前跟你說過的。」

他「啊」了一聲，眉頭舒展開，似乎是剛想起這件事。

「所以，」她頓了頓，「我走啦？」

顧從禮抿了抿唇，沒說話。

沒什麼表情的樣子，卻莫名讓時吟想起那種，即將要被拋棄的，可憐兮兮的小動物。

她有點不忍心：「跟朋友說好的，就這麼把人家一個人丟在那裡自己走了不禮貌。」

「嗯。」顧從禮應了一聲，低低垂下眼睫。

他的睫毛密密的，眼尾稍揚，低低壓下來，像黑色的鴉羽。

這麼一垂，更可憐了。

時吟遲疑了一下，側頭看了被拉上的簾子一眼，確定嚴嚴實實以後，踮起腳，湊到他唇邊輕輕親了親。

他的嘴唇軟軟的，薄薄的，溫溫熱熱。

觸感很舒服，她忍不住，親了一下以後，又親了親，貼在他唇邊，小聲說：「我下次陪你加班啊。」

她話音剛落，下巴被人捏著抬起來，他再次湊過來，加深了吻。

男人的膝蓋隔在兩腿間，托著她的臀部將人抱起來，轉身往裡走，把她放在會議桌上。

椅子被他隨意踢開，兩把撞在一起，發出碰撞聲。

時吟坐在桌上，仰著頭，乖乖地接受他的索吻。

從激烈的吞咽，到溫柔舔吻，他口腔中有菸草的氣息，淡淡的一點點，混合著薄荷還有某種植物的清香，時吟分不清到底是他身上的味道還是哪裡的。

指尖挑開領口露出鎖骨，灼熱的唇貼上，輕輕咬了咬。

時吟瑟縮著往後躲，手抵住他腹部，推了推：「欸，你怎麼……」

顧從禮抬起頭，淺棕的眼不染欲望，只眸光有些暗：「我怎麼？」

聲音沙啞，低低的喘息帶著滾燙的氣，時吟雙手撐著冰涼的桌面，忍不住往後縮了縮。

以前有過幾次無意間的觸碰，他的手指總是很冷的，還以為他渾身上下從裡到外都冷。接觸以後才發現，事實好像和想像中有些偏差。

被他咬過的地方，像是被燙到一樣酥酥麻麻的熱。

時吟重新回到禮宴廳的時候，林佑賀已經排完隊了，正坐在門口玩手機，腿上放著一本翻開的漫畫書。

他塊頭大，個子高，看起來像是從特種部隊裡面出來的，身上還帶著點野氣和凶性，和周圍一堆妹子、長相精緻的coser什麼的氣質實在是不太搭，難免有不少人往這邊看。

林佑賀不在意，抬眼看見時吟回來，合上手裡的漫畫，塞進袋子裡站起來，走到她旁邊，遞給她一個一模一樣的袋子：「給妳的，謝禮。」

時吟眨眨眼：「這是什麼？」

「《零下一度》的全套單行本，限量版，」林佑賀頓了頓，咧開一個陰森森的笑容，然後垂頭，繼續玩手機，「還沒完結，歡迎入坑。」

時吟：「……」

她道了謝，接過來，兩個人往外走。

出了搖光社大門，林佑賀轉過頭：「妳知道西野奈老師嗎？」

漫畫家西野奈，一個人氣很高，出道很久，社群粉絲很多，作品廣受好評，死忠粉遍地的——畫純愛漫畫的。

也就是搞基佬藝術的一位高人。

因為領域重合度不高，時吟好像和她只在某個群組裡有說過幾句話。

她點點頭：「知道啊，不過就認識的程度吧，沒說過幾句話。」

林佑賀：「我跟她關係還不錯，她說搞了個小聚會，問我要不要一起去玩。」

時吟：「……」

你為什麼會和畫耽美的太太關係不錯啊！

她很上道地：「那你去吧，沒關係啊，我剛好也要回家了。」

林佑賀瞅了她一眼：「妳不去嗎？」

「我都不認識啊……」

「去了不就認識了嗎，大家都在S市，以前也會一起出去玩玩什麼的，就妳最神祕，好些人連時一老師是男的女的都不知道，」他意味深長，「而且網路上現在盛傳，不知道妳聽說沒，說時一老師三年不洗頭。」

時吟：「……」

時吟：？？？

這個圈子本來就不大，好多漫畫家私下關係其實很好，尤其是同城的漫畫家，經常私底下會一起出去搞個活動，聚個會，甚至一起旅個行采風什麼的。

時吟網路上認識的同行朋友也有不少，但是目前為止，還沒有涉及到三次元見過面的。

林佑賀是第一個，而且他是個意外。

想了想，她答應了。

連林佑賀這種校霸都社交！她有什麼理由自閉！

餐廳是一家特別適合朋友聚會的火鍋店，環境不錯，味道也好，一進去一股濃郁的火鍋香氣飄散，林佑賀和時吟到的時候包廂一桌人已經坐得差不多了。

林佑賀進去，裡面的人吵吵嚷嚷：「糖老師！怎麼回事啊每次都遲到。」

時吟跟著進去。

女人纖細高挑，膚白貌美，長髮飄飄，氣質甜美又清新。

站在林佑賀旁邊，像是美女與野獸。

包廂寂靜了，只剩下中間的銅鍋火鍋咕嘟咕嘟的寂寞的冒著泡泡。

林佑賀彷彿沒感受到氣氛的異樣，依然是一張「你欠我三千萬你什麼時候還」臉，揚了揚下巴，介紹道：「時一，《鴻鳴龍雀》的那個。」

坐在最裡面的一個女孩子眼睛忽然亮了，撲騰著站了起來，直勾勾地看著時吟：「時一老師妳好，我是西野奈。」

時吟笑了笑：「西野老師好，久仰久仰，我很喜歡您。」

西野奈激動到眼睛都紅了，筷子啪地往桌上一拍：「我也喜歡您！我是您的粉絲！鴻鳴和龍雀太甜了嗚嗚嗚嗚太好看了！」

時吟：「……」

西野奈是一個特別健談的、討人喜歡的女孩子。

她出道很多年了，看起來卻很年輕，二十五六歲的樣子，長相秀氣，皮膚很好，帶著一點點漫畫少女的跳脫。

都是圈子裡的人，話題完全不會有什麼壓力，一頓飯吃下來，時吟人也認得差不多了。

西野奈是真的很喜歡《鴻鳴龍雀》，拉著她說了好多，林佑賀坐在旁邊，說起白天去了欺岸的週年會的事情。

西野奈聽見，側了側頭：「欺岸？他現在怎麼也開始搞這些東西了？」

「沒有，他沒去，其實是作品的週年會，回饋一下粉絲什麼的吧，好像是公司弄的，欺岸本人可能都不知道。」

西野奈擺擺手：「他知道也不會去的，那人是大爺，天王老子下凡都管不了他。」

聽起來好像和欺岸非常熟。

時吟也不多話，就安靜地聽著他們八卦，默默地涮羊肉吃。

七點多的時候，顧從禮傳訊息給她，問她晚飯吃了什麼。

時吟才想起，之前跟他說自己要回家了，結果跑出來玩。

剛好那邊，西野奈還在嚷嚷著等等去ＫＴＶ。

時吟有點心虛，想了想，還是跟他說：『被朋友叫出去吃飯了，等一下要和大家去ＫＴＶ。』

顧從禮那邊沉默了。

時吟等了一陣子，沒有等到他的回覆，這邊大家吃得差不多，買單起身，兩兩三三聊天一邊往外走。

火鍋店地段不錯，開在商場裡，旁邊就是一家很大的KTV，一行人進去，要了個大包廂。

直到時吟找了個沙發角落坐好，那邊林佑賀已經在點歌了，顧從禮才回覆：『哪家。』

她傳了個定位給他。

兩分鐘後，他傳了兩則語音過來。

兩則都不長，就幾秒鐘。

周圍音樂聲很大，時吟捂住一邊的耳朵，把手機音量開到最大，調了聽筒模式，貼到耳邊聽。

他那邊倒是安靜，聲音清冷低淡，聽不出什麼情緒——

『乖乖等我。』

『不許和別的男人說話。』

搖光社到這邊差不多半個小時的路程，時吟收到顧從禮的訊息以後，在包廂裡等。

大包廂三個麥克風，兩個沙發上的，還有一個直立式，前面一塊檯子，此時西野奈正站在檯子上，唱美少女戰士的主題曲。

唱到一半，她把時吟拉起來，和她一起。

時吟不是那種很善於交際的性格，熟人還好，尤其是一群都是今天剛認識的人，雖然也有幾個網路上講過話，但是第一次見面，多多少少有點放不開。

她拿著麥小聲唱了兩句，聲音很輕，旁邊有男人嚷嚷：「奈奈妳嗓門太大了吧！時一老師的聲音都聽不見了啊！」

「時一老師大聲點啊！」

時吟笑著搖了搖頭，麥克風放在一旁，很快被另一個人拿走。

她一側頭，看見林佑賀坐在角落裡，手裡拿著之前排隊買到的《零下一度》的漫畫，旁若無人的在那裡看。

一臉平靜不為所動，彷彿完全沒聽到耳邊的狼哭鬼嚎似的。

時吟剛想過去。

又想起顧從禮那則語音。

——不許和別的男人說話。

她忍不住笑了一聲。

總覺得這個男人有的時候好像有點，詭異的可愛。

但是她總不可能真的這輩子只跟他一個異性說話吧。

時吟走過去，那邊一首歌唱完切掉，西野奈從臺上蹦蹦跳跳地跑過來：「小糖啊！出來玩，你在這邊自己偷偷用什麼功呢？」

她一垂眼，瞥見漫畫內容，「咦」了一聲，翻了兩頁：「你真的喜歡欺岸。」

剛好切歌，下一首前奏還沒響起，很安靜的一段時間，所有人都聽見了，轉過頭來。

林佑賀臉色變了變，眉頭一擰，凶相畢露：「誰真的喜歡他了？」

他這個樣子是很凶的，但是西野奈看起來完全不害怕，笑咪咪地抽出手機：「你這麼喜歡，我叫他過來試試看嘛，也許他閒著無聊就來了呢。」

林佑賀的表情頓住了。

西野奈還笑咪咪地，舉著手機逗他：「要不要啊，要不要啊，我打個電話？」

「……」林佑賀別過頭去：「妳愛打不打……」

西野奈很早就開始畫漫畫了，她以前在日本留學，在那邊做過一段時間的助手，後來回國來開始畫自己的東西，也經歷過國漫最黑暗的時期，算起來比欺岸入行的時間還要早上一點。

今天一行人裡也有兩個和她差不多時期的，西野奈電話撥過去，有人將音樂聲音調小，等了很長時間，西野奈才「喂」了一聲。

兩個人聽起來好像是還挺熟的，不過西野奈就是那樣的性格，好像跟誰都很熟，時吟她們聽不到那邊的聲音，講了幾句話，就看見西野奈把手機放下來，放了擴音。

男人的聲音清冷，淡淡的，簡單兩個字，好像帶著一點不耐：『不去。』

時吟一頓，頭皮發麻。

這個聲音太熟悉了。

即使只有兩個字，不到一秒，但是已經完全足夠。

這把嗓子不到半個小時前，還在跟她說，讓她乖乖等他。

幾個小時前，才剛剛說出，和妳接吻的時候這樣的話。

時吟難以置信地瞪大了眼睛，釘在原地一動也不動，幾乎屏住了呼吸，後背汗毛都立起來了。

沒人注意到她，大家的興趣都被這通電話吸引住，西野奈笑咪咪地：「真的不來嗎，有兩個可愛的小後輩是你的粉絲，今天好像才剛去了你的週年會見面會，沒見到人很傷心啊。」

那邊沉默了。

幾秒鐘後，他淡淡出聲：『我知道了，十分鐘。』

掛了電話以後，西野奈神奇道：「我都還沒告訴他在哪呢。」

『妳現在傳訊息告訴他一聲唄，他意思可能是十分鐘出門吧，』一個男人大咧咧地癱在沙發上，『不過我多久沒見到欺岸了啊，』他嘆道：『我上次見到他是哪年的事了，那時候我還在搖光社。』

西野奈翻了個白眼：「除了編輯部，這人還有在第二個地方出現過嗎？說實話，我這電話就是打著玩玩的，完全沒想到他真的會來啊，嚇死寶寶了。」

時吟一臉呆滯地站在原地，聽著他們說話，完全喪失了語言能力。

接下來的十分鐘，她夢遊似的，坐在沙發上發呆。

剛剛是打了電話給誰？

是欺岸吧？是那個畫邪道漫畫，單行本千萬銷量，代表作人氣堪比《死亡筆記》，粉絲無數，創作鬼才的漫畫家欺岸嗎？

可是那個聲音。

那個聲音。

這個世界上會有兩個人聲音完完全全一樣的嗎？

也有可能是因為在電話裡的原因，擴音之類的，多多少少也會造成一點點聲音上的失真吧。

時吟還記得，幾個禮拜前自己是怎麼跟梁秋實說的。

「我只是單純的覺得他的作品挺有趣的。」

「我覺得我這輩子都不會喜歡他的。」

「這仇不共戴天，不原諒。」

時吟：「……」

時吟忽然抱著腦袋，痛苦的哀嚎了一聲，低低的聲音被歌聲掩蓋，她失魂落魄地站起身來，拿起手機，出了包廂，往洗手間走去。

這家ＫＴＶ裝潢很高檔，廁所男左女右，外面的洗手檯兩排在一起，大理石砌成的長條形水池，上面鑲著大面的鏡子。

時吟從洗手間裡出來，走到洗手檯旁，擠泡沫，沖掉，然後抬起眼，看著鏡子裡的人。

Ｃ家號稱越夜越美麗的粉底液真的名不虛傳，她在外面待了一整天，臉上完全是自然光澤，半點沒脫妝卡粉。

時吟雙手撐在冰涼的大理石洗手檯邊緣，看著鏡子裡的人，眨了眨眼：「時吟，妳淡定一點，這不科學。」

「再說欺岸老師半年多前都還在畫畫呢，他不可能一邊做主編一邊——」

時吟話頭停住了。

欺岸忽然斷更，《零下一秒》畫了一半直接休刊的時間是半年多以前。

時吟再次見到顧從禮，知道他成為了自己的新責編兼《赤月》主編的時候是四五月份。至今，半年多。

她還沒來得及感受自己現在是什麼心情，鏡子裡出現第二個人，林佑賀抱著臂站在旁邊，從鏡子裡看著她：「妳剛剛說話了嗎？」

時吟心裡咯噔一下，慌忙轉過身來：「啊？我沒有啊。」

林佑賀點點頭，走到她旁邊，打開水龍頭。

水聲嘩啦啦響起，時吟後退兩步，抽了兩張紙巾，吸乾淨手上的水珠，人正準備走。

水聲停了，林佑賀走到她旁邊，也抽了兩張紙，忽然道：「上次跟妳說過的那件事情，妳有考慮過嗎？」

時吟腦子裡現在全是顧從禮和欺岸這兩個人，或者這一個人的事，有點心不在焉：「嗯？」

林佑賀將用過的紙巾丟進垃圾桶，又問了一遍：「所以妳考慮得怎麼樣了。」

「啊？」時吟茫然抬頭，「什麼？」

「我們談戀愛這事。」

「……」時吟反應了五秒鐘，回過神來，驚恐地看著他：「啥東西？」

「我和妳談戀愛這個提議，」林佑賀平靜地重複道：「利弊我之前已經跟妳說過了，就新人賞頒獎典禮的時候，我們同行，不存在什麼沒有共同語言的問題，而且工作上也可以互相幫助，我可以幫妳改掉妳那醜掉渣早晚翻車的問題畫風，妳也可以幫我分析一下女性在戀愛中——」

時吟高舉雙手，打斷他：「蘋果糖老師——」她弱弱道：「我以為你當時是開玩笑的。」

林佑賀面無表情，一張即使什麼表情都沒有看起來也有點凶神惡煞，彷彿收高利貸的臉：「我看起來像是有幽默細胞的人嗎？」

「……」

我看你挺有的。

兩個人站在走廊邊上，洗手檯旁邊，大眼瞪小眼地深情對視了十幾秒。

時吟長嘆了口氣，耐心地說：「蘋果糖老師，你是個好人。」

被發了好人卡的林佑賀沉默的看著她。

她頓了頓，又道：「其實我有男朋友了……」

沒人說話。

時吟有點不確定地看著他，不知道自己是不是應該再說點什麼。

林佑賀點點頭，身形微動，轉身走了：「我知道了。」

時吟在原地站了一下。

她不是第一次拒絕男生，讀書的時候，其實有不少表白之類的。

但是林佑賀現在也算她的朋友了，時吟不確定會不會有點尷尬。

而且之前還像玩笑一樣的事情，現在被他這樣一本正經地問出來，以後多多少少肯定要避嫌的。

她稍微有點遺憾，嘆了口氣，轉身往裡走了兩步，把一直攥在手裡的濕紙巾丟掉，往外走。

像是有什麼感應似的，時吟回過頭去。

她身後，走廊另一頭，顧從禮倚靠著牆邊，遠遠看著她，不知道看了多久。

時吟被林佑賀一搞，暫時忘記了欺岸的事情，她看見他，眼睛亮了亮，小步跑過去，仰著頭看著他：「你來啦。」

顧從禮靜靜地看著她，虛眸垂眼，眼底陰霾沉沉，暴戾肆虐。

「妳跟他說了什麼。」半晌，他輕聲說。

時吟看著他，下意識地後退了一步。

她忽然覺得，可能要有什麼東西即將從今天開始崩塌了。

女孩無意識的閃躲和漆黑眼底淡淡的抗拒，像是落在脆弱神經上的最後一點重量，壓碎了最後一點點理智和克制。

顧從禮輕輕笑了一聲：「怕我？」

她真的很敏感，像是察覺到危險的小動物，還沒意識到，身體已經做出了反應。

時吟抿了抿唇，往前走一步，靠他近了一點，抬手拉住他的衣袖。

剔透乾淨的杏眼看著他，裡面一點膽怯，一點小心翼翼，聲音軟軟的，似哄似求：「你怎麼了？」

顧從禮抬手，勾起她耳邊的碎發，指腹摩擦了兩下：「我生氣了，我剛剛跟妳說的話，妳沒有聽。」

男人身上還帶著外面的寒意，冰涼的指尖碰到她溫溫的耳廓，激得她顫抖瑟縮了一下。

「妳說，」他將碎髮緩緩別在她耳後，手指搭在她頸邊，垂頭湊過來，聲音低柔，不辨喜怒，「不聽話的小朋友該怎麼辦？」

沒有哪一次，顧從禮對她表現出來的攻擊性，比現在更加讓人不安。

像是體內的什麼東西終於掙脫了束縛，衝動戰勝理智，他不再克制和控制，近乎放棄的，身處爆發的邊緣。

他的指尖搭在她頸間，捏著下巴抬了抬，時吟被迫微抬起頭來看著他。

她還沒想好要說什麼。

他並不需要她的回答。

唇瓣相觸，他的牙齒像猛獸的利齒，尖銳的獠牙刺進皮肉，凶殘又粗暴得被咬的粉碎，然後吞食入腹。

她痛得眼淚都出來了，叫聲全被含住，只發出低低的嗚咽。

男人和女人力量上的差距在這一刻盡顯。

顧從禮半抱著她往前走了兩步，推開一間空包廂的門，回身關上。

裡面一片漆黑，走廊裡明亮的光線被阻隔得乾乾淨淨，只有門上一點彩繪磨砂玻璃隱約透出一點光亮。

椅子摩擦著大理石地面的刺耳聲音響起，緊接著是天旋地轉，嘴唇被放開，時吟人落在柔軟冰涼的皮沙發上，還沒來得及喘氣，下一秒，重新被人咬住，牙齒覆蓋住剛剛被咬破的地方。

黑暗讓所有觸感都被無限放大，舌尖又痛又麻，口腔裡全是血的味道。

顧從禮長腿壓著她不斷踢動的腿，緊緊扣住纖細的手腕，他舔著她的唇瓣，含住耳垂，咬上脖頸。

時吟感覺皮膚被咬破了，疼得叫出聲，整個人縮成一團，掙扎著往後。

顧從禮抬起頭，眸色深濃。

她眼睛睜得大大的，又驚又懼，聲音帶著哭腔，發啞：「疼……」

一說話，舌尖痛感刺激著唾液腺，唾液和血混在一起，傷口疼得她忍不住縮著身子，輕輕咬住嘴唇。

頭髮有點亂，眼睛通紅濕潤，眼淚從眼角滾落。

顧從禮僵了僵。

他氣息緩慢平穩下來，雙手撐在她身體兩側，垂頭輕緩地舔了舔她唇瓣上流血的咬痕，然後身子往後，翻身下地，開門出去。

亮光一瞬間湧入室內，又很快被關上。

時吟手腳並用，慌忙往後蹭，脊背貼上沙發靠背。

她吸吸鼻子，縮在角落裡，抬手用手背抹掉眼淚。

他走了。

安靜封閉的空間裡只有女孩輕輕的吸氣聲，一抽一抽的，像是在哭。

時吟頭埋進臂彎裡，緩了一陣子，才抬起來，抹了把眼睛，正準備站起來，包廂的門再次被打開。

顧從禮的氣息有點急，沉默地走到她旁邊，半跪在地上，輕輕捏起她的下巴。

柔軟的紙巾貼上她的唇瓣，他動作很輕，碰到的地方刺痛。

時吟抬手，拍開他的手，人往後蹭了蹭，和他拉開一點距離。

門沒關，光線湧進來，隱約看得見他手裡拿著紙巾上面沾著她的血。

他啞著嗓子：「只有紙巾，先擦一下，等等我去藥房買藥。」

時吟沉默地看著他。

面對著門，一點點光映在她臉上，眼睛紅紅的：「你這是在做什麼……」

她的語速很慢，每吐出一個字，被咬破的地方就牽扯著，痛感尖銳又綿長，甚至還能感覺到舌尖鮮血在一點一點往外湧，蔓延口腔。

「你剛剛的行為，我不知道該怎麼理解，你要不要解釋一下。」

他不出聲音。

喉嚨裡、嗓子裡全是血的腥味，時吟強忍著疼痛，聲音很平穩，輕輕的，帶著重重的鼻音：「你說你生氣了，這就是你做出這種事情的理由嗎？你是不是覺得自己不開心的時候就可以理所當然的隨意做什麼都可以？」

「你把我當什麼？我是你的所有物嗎？我不可能永遠不跟別的異性說話的，顧從禮，你覺不覺得自己的行為很不可理喻？」

她嘴巴好疼，舌頭還在流血，剛剛一直被捏著的手腕也生疼發麻，有那麼一瞬間，時吟以為自己的骨頭被他捏碎掉了。

這個人瘋了一樣，下手重得像是要把她弄死在這裡。

想好好吵一架，他又不說話。

時吟從沙發上下去，站起來走到門邊，開了燈，站在門邊轉頭去看牆上的彩色鏡子。

她下唇破了大塊，血液流出唇線，在嘴角凝固，紅的觸目驚心，脖頸處也有印子，伸出舌頭，舌尖的地方還在一點一點往外滲出血液，一時間找不到傷口在哪裡。

「……」

時吟轉頭看向顧從禮：「你是不是有點暴力傾向？」

他安靜地看著她，淺棕的眸沉沉的：「沒有。」

時吟氣笑了：「你這叫沒有。」

顧從禮又不說話了。

想要在她身上留下他的記號，像是宣示什麼，或是證明什麼。那一瞬間，占有的欲望壓過理性，是他心裡一直以來的，蠢蠢欲動的黑暗。

他長睫低垂下去，沉默了一陣子，語速很慢：「我聽到，他跟妳告白，」

他看著她發紅的眼眶，抿了抿唇，固執地說：「妳是我的。」

時吟愣兩秒，長出口氣：「那你應該也聽見，我拒絕了，」

她後退了兩步，背靠著彩色的鏡子：「我知道你們男人，可能多多少少都會有一點占有欲還是什麼的，我不知道別人是不是也這樣，我只有你這麼一個男人，但是我覺得，他們吃醋絕對不是你這種，連對話和溝通都沒有的方式，你今天的行為讓我覺得有點被傷害到。」

她抹了下嘴邊凝固的血液，扯動傷口倒吸了一口涼氣，那裡被扯開又開始流血，沾在白皙的指腹上，薄薄的一層很快乾掉。

顧從禮視線停在上面，手指動了動，又垂下去。

時吟從來沒有這樣對他說過話。

可是今天，她忽然明白了，一直以來，她覺得她和他的距離感在哪裡了。

她潛意識裡依然覺得還有愧疚什麼的，所以比起男女朋友，態度更像是後輩似的，他近一步，她就退一步，維持著一點點的，安全的距離。

不隨便探索他的世界，對他偶爾暴露出來的一點點極端的攻擊性視而不見，不喜歡的事情也都不會說出來。

現在，兩個人中間的那層玻璃，終於碎掉了。

時吟覺得有什麼一直堵在胸口裡的東西也跟著碎掉了，連呼吸都輕鬆了起來。

在腦海裡盤踞了很久很久的，一直問不出口的問題，好像也變得簡單了。

她垂下頭去，聲音很低，委屈又不安，帶著哭過後的一點點黏性：「顧老師，你真的喜歡我嗎？」

顧從禮僵立在原地，說不出話來。

小的時候，他看到白露對著顧璘歇斯底里的樣子，覺得既難看又難以理解。

他的媽媽一直是很溫柔的人，他不明白為什麼平時溫柔的母親會露出那樣的，讓人看起來非常難過的表情。

顧從禮特別討厭顧璘。

可是白露喜歡他，她愛顧璘這個人勝過顧從禮，為了那個男人，她連自己的兒子都可以不管了。

顧從禮的叛逆期來得很早，他性格裡似乎有著兩種矛盾的東西同時存在，他繼承了顧璘的冷情，也有著白露的激烈。

他像是分裂出兩個不同的人格，在和顧璘鬧得最厲害的那段時間裡，激烈的顧從禮在無所不用其極的和他作對，爭吵，傷害。

冷漠的顧從禮站在高高的上空，冷眼看著下面一齣荒誕又可笑的，愚蠢的鬧劇。

在這個過程中，白露一次都沒有站在他這邊過。

她對他很好，前提是沒有顧璘。

學校裡的老師都教，母親對自己孩子的愛是偉大且無私的，她愛你勝過愛自己的生命。

可是白露不是，在她的世界裡，他是可以被犧牲的那個。

他的人生裡，不會有愛他勝過自己的生命的角色出現。

所以，當六年前，少女哭著站在他面前，說她會把事情解釋清楚，絕對不會讓他受到傷害的時候，顧從禮有一瞬間的茫然。

心臟像是氣球，被打足了氣，充得滿滿的。

那一瞬間，他生平第一次感受到被人保護的感覺。

她帶著真摯和熱情，小心翼翼地，一點一點走近他，然後走進他。

這個人太溫暖，溫暖得讓他忍不住想要死死地捂住，緊緊抱在懷裡，擔心一不小心她就跑掉，有任何人接近一步都會讓他神經緊繃，生怕下一秒，她就會被搶走，他又變成了可以被犧牲的人。

可是這樣，他又跟白露有什麼差別。

他們都變成為了自己去傷害別人的人。

欲望說，就這樣做有什麼關係，她是你的，你不這樣，她會跑掉的，她不要你了，自己的東西就要靠自己，要牢牢抓住。

理智反駁，這樣不好，這樣不對。

欲望問，有什麼不對？

理智說，你讓她傷心了，她流了血，她在哭。

心臟最柔軟的地方輕微地抽痛了一下。

顧從禮站起身，走過去，慢慢地試探性地抱住她。

她看起來好像很平靜的，跟他說了好多話，可是真的抱著她，才發現她整個人還在微微顫抖，細瘦的骨架，軟軟的被他擁進懷裡。

顧從禮不敢再用力，也不敢動作太大，生怕再嚇到她，溫熱的唇貼在她額頭上，抬手揉了揉她的頭髮，又一下一下，安撫似的拍著她的背：「別怕。」

「是我做錯了，對不起，」他啞著嗓子，「別怕，我永遠都不會再傷害妳。」

第九章　親吻與訴說

時吟和顧從禮正式進入第一次感情危機和冷戰。

是她單方面的。

時吟去洗手間簡單處理一下唇瓣上可見的傷口，又將衣領拉高，轉身回了之前的包廂。

顧從禮沉默站在門口，垂著頭，沒進去，聽見腳步聲，他抬起頭，視線落在她唇邊，抿了抿唇。

時吟低下頭，視線垂著，直接進了包廂。

好在裡頭光線昏暗，看不出她有什麼不對，時吟一進去，西野奈就湊過來：「我們小時一剛剛去哪裡啦，叫了妳一圈了！」

時吟側頭，才看見桌上她們叫了酒，還有一堆骰盅。

她委婉地拒絕了西野奈向她發出的組隊邀請，坐回到角落裡，有點出神。

時吟本來覺得，面對這樣的顧從禮，她會覺得有點怕，想要逃。

結果事情真的發生了，她有害怕他嗎？

好像多多少少是有一點不安的。

但是這種情緒與其說是怕，不如說是憤怒和茫然更多一點。

他的性格裡有很多藏在淡漠以下的，她所不瞭解的另一面在，忽然之間，這些東西被挖掘出來，她有點不知道怎麼辦才好。

第一次遇到這種事情，這種情況，不知所措，也不知道怎麼處理才是正確的。

差不多十分鐘後，西野奈收到訊息，欺岸說他不來了。

時吟現在對欺岸這個人是誰已經十有八九，她愣了愣，走到包廂門口，推開一條縫，悄悄往外瞧了瞧。

顧從禮人已經不在了。

她重新關好門，靠在門框上，想了想，抽出手機，打開瀏覽器。

猶豫了半晌，她輸入——接吻的時候咬人，是暴力傾向嗎？

做賊似的四下掃了一圈，確定旁邊沒人在注意這邊以後，她靠著牆，點了搜尋。

裡面跳出五花八門的各種回答，時吟點開最上頭一個——

『您好，這個應該不屬於暴力傾向的，接吻的時候咬對方的嘴唇，代表對性關係的渴望。』

時吟：「……」

時吟臉以肉眼可見的速度紅了，她「啪」扣下手機，單手捂了下臉，又心虛地放下，手忙腳亂退出了瀏覽器。

什麼亂七八糟的？什……什麼渴望？

晚上十點左右，這邊才結束。

時吟是和林佑賀一起來的，自然也由他負責送她回去，一出了KTV的門，時吟看見旁邊停車位停著輛車。

熟悉的保時捷，熟悉的紅白黑三色標誌，中間一匹馬揚著蹄子。

再看車牌號碼，熟悉的那個。

時吟看了手錶一眼。

已經好幾個小時過去了。

林佑賀喝了酒，時吟攔了輛計程車，上車之前，回頭看了還停在停車位裡，像是沒人在裡面的車一眼。

計程車行駛，它才緩慢的動了。

不遠不近的，中間隔著兩輛車的距離，一直跟著她，直到進了社區。

時吟付了錢，下車。

保時捷停在路邊，一動也不動。

她轉身往社區裡面走。

遠遠地，聽見車門被關上的聲音。

時吟長出口氣，剛想回頭，想起剛剛手機查到的東西。

『接吻的時候咬人，是暴力傾向嗎？』

『接吻的時候咬對方的嘴唇，代表了一種對性關係的渴望。』

「……」

時吟一僵，加快了腳步，踩著高跟鞋嗒嗒嗒嗒往家裡走，進樓站在電梯門口，悄悄往外瞧了瞧。

他沒進來。

她上電梯，開門進了家門，踢掉鞋子走到客廳窗邊，紗窗拉開一點點偷偷往外瞅。

顧從禮站在路燈下，靠著黑色的路燈燈杆，嘴裡咬著菸，沉默地仰著頭看著她家的方向。

隔著很遠的距離，時吟恍惚覺得自己的視線和他對上了。

她像偷窺被抓包了一樣迅速縮回視線，撲騰著坐在地上，腦袋藏到綠植後面。

過了兩分鐘，她忍不住偷偷地，探頭又過去看。

顧從禮人已經不在了。

她趴在窗臺上看著下面空盪盪的路燈，手機資訊提示音想起，在黑暗的房間裡螢幕明亮。

時吟把手機舉到面前。

顧從禮：『記得處理傷口。』

時吟愣愣地。

所以他就這麼在車裡等了幾個小時，又像個小尾巴似的跟著她，看著她到家門口就走了，是在幹嘛呢。

送她回家嗎……

她忍不住牽了牽唇角。

扯動咬傷，又是一陣疼，時吟倒吸了口冷氣，捂著嘴巴可憐兮兮地嗚嗚叫了兩聲。

咬對方就是對性關係的渴望了。

那像顧從禮這樣恨不得咬死她的別是渴望到要炸掉了吧。

時一老師滿腦子黃色廢料的想。

雖然他確實長得就是一臉沒有性需求的樣子，但是他好歹也快三十歲了，女朋友不可能沒有過吧……

就算他的性格看起來真的不像是交過女朋友的樣子，但是這個年紀的男人，總不可能沒有過這方面的經驗吧。

時吟倒是不太在意他有沒有過女人什麼的，不如說她更希望他有一點經驗才好。

不然三十歲的老處男，那也太可怕了吧，得是什麼樣的奇葩物種啊？

等等。

等一等。

時吟捂著嘴巴的手，慢慢地捂住了臉。

她到底都在想什麼啊！

托了這個搜尋結果的福，時吟一晚沒怎麼睡好。

亂七八糟的各種黃色廢料充斥夢境，第二天她一大早就醒了，一臉呆滯地坐在床上。

時吟還記得自己以前有過一次，她生理期剛過去沒幾天，下午去廁所解決完了問題以後發現馬桶裡全是紅色的，她嚇得不行，以為那是血，一時傻住了，瘋狂搜尋了一波。

搜尋結果告訴她是不治之症，可能快死了，日子沒有幾天了，讓她吃點好的。

時吟傷心憂鬱了一下午，抱著枕頭淚眼婆娑，突然想起來自己下午好像吃了火龍果。紅心的那種。

從那以後，時吟發誓再也不聽信網路搜尋了。

怎麼又著了這個小妖精的道呢？

時吟恍惚地掀開空調被，翻身下地，走進浴室沖澡。

刷牙的時候泡沫沾上舌尖嘴角，疼得她在浴室裡直蹬腿。

顧從禮這個老混蛋。

早晚有一天，她要報這一箭之仇，也讓他體驗一下這種感覺有多酸爽。

從浴室出來早上八點多，時吟頭髮吹半乾，穿了件珊瑚絨長睡裙，晃晃悠悠出了臥室，往書房走。

路過廚房，腳步一頓。

餐桌上放著兩塊三明治，一杯牛奶，時吟走過去，掀開三明治。

大概是因為不知道她什麼時候會醒，裡面夾著的是番茄，酸黃瓜和酪梨，還有可以冷食的煙燻培根。

她抬起頭，伸脖子往廚房裡瞧，又四下看了一圈。

安靜的房子裡除了她，再無其他人。

時吟咬了口三明治，軟軟的蕎麥麵包，酸黃瓜和番茄切片夾在裡面爽口又開胃。
昨晚無聲無息地送她回家，和今天無聲無息的早餐，這個男人悶起來還真的挺悶的，連道歉都這麼悶的嗎。
她撇撇嘴，咬著三明治往書房走。
一推門，看見門邊的桌旁坐了個人，電腦開著，上面PS上是一張分鏡的草稿圖。
時吟愣了愣。
梁秋實抬起頭，也愣了愣。
兩個人對視了幾秒，梁秋實垂下頭，聲音很低：「《鴻鳴龍雀》下一話的分鏡稿因為之前已經畫好了，我今天也沒事情做，就先看看哪些分鏡需要重新劃分一下什麼的。」
時吟眨眨眼，還沒說話。
梁秋實忽然站起來，深深地朝她鞠了個躬。
時吟嚇了一跳，差點跳起來，嘴巴裡塞著三明治，驚恐地看著他。
梁秋實直起身，緊閉著眼，五官都皺在一起了：「時一老師，對不起！」
他大吼了一聲，時吟嚇得又是一哆嗦。
「我是鬼迷心竅了才會被那個副經理說得有點動心，其實那天遇到妳的時候我沒準備去的，但是當時我也不知道為什麼，就是不想聽您的……」他越說聲音越低，「我知道我現在水準不足，能力不夠，想出道想畫自己的漫畫是癡心妄想，讓妳失望了，對不起。」
時吟慈愛的看著他。

從小養到大的小孩終於度過了漫長的叛逆期，知道了媽媽對他的好，拋棄了他神龍幫的黑道朋友們棄暗投明回家唸書了。

但是她也從來沒有遇到過這樣的情景。

她有點不自然地抓了抓眉梢，「欸」了一聲，不知道說什麼好。

她垂眸，視線落在手裡的三明治上，愣了愣。

既然梁秋實人在這裡，那這個三明治的製作者，好像應該不是她想的那個。

還以為是某人早上特地來弄的。

想想也是，現在編輯部那麼忙，他早上還要早早去上班，哪有空來她家裡做什麼早餐。

梁秋實一來，從早上待到了晚上。

他好像突然打了雞血一樣，瘋狂跟時吟吐槽從陽文化這公司和那個副經理有多缺心眼以後，開始催著她畫稿。

「時一老師，我覺得妳一直以來工作態度問題很大，妳看，白天悠閒地畫完這些，工作量平均分攤到每天，也就不用在截稿日前白天黑夜的趕稿了，我幫您制定了一個日程計畫安排表……」

——話比平時多了兩倍往上。

時吟因為顧從禮的事情有點心情不佳，急需一點事情來分散掉她的注意力，午飯叫了個外送以後，兩個人搬了筆電去客廳，一畫就是一下午。

六點多的時候，幾聲輕響，防盜門被人從外面打開。

時吟和梁秋實同時抬起頭，看向門口，剛剛時吟正在告訴他背景哪裡需要改，兩個人靠得稍微有那麼一點點近，她手裡的筆點在他筆電螢幕上。

顧從禮手裡提著超市的購物袋站在門口，垂眼看著他們，目光頓了頓。

時吟愣住了，反應過來以後有點慌，迅速拉開距離竄到沙發另一頭去，緊張地看著顧從禮，想著要怎麼跟他解釋。

男人抿著唇，沉默地，一動也不動站在門口。

時吟張了張嘴巴，正要站起來，顧從禮朝梁秋實淡淡點了點頭：「你好，我是顧從禮，時一老師的……」

他微頓，聲音不易察覺的低了低，「主編。」

男人安靜站在那裡，聲音低低的，長睫斂下，薄薄的唇抿在一起，無聲又委屈。

時吟撐著沙發靠墊，愣愣的看著他。

突然覺得心裡酸酸的，難過得不行。

他這樣的人，現在要多克制隱忍著，才說出這樣的話。

氣氛一時間十分僵硬。

而其實僵硬的只有時吟一個人而已。

梁秋實中二病大病初愈，此時老實得不行，想起他上次見到顧從禮，是看見他把時吟抵在沙發旁邊的時候。

他垂眸，看見顧從禮手裡的袋子，露出一個恍然大悟的表情，低聲跟時吟道：「原來如此。」

「……」時吟清了清嗓子：「什麼？」

「時一老師，主編也怕您自己在家把自己餓進醫院裡，然後就有理由光明正大的拖稿了。」

「……」時吟翻了個白眼：「在你心裡我為了拖稿真是無所不用其極啊。」

「不只是在我心裡，」梁秋實平靜地說，「您看，主編也是這麼想的。」

時吟用筆尖點了點茶几桌面：「做你的事情去。」

一邊說著，一邊悄悄看了顧從禮一眼。

男人提著袋子走進廚房，梁秋實已經走過去了，接過購物袋放在流理檯上，把裡面的東西一樣一樣拿出來：「辛苦您了。」

顧從禮淡淡：「沒事。」

「時一老師生活上完全是殘廢級別，不管她的話她就只會叫外送和煮泡麵。」

顧從禮沒說話。

「之前我也會幫她買點水果蔬菜什麼的，但是前段時間，」梁秋實頓了頓，輕咳了兩聲，「我有點忙，就沒怎麼過來。」

顧從禮依然沒說話。

「您不知道，以前每次截稿日期一過，時一老師有多嗷嗷待哺，那時候您還沒來，她一個人能吃四百塊錢的火鍋。」梁秋實今天顯然很快樂，話比平時多了不只一點點。

顧從禮終於，抬起頭，平靜地看了他一眼。

時吟心都提到了嗓子眼。

生怕下一秒，顧從禮折了梁秋實的手腕，拖著他丟出去。

三秒鐘後，顧從禮冷漠地收回視線，捲起袖子，抽出菜刀，從另一個袋子裡取出一條魚。

那魚還活著，魚鰓翕動，身子掙扎著撲騰。

蒼白修長的手按著魚身將魚按在砧板上，冷銳刀刃唰地劃過，俐落開膛，挖出內臟，血水滲出來，在木製的砧板上蔓延開來。

梁秋實沉默了兩秒，嘆道：「主編好手藝。」

時吟捂住眼睛。

顧從禮買了不少食材過來，男人背對著客廳站在廚房裡，有條不紊處理各種食材，襯衫的布料隨著動作在腰背部拉成俐落的褶皺，看起來賞心悅目。

梁秋實幫了一下忙，顧從禮始終沒怎麼說過話，要麼就是一兩個字，蔬菜洗完，梁秋實甩著手出來了，悄聲對時吟道：「妳有沒有覺得冷？」

時吟收回偷偷看著顧從禮的餘光，假裝坐在沙發上玩手機：「十二月了，你還想體驗體感溫度二十五度以上的室溫嗎？」

「不是這個冷，就是那種，陰風陣陣的感覺，」梁秋實比了個手刀，高高舉起，從上往下刷地劃下來，「剛剛顧主編處理魚的時候，我看著他幫魚開膛，不知道為什麼，突然覺得腹部一痛。」

時吟：「……」

「妳不覺得嗎，那個淩厲的刀風，搞得我好緊張啊。」

時吟面無表情：「你拍武俠片嗎？」

梁秋實沒說話。

客廳裡陷入詭異的安靜，只有廚房水龍頭的水聲嘩啦啦響起，時吟再次偷偷地，用餘光掃了顧從禮一眼。

所以他是來煮飯的？

他不是最近很忙嗎。

時吟又想起今天早上的那個三明治，還有那杯冷透的牛奶。

她側過身來，問梁秋實，聲音壓得很低：「你今天早上幫我弄了三明治嗎？」

梁秋實表情有些茫然：「什麼三明治？」

「……」時吟抿了抿唇，別過頭去：「沒什麼，是我搞錯了。」

是她搞錯了。

她家的鑰匙除了梁秋實和顧從禮以外沒人有了，前者是因為認識久，比較方便，後者……莫名其妙，不知道為什麼就有了。

因為她睡起來的時候梁秋實就已經在了，所以時吟就下意識以為是他。

她長長地嘆了口氣。

他這是在道歉嗎？

哪有這麼哄人的啊……

顧從禮動作很快，四菜一湯，西班牙海鮮燴飯比餐廳弄得還要好看，裡面海鮮分量很足，孔雀蛤、蝦、魷魚和黃澄澄的米飯混在一起。

吃飯的時候，梁秋實家裡打來了電話，問他什麼時候回去。

梁秋實剛好吃得差不多，跟時吟和顧從禮打了聲招呼，裝好電腦和本子準備走人。

時吟送他到門口，梁秋實進電梯，電梯門緩緩關上。

剛要關上防盜門，她動作頓了頓，垂了下眼，忽然抬起手，朝著空盪盪的門口擺了擺手，笑容燦爛，很大聲地說：「謝謝你今天早上的三明治啊。」

她關上防盜門，重新走回餐廳。

顧從禮安靜地坐在餐桌前，他也吃完了，正在看手機。

只剩下他們兩個人，氣氛有點尷尬。

她坐下，他放下手機，就這麼坐在對面，看著她吃。

男人清冷的視線長久地，淡淡落在她身上。

五分鐘後，時吟忍無可忍，放下筷子。抬起頭。

男人棕眸清淺，安靜地和她對視。

時吟繃著表情：「我吃飽了。」

「嗯。」

「謝謝你的晚餐。」

「嗯。」

沉默。

顧從禮站起來，傾身去端盤子。

時吟動作很快，按住盤子另一端：「我來就行了。」

顧從禮鬆了手，眼睫覆蓋下來，站在餐桌旁。

安靜沉默的樣子，看起來有點陰鬱，像闖了什麼禍，垂頭喪氣站在旁邊，不敢靠近過來的小貓咪似的。

從來沒見過這樣的顧從禮，

時吟心軟了，咬了咬嘴唇，垂下腦袋，悶悶道：「那你還有什麼事嗎？」

顧從禮沒出聲。

半晌：「沒有，」他淡淡道，「我先走了。」

當天晚上，時吟又做了個夢。

酪梨煙燻培根三明治長出了手和腳，在她的床上蹦蹦跳跳，一邊跳一邊唱著自己編的歌，旋律像海綿寶寶的主題曲，歌詞只有一句話——

「我的主人是顧從禮——我的主人是顧從禮——」

時吟醒來的時候下意識看了床上一眼，從床頭掃到床尾，確定沒看見什麼長了手腳的三明治以後，才恍惚地坐起來。

冷戰兩天，她做了兩天關於顧從禮的夢。

不過還好，今天的內容比較純潔，比昨天那個好接受多了。

時吟不確定這是不是顧從禮過於強烈的怨念，她翻身下地，剛準備去洗手間，腳步頓住了，走到門口，打開臥室門，進廚房。

餐廳桌上一個白瓷鍋，下面放著隔熱墊，時吟打開蓋子，裡面是熬得爛爛的皮蛋瘦肉粥，已經冷了，有一點點凝固。

旁邊貼著一張便利貼，是她之前經常用的，隨手放在冰箱旁邊的籃子裡，粉紅色的兔子便利貼上是遒勁有力的字體：『冷了記得加熱一下再喝——顧從禮』。

顧從禮三個字，他寫得尤其大，像是在強調或者提醒她什麼似的，筆鋒淩厲，好看又醒目。

時吟「噗」的一聲笑出聲來。

她昨天是故意想氣氣他的，還以為他沒什麼反應，只是不在意了。

結果其實是在這裡等著她呢。

像求表揚的小朋友一樣的，這個男人在某些地方意料之外的幼稚啊。

時吟彎著唇，回浴室洗了個澡，出來端著白瓷鍋進廚房，加熱了一下，吃完滑了一下社群，走進書房開電腦。

《ECHO》完結了很久了，最後一本單行本即將發售，她前段時間畫完了完結章的單行本獨家番外，現在還差一個彩頁海報。

色彩一直是時吟的弱項，每次畫彩頁她都抓心撓肝地，把一把掉頭髮，偏偏她又有點龜毛強迫症，修了又修，畫得極慢，再加上還有《鴻鳴龍雀》的連載要畫，這麼一張海報大圖，從起稿到上色用了一週多的時間。

在這期間，時吟每天早上都能吃到不重複的，中式西式各種早餐。

她其實早就不生氣了，只是稍微有一點點不知道該怎麼面對。

一個人的性格太難改變，顧從禮的性格如果就是如此，時吟總不可能，因為自己不喜歡，就強行想要讓他變成王從禮、張從禮什麼的。

彩頁海報終於畫完那天，時吟久違地點開了顧從禮的聊天室，將文件傳給他。

沒過多久，顧從禮那邊回覆了，他傳過來一張什麼東西的流程表格，時吟點開來看了一下，是《ECHO》的單行本簽售會。

時吟之前從來沒弄過簽售會，一個是懶得出門，不想露面，還有就是她人氣普通，也沒有完整作品。

現在她有《ECHO》這部完結作品，《鴻鳴龍雀》勢頭正盛，已經連續幾期的連載都排在投票順位前五位，《鴻鳴》的第一本單行本年後會開始發售。

而時一這個漫畫家本人也人氣飆升，在她沒意識到的時候。自從顫慄的狸貓那件事情以後，社群粉絲以肉眼可見的速度在增長。

因為這件事情而關注她知道她的人不在少數，女生畫風精緻，日常逗趣，性格很是討喜，八卦路人們開始大批的被圈粉。

也算是拜顫慄的狸貓所賜，因禍得福了。

市場宣傳發行部那邊的建議是，可以趁熱辦兩場簽售會，S市一場、帝都一場，炒一下熱度，幫處女作畫下一個完美的句號，也順便給新作品的單行本做個宣傳。

而且，還據說時一老師很好看，《赤月》這邊頓時也有種想帶著自己家女兒出去溜一圈，打一打網路上說自家寶貝女兒是個啤酒肚謝頂猥瑣宅男的，那些黑子們的臉。

時吟之前已經去過新人賞的頒獎典禮，她倒是不怎麼介意，唯一的疑問是帝都那邊的簽售會。

她從小在南方長大，從來沒去過北方，想了想，打字問道：『帝都那邊也要去嗎？我沒去過呀。』

兩個人冷戰以來，第一次在社交軟體上的對話，竟然還是因為工作。

時吟正感嘆著，那邊很快回覆。

顧從禮：『嗯，算是出差，公司也派了編輯帶著妳，沒事。』

時吟：『和誰啊？』

時吟希望能派一個她認識的編輯。

顧從禮：『和我。』

時吟一頓，差點從椅子上滑下去。

她是沒出過差，可是吃過的糧不少。

從小說到漫畫到偶像劇，韓劇日劇美劇，只要有兩人一起出去旅行、過夜、通宵，或者出差、員工旅遊等等等等戲碼中的其中一個的時候，男女主角的感情都會出現突飛猛進的進展。

老話有一句說，如果一個女性答應了你的旅行邀請，那麼十有八九，你可以把它當做一個訊號了。

正常情況下，時吟覺得自己應該會挺期待和顧從禮單獨活動的。

但是現在兩個人之前出現了一點小小的小問題。

顧從禮替她做了一個禮拜早餐，宛如田螺姑娘，也不按門鈴了，悄無聲息的來，默默無聞的走，房子裡沒有他的身影，只有餐桌上留下了他的傳說。

可是他又什麼都不肯再說了。

時吟很鬱悶。

簽售會在年會以前，十二月底一月初，正是學生放寒假的時候，S市第一場，也就是半個月以後，在搖光社的一樓禮宴廳。

上一次來這個地方是參加欺岸的作品的週年會，這次是她自己的簽售會。

想到這個，時吟才想起來，欺岸十有八九就是顧從禮這件事。

她心情複雜，本來當時想著一定要第一時間問問他的，結果變成現在這樣。

可是別的情侶因為吃醋這種原因鬧個小彆扭，都是很快就和好了，最後還得來個熱烈的深情擁吻什麼的，簡直是甜蜜催化劑。

時吟不知道為什麼到了她和顧從禮這裡，吃醋變成了這麼苦大仇深的事情。

週末這天，顧從禮回了陽城。

白露說她想種花。

曹姨今天上午請假，小護工早上去買了一盆綠蘿回來，用漂亮的花盆裝著，顧從禮來的時候，白露正哼著歌，捏著一個小水壺往植物的枝葉上澆水。

看到顧從禮進來，她驚喜地放下水壺，走過去：「阿禮，你來啦。」

顧從禮這幾次過來都是想讓她接受治療，結果並不理想，幾乎每次都以白露歇斯底里的尖叫告終。

可是下一次他再過來的時候，白露都像什麼都不記得了一樣，顧從禮反覆地重複著這樣的，勸說的過程，他開始覺得麻木。

白露拉著他，走到窗邊綠蘿旁邊，窗戶被封得很死，鐵欄杆排列緊湊，壓抑昏暗的房子裡，那一顆綠色的小植物彷彿變成了唯一的生氣，努力地，孜孜不倦向窗外伸展著枝葉。

顧從禮突然想，時吟家也有很多這樣的植物。

只不過她養得很好，順著繩子爬滿了整個陽臺，像是一片綠色的海，看起來明媚又生機勃勃。

白露在他旁邊溫柔地說著話：「阿禮，我那天看見你爸爸了。」

「他看起來好像有點瘦，是不是最近沒怎麼好好休息，」她擔憂的皺了皺眉，「你不要總是惹他生氣，他那麼忙，還要管你。」

顧從禮淡淡彎了彎唇：「他沒管過我。」

白露一頓，手裡的水壺「啪」地摔在地上，瞪大眼睛朝他尖叫：「你閉嘴！你閉嘴！你怎麼能這麼說你爸爸！」

曹姨不在，小護工聽見聲音跑過來，遠遠地站在門口，不敢進來。

綠蘿放在窗邊梳妝檯上，她尖叫著捂住腦袋就要往外跑，顧從禮抬手想去抓住她的手腕。

白露卻頓住了腳步，她抬頭，漂亮的棕色眼睛怨毒地看著他：「就是因為你……一定是因為你，因為你惹他生氣了，他才不來了……你為什麼要惹他！」

她聲嘶力竭喊著，忽然抓起旁邊桌上的綠蘿，舉高，對著大理石的窗臺狠狠砸下去，瓷製的花盆被摔了個粉碎，白露抓起一片碎片，狠狠地扎進顧從禮伸過來的手臂。

冰涼尖銳的瓷片尖端深深刺進小臂內側的皮肉，顧從禮悶哼了聲，另一隻手去抓她手腕，她力氣極大，紅著眼，死死抓著那碎片，狠狠扎著往下劃，破出一道血淋淋的口子。

旁邊的小護工捂住嘴巴裡的尖叫聲，跑出去打電話給曹姨。

鮮血順著傷口湧出來，沾在她握著碎片的手指，她掌心被割破，兩個人的血混合在一起，順著男人蒼白的皮膚蜿蜒著往下淌，滴落在柔軟的白色地毯上，開出大片的血色的花。

白露忽然怔住了，愣愣地鬆手，丟下手裡的碎片，垂頭看著他的手臂，用沾滿鮮血的手抱著他開始哭：「阿禮……疼不疼？阿禮別怕，沒事了，媽媽在這……」

直到曹姨接到電話以後匆匆趕回來，打了鎮定白露才安靜下來。

她手上割傷也很深，曹姨叫了私人醫生，顧從禮沒等人過來，直接走了。

他手臂上的傷口只做了簡單的處理，開了兩個小時車回到S市時鮮血已經滲出紗布。

顧從禮打方向盤，往醫院方向去。

上次去醫院，是為了把白露接回來。

這次也是因為她。

顧從禮刷卡進院，停了車進醫院大廳，一抬眼，就看見一道熟悉的身影一晃而過。

時吟從天井那邊休息廳裡出來，皺著眉一臉憂心忡忡的樣子，走到電梯旁邊，等了一下，又轉身，往手扶梯那邊走，呆滯地踩上扶梯。

低垂著眼，抿著唇，眉頭皺得很緊，緊張又心不在焉。

林念念打給時吟的時候，她還在睡覺。

電話一接起來時吟就清醒了，林念念那頭哭得天崩地裂，一邊哭一邊罵，背影聲音嘈雜，聲音含糊。

聊了一下，時吟終於聽出她表達的兩件事。

一、林念念懷孕了。

二、她和秦江提了分手。

兩個人從大學開始戀愛，一直到出社會，秦江一直是模範男友，所有人都覺得他們肯定會走到最後。

結果最終還是敗給了現實，婚姻、家庭差距、財產和房產，愛情回歸到瑣碎裡以後，就變得一文不值，異常廉價。

林念念老家本來就不在陽城，她和秦江在一起五年了，跟著他回到他的家鄉，現在一拍兩散，發現自己除了兩箱行李以外什麼都沒有。

時吟炸了。

從來沒有這麼憤怒過。

她強忍著想要衝到陽城去把秦江如他名字那樣丟進江裡的衝動，先去火車站把林念念接回來。

林念念外表屬於嬌小精緻的小女人型，可是大學四年，時吟是清楚的，她的性格很剛強。

此時她卻像是丟了魂一樣，眼睛紅紅的，哭著坐在沙發上：「吟吟，我不知道怎麼辦。」

「我跟他在一起五年了，婚都訂了，沒涉及到結婚什麼的時候，談戀愛的時候全都好好的，我不知道為什麼忽然就這樣了，但是我覺得不分手，我的一輩子就毀了，我本來已經下定決心了，」她閉上眼睛，哭著笑了，「這個時候告訴我懷孕，我真的不知道怎麼辦才好。」

時吟抿了抿唇：「妳去醫院看過了嗎？」

林念念搖頭。

「驗孕棒也有不準的時候，還是去醫院檢查一下，」時吟長出口氣：「也許是烏龍呢，妳今天先好好休息一下，明天我們去醫院。」

林念念抹了把眼淚，清了清嗓子：「我沒事，我不累，今天去吧，一口氣給我個痛快。」

她頓了頓，有些猶豫，「萬一是真的有了，妳是怎麼想的，要留下還是……打掉。」

林念念茫然的看著她，聲音很輕：「我不知道……」

時吟皺了皺眉：「如果真的有了，妳準備和秦江和好嗎？」

林念念不說話了。

時吟嘆了口氣。

週末的市立醫院人很多，時吟她們上午到，做了一連串檢查，通知下午取結果。

林念念全程緊張得臉色發白，中飯根本沒吃幾口，下午到醫院去，站在醫院天井休息廳裡抓著時吟的手臂：「吟吟，我腿都軟了，我能不能不上去。」

時吟也不知道這種情況要說什麼，她拍了拍她的手，起身去旁邊的自動販賣機買了一罐甜牛奶給她：「沒事，別怕，妳在這裡等一下，我先去幫妳取化驗單。」

林念念嘴唇發白，恍惚地點點頭。

時吟拿著她的健保卡上樓，排了一下子隊，拿到化驗單。

她從小到大沒生過什麼大病，每次來醫院都是每年的例行體檢，時吟拿著一堆單子分辨了好久，有點茫然。

看了手裡的幾張化驗單一眼，她伸頭，小心地問窗口裡的小護士：「您好，請問這是……懷孕了嗎？」

小護士很忙，掃了她手裡的東西一眼，又看了她一眼，聲音清脆：「我們這裡不負責看的，妳拿著孕檢報告單直接去醫生那邊就可以了。」

時吟道了謝，一邊低頭看著手裡的東西一邊往前走，上面一堆亂七八糟的數字，她看得完全茫然。

正中是天井，越往前走光線越亮，她沒走幾步，忽然被前面陰影遮住。

時吟抬起頭，臉上還帶著一點茫然。

顧從禮站在她面前，唇角平直，逆著光，眸子隱匿在陰影裡。

時吟愣了下，下意識「唰」地把手背過去，手裡的孕檢報告單飛快藏在身後。

念念的事情，不能讓任何人知道。

顧從禮頓了頓，微瞇著眼垂眸，低冷平緩問：「孕檢？」

市立醫院，一所現代化的、大型綜合性臨床醫院，S市最好的醫院之一。

中央空調效果也非常好，十二月初冬，時吟卻覺得熱得開始一層一層往外冒汗，額角鬢邊濡濕。

她十分鎮定，面無表情：「不是，是血常規化驗。」

顧從禮看起來平靜極了：「妳不是問這樣是不是懷孕嗎？」

「你聽錯了。」

顧從禮沉默了幾秒，冷道：「時吟。」

時吟長出口氣，表情一下子頹了下來，苦兮兮地看著他：「行吧，不是我，真的不是我，我是陪別人來的，其他的我不能再告訴你了，我怎麼可能懷孕，我都還沒和你——」

她說到一半，忽然沉默了。

顧從禮淺淺地牽起唇角：「嗯？和我什麼？」

時吟又想起之前的那個，代表一種對性關係的渴望。

她跺了跺腳，目光遊移：「那我先，」抬手指指旁邊的扶梯，準備開溜，右腳還沒邁出去，就收回來，皺眉：「你為什麼在這裡，生病了嗎？」

顧從禮淡淡別開眼：「沒什麼，有點失眠。」

林念念還在下面等，時吟沒再說什麼，點點頭，下去了。

直到站上手扶梯，她才恍惚意識到，這是兩個人鬧不開心以後第一次，面對面的對話，好像沒有什麼不一樣的地方。

主要還是誤會太烏龍了，自然而然地就解釋了，自然而然地就說話了。

時吟鼓了鼓腮幫子，站上扶梯回到天井休息的地方，找到林念念，把單子遞給她。

林念念沉默地拿過來，一頁一頁翻，垂頭看了三分鐘。

表情越來越凝重。

時吟心裡咯噔一下，也不自覺地凝重了起來。

林念念抬起頭，茫然地看著她：「所以這是懷了？還是沒有？」

「……」時吟說：「我以為妳看懂了。」

「我哪會看這個，我第一次懷孕。」

「我也沒懷過啊。」

林念念點點頭：「也對，妳大概到現在連性生活都還沒有，」她不確定地看著她，「應該還沒有吧？」

時吟：「……別再讓我聽見性生活這個詞了。」

林念念哈哈笑出聲，拍了拍她的手臂，站起身：「反正，先去拿給醫生看看吧。」

她笑容斂了斂：「雖然其實我覺得十有八九了，我這個月生理期也還沒來。」

時吟陪著她上了婦科樓層，林念念進了醫生辦公室，時吟站在門口等。

十幾分鐘後，她出來，時吟趕緊站起來走過去：「怎麼樣。」

林念念聳了聳肩：「就我想的那樣。」

時吟的表情散了。

她塌著肩膀茫然地站在原地，愣愣看著林念念，不知道該說什麼。

林念念讀書晚，比時吟要大一歲，今年二十四歲。

二十四歲，太美好的年紀，青澀漸漸褪去，成熟尚未完全到來。

林念念是有點強迫症的那種人，讀書的時候就是，會將每一天都安排得井井有條，關於未來，也應該做過充足的規劃。

時吟不知道，她的規劃裡有沒有秦江，但是她可以肯定，這裡面絕對不會有這個孩子。

林念念之前看起來慌得不行，現在真的出了結果，她反而淡定下來了，兩個人走出醫院，站在門口，她突然說：「吟吟，我把他生下來吧。」

時吟猛地轉過頭來，以為自己聽錯了：「什麼？」

「我不可能和秦江復合的，可是這也是我的孩子，」她笑了一下，「我有存款，也能賺錢，就算我一個人也養得起他。」

時吟瞪著她，表情裡完全是不可思議，她深吸了口氣：「妳不要一時昏頭就不管不顧什麼都不考慮了，這件事情不是妳能不能養得起他的問題。」

「我知道，單親家庭可能會不太健康，我會避免這個情況的，不會讓他覺得缺少父愛什麼的。」林念念平靜地說。

「妳說避免就能避免？妳覺得有那麼簡單？」

「能有多難？」

時吟火了，聲音提高了，又壓下來：「妳知不知道生孩子有多辛苦？養大一個孩子要花多少錢？妳在哪裡生？妳要回老家嗎？妳打算怎麼跟叔叔阿姨交代？妳懷胎十個月，孩子出生以後要坐月子，還有可能產後憂鬱，一年以後再費心費力地去找工作，因為沒有很多經驗又空窗太久還要跟應屆畢業生競爭，幾個月大的小朋友妳要怎麼照顧？妳有多少精力可以同時消耗在工作、生活還有孩子之間？」

她劈里啪啦說了一堆話，林念念一句都沒有反駁，安靜地聽她說完了，才輕聲說：「那我怎麼辦，我不想把他打掉，那種感覺妳不懂，我狠不下心。」

時吟垂眼：「妳先冷靜冷靜，也許過兩天就改變主意了。」

「妳第一天認識我嗎？我決定的事情不會改的，我跟秦江在一起五年了，還不是冷酷無情的說甩就甩了。」她輕鬆道。

時吟眼睛紅了：「那妳倒是像對他那樣再冷酷無情一下啊，妳是不是以為自己是小說女主角？秦江又不是妳的霸道總裁。」

林念念笑了：「他算個屁。」

林念念在時吟家住了兩天，第三天訂了回老家的機票，週六上午走。

她前腳走，時吟後腳訂了去陽城的車票，順便約秦江見面。

她大學時期和秦江關係還可以，雖然秦江和林念念分手了，但還是答應了。

S市到陽城坐汽車要比自己開車稍微慢一點點，到的時候下午，時吟直接打了電話給秦江。

電話那頭聲音很吵，背景音樂的聲音聽起來像是在酒吧KTV什麼的，秦江很大聲的朝電話裡吼：『喂！喂！』

「你在哪裡。」時吟心平氣和地問。

秦江換了個地方，噪音被隔絕了一點，他說了個地名，掛掉電話，隨手傳了個定位過來。

時吟攔了輛計程車，將定位給司機看。

司機是個體格健碩魁梧的胖子，瑟縮在小小的主駕駛座上看起來異常委屈，人非常健談，從汽車站到市區和她聊了一路，主要聊一些路見不平一聲吼，拔刀相助的正義事件。

看著導航上快到的時候，時吟側頭看了他一眼。

健碩的胖子司機被她直勾勾的盯著，露出一點點害羞的表情，撓了撓頭。

時吟道了聲歉，從皮夾裡抽出一疊鈔票遞給他：「不好意思，等等能請你幫個忙嗎？」

時吟落寞的笑了：「我男朋友出軌了，我等一下想去找他說清楚，可是我怕他打我。」

果然，健碩的小胖子司機瞬間就火了：「他打妳？他還打妳？就該打他一頓，直接報警把他抓起來！」

「不用不用，」時吟嚇得連忙擺手，「宣揚暴力是不對的，我不動手的，就跟他講講道理，您站在我後面幫我撐撐場子就行了，什麼都不用幹。」

車子停在一家酒吧門口，時吟付了錢下車，看到在門口抽菸的秦江。

男人看起來瘦了一些，下巴上有一點細小的鬍渣，看起來有些疲憊，將手裡的菸掐滅，對她笑了笑：「這麼快。」

時吟回頭，看見司機跟著她下來了，他果然很高，鑽出來站在她身後，像一座魁梧的山。

她放下心來，快步走過去，高跟鞋在石板地面上啪嗒啪嗒響。

走到秦江面前，時吟拎起包，金屬裝飾的那面照著男人的腦袋掄上去，砰的一聲悶響，秦江腦袋一偏，被打得側著頭向後趔趄了兩步。

秦江有點茫然，反應過來直接火了，罵了句髒話，上前兩步：「妳他媽有什麼毛——」

還沒罵完，時吟對著他腦袋反手又是一下。

秦江澈底火了，直接上前兩步，時吟下意識後退，被身後的司機扶了一把。

時吟長出口氣，心裡稍安。

也不是不怕的，她怕死了，可是一想到林念念，她渾身上下的火氣都開始往上湧。

時吟性格看起來軟，其實很不好交往。

二十幾年來能被稱為閨密的人，實在沒有幾個，一隻手大概數得過來，方舒算一個，再然後就剩下大學時期的室友。

並不只單純的是室友，而是朝夕相處，生活的點點滴滴都分享給對方，並且可以分享一輩子的那種朋友。

如果林念念只是分手，那就算了，可是現在發生這種事情，時吟只覺得一口氣全堵在嗓子眼裡，憋得她難受得不行。

秦江看了時吟身後膀大腰圓至少有他兩個寬的胖子一眼，腳步頓住，也沒再動，時吟那兩下力道不小，他現在臉都麻掉了，嘴角被打破，滲出血絲，他站在原地疼的呲牙咧嘴，抹了一把下巴：「林念念讓妳來的？行，這兩下我認了，是我對不起她。」

時吟咬緊了牙，冷冷看著他：「你沒對不起她，我是來謝謝你的，千恩萬謝還好你和念念分手了，不然她這一輩子都栽在你這個人渣手裡。」

她咬牙切齒地說完，轉頭就走，走出去一段，還覺得不解氣，轉過身來脫下來高跟短靴狠狠地朝他丟過去，正好砸在他鼻子上。

秦江嗷地一聲，捂住鼻子蹲下了，鼻血順著指縫淌出來。

時吟單腳跳著過去，撿起鞋重新套上，居高臨下地看著他：「你算個狗屁男人！」

顧從禮接到時吟電話的時候晚上七點，他剛到家沒多久。

年終事情多，時吟的簽售會他一手接下來，之前和同學合夥開的廣告工作室偶爾也會有些事情要他處理，忙得沒有週休二日這個概念。

剛從浴室裡出來，電話就響，顧從禮單手抓著毛巾扣在腦袋上，走到床邊接起來。

他這邊還沒說話，那邊，只聽見『嗝——』一聲。

女孩響亮地打了個悠遠綿長的嗝。

顧從禮沉默了一下。

時吟也沉默，過了幾秒，她叫他：『顧從禮……』

聲音軟，模糊，像是含在嘴巴裡，依依不捨地不願意吐出來。

她叫完他，又響亮地打了個嗝，忽然拔高了聲音：『你算個狗屁男人！』

顧從禮隨手把頭上的毛巾扯下來，丟在床上：「妳又喝酒了？」

『誰要跟你喝酒了，美得你鼻涕泡都出來了，』時吟顛三倒四地，毫不客氣打斷他，安靜了幾秒，她忽然問，『你們男人腦子裡是只有上床這檔事嗎？』

顧從禮一頓：「什麼？」

時吟委屈兮兮地吸了吸鼻子：『上就上吧，你帶個套難道會死嗎？會難受死你嗎？』

顧從禮：「……」

顧從禮有點頭疼。

他單手拿著手機，直接抽掉浴衣的帶子，走到衣櫃前，打開，隨手扯了兩件出來：「妳現在在哪？」

時吟胡言亂語：『我是你爸爸。』

「……」顧從禮手指搭在衣架上，冷道：「時吟。」

時吟完全沒聽出他聲音裡的寒意，語氣更衝，含含糊糊地：『幹什麼？叫爸爸幹什麼？你還想造反嗎？』

她說著，又打了個酒嗝，然後從手機那頭傳來一陣斷斷續續的撞擊聲，拖鞋在地板上拖來拖去的聲音，她乾嘔著，人趴在洗手檯上，打開了水龍頭，冰涼的水流沖在手背上。

顧從禮頓了頓，放緩了語氣：「時吟，妳在哪？」

時吟『唔』了一聲，混著水聲。

「妳在家嗎？」

她又『唔』了聲。

顧從禮套上毛衣：「妳在家乖乖等我，十分鐘，聽見了嗎？」

時吟對他這種命令式的語氣很不滿，趴在洗手檯上，指著鏡子，皺眉：『你為什麼要命令我？』

「妳別亂跑，我買炸豬排過去，乖。」顧從禮單手繫皮帶，柔聲哄道。

她猶豫了一下，跟他討價還價：『那我還要吃大腸麵。』

「好，都買給妳。」

半個小時後，顧從禮到時吟家門口，開了門進去。

房子裡很安靜，客廳燈沒開，地燈照亮了沙發處的一小塊空間，茶几和地毯上擺滿了罐裝啤酒，立著的倒著的一大堆。

茶几上一個空的，灰雁伏特加的酒瓶，還檸檬口味的。

時吟人不在，臥室的門虛掩著，從門縫裡隱隱透出亮光，還有一點點微弱的聲音。

像是水流聲輕響。

顧從禮走過去，抬手推開臥室門，他第一次到她臥室裡來，掃了一圈，往開著燈的浴室走過去。

時吟坐在馬桶蓋上，在洗手檯檯面趴著，水龍頭沒關，洗手檯下面卻被她按死了，水灌了滿水槽以後，順著檯面嘩啦嘩啦往下流，漫了滿地。

她身上的衣服幾乎全濕透了，貼著洗手檯那邊的頭髮也濕濕的，閉著眼，睡得完全不受影響。

顧從禮走過去，關上水龍頭，輕輕拍了拍她的臉：「時吟。」

她皺著眉，撅起嘴巴，黏黏糊糊地哼唧兩聲，腦袋轉到另一邊，「砰」輕輕一聲砸在檯面上。

這下，另一頭頭髮也濕了。

而她竟然還沒醒，像個小動物似的扭動了兩下，重新歸於平靜。

顧從禮打橫把她抱起來，走出浴室，放到臥室窗邊的小沙發上，又轉身打開衣櫃，找衣服。

女人的衣櫃和男人的，長得完全不一樣。

裡面掛著裙子、襯衫，下面透明的長條盒子兩排，整齊地擺著內衣、內褲，再旁邊是一堆白色的，圓形的，薄薄的東西。

顧從禮歪了下頭，捏起一個，轉過身，就著浴室裡映出來的燈光觀察一下。

一抬眼，就看見時吟坐在沙發上，渾身濕漉漉的，直勾勾看著他。

沉默了幾秒，時吟委屈兮兮地說：「你拿我的胸墊幹什麼？」

「……」

顧從禮淡定地把那東西重新放進盒子裡，抽了套內衣、內褲出來，又隨手拽了件T恤，走過去，遞給她：「醒了就先把衣服換了。」

時吟坐在沙發上，不說話。

「有沒有哪裡不舒服？」她喝了一整瓶伏特加，四十度。

她還是不說話。

顧從禮俯身，湊到她面前，很近的距離下看著她。

女孩的眼睛直勾勾的，平時亮晶晶的專注視線看起來有點散，濕透的衣服貼在身上，勾勒出裡面內衣邊緣蕾絲的輪廓，淡淡的藍色。

顧從禮將衣服丟在沙發上，抬手勾起她濕漉漉的長髮，捲在指尖：「時吟。」

時吟下意識抬了抬眼。

「喜歡我嗎？」他輕聲問。

時吟歪著腦袋看著他，好半天，慢吞吞嘟囔了聲：「喜歡……」

好像在一起以後，這女孩一直會無意識地躲著他，像是在怕他似的。

這種話，也就只有在這種事情，他哄著她問，才能聽得到。

顧從禮淺淺笑了，親了親她的眼睛，濕濕涼涼的，混著溫熱的液體。

他一愣，抬起頭。

時吟紅著眼睛看著他，眼角濕漉漉的，分不清是眼淚還是水，她眨了眨眼，大顆大顆的水珠滚落。

顧從禮抿了抿唇：「怎麼了？不舒服？」

「顧老師……」她啞著嗓子，聲音低低的，「對不起、對不起，我以後再也不會給您添麻煩了……對不起……」

顧從禮用了幾秒，才反應過來她在說什麼。

平時看起來越是遲鈍的女孩，內心越是敏感。

可能自己都沒意識到，高中時的事情，她直到現在還沒有完全釋懷。

他抬手，指尖抹掉她眼角的水珠，將人抱在懷裡，輕輕拍了拍她的背，揉揉她濕漉漉的頭髮，輕嘆了聲：「傻不傻。」

把乾燥的衣服推到她面前，顧從禮起身，找到空調的遙控器調高了溫度，出了臥室門，去廚房。時吟家零食挺多，沒什麼食材，顧從禮從保鮮層拿出一罐蜂蜜，幫她泡了杯蜂蜜水，又拿了瓶優酪乳，推開臥室門。

一進去，就看見一片白皙的背，肩線平直，深凹線條一路向下，末端被單人小沙發的扶手擋住，肩胛骨的線條像展翅欲飛的蝶。

她側背對著門，正慢條斯理地拉扯開面前的T恤，彎下上身，濕漉漉的腦袋從衣擺處鑽進去，毛毛蟲似的往裡面拱。

顧從禮走過去，將蜂蜜水和優酪乳放在窗臺，手從T恤寬鬆的領口伸進去，勾住她濕漉漉的頭髮扯出來，舉在她頭頂把住，淡淡撇開視線。

她像烏龜一樣，動作一幀一幀地拽下T恤衣擺，然後下地，手腳並用爬上床，乖乖地坐在那裡揉了揉眼睛，又一頭倒下去了。

「……」

她喝醉了以後其實很乖，不哭不鬧，最多只會胡言亂語一陣子，然後就自動自覺地找床，倒頭就睡。

顧從禮走過去，捏捏她的臉：「時吟，起來把蜂蜜水喝了。」

她哼哼唧唧地，不耐煩地蹬了蹬腿，像是在踹他。

只套了件上衣，細白大腿全露在外面，似乎是覺得有點冷，她整個人縮成一團，上衣往上竄上去，露出下面的淡藍色蕾絲邊，腳丫微微勾著，腳趾不自覺蜷縮在一起。

顧從禮從床尾拽了被子過來，把她蓋在裡面，又捏了捏她的臉，低聲道：「我買了新的香檳，要不要？」

時吟眼睛還閉著，大概是真的喝了太多覺得難受了，她皺著小臉縮進被子裡，嗚嗚地：「不要了……」

聲音細細的，帶著一點點委屈，還有剛哭過後沙啞的哭腔。

顧從禮喉結滾了滾，嗓子發緊。

不自覺地想像到，這聲音在另一個情景下，是不是會勾得人把什麼都給她。

時吟第二天醒過來的時候掛鐘的時針指向五，窗簾緊緊拉著，一片昏暗，房間裡充斥著很濃烈的，宿醉過後酒精發酵的味道。

還有一點點淡淡的，其他味道。

她眨了眨眼，用十秒鐘回憶一下昨天發生了什麼，然後，混跡酒桌多年難求一醉的時一老師發現她甚至有點斷片了。

最後模模糊糊的記憶是自己掛了電話，然後衝進廁所裡抱著馬桶吐了個天昏地暗，然後呢。

等等，她打了個電話給誰？

她側過身去，想去摸手機，一回頭，僵住了。

一個人的輪廓。

時吟終於找到了那種，除了酒精的味道以外的「其他味道」的來源。

一點點菸草，混合著植物和紙張，還有淡淡的，男人的味道。

很好聞的，形容不出來的，只屬於顧從禮的味道，帶著一點成癮性，讓人忍不住想再嗅嗅。

時吟翻出自己多年來的看小說經驗，把它歸結於「男朋友的荷爾蒙味」。

她忍不住靠近一點，就著臥室裡昏暗的光線觀察他的五官。

從額頭，到睫毛，高高的鼻樑，薄唇，下頷的輪廓。

時吟從來沒見過顧從禮睡著的樣子，她看過的他永遠都是清醒著的、冷靜的、理智的、偏執的、陰鬱的，或者帶著一點點攻擊性的他。

她像是在集郵一樣，一點點收集著他每一個不同的樣子，即使在這個過程中，她對他最開始的印象漸漸崩塌掉，她卻覺得輕鬆。

越接近，越渴望，越瞭解到他陌生的一面，反而覺得更輕鬆。

她覺得自己也病了。

過了兩三秒，她忽然意識到發生了什麼。

時吟視線定住，看著躺在她的床上的男人，又垂眸，看了自己身上一眼。

換了件T恤，裡面掛空沒穿內衣，光著腿。

時吟僵硬了，唰地拉開衣領，從領口往裡看。

身上乾乾淨淨的，什麼也沒有，沒有什麼大戰三百回合以後的痕跡，也沒有腰痠背痛腿抽筋的感覺。

她再次側過頭，看向顧從禮，正對上男人淺淡的眸。

他平靜地看著她，淺棕的眼清清淡淡，和平時無異，沒有絲毫睏倦或者睡意。

時吟嚇了一跳，蹬著床面往後撲騰了兩下，拉開一點距離，張了張嘴，又閉上，清了清嗓子：「你是沒睡嗎？」

聲音有點啞。

顧從禮坐起身，端過旁邊床頭櫃上的水遞給她。

被子從他身上滑落，露出男人裸著的上半身，昏暗的光線中，從上看是鎖骨肩線，從下看腹肌紋路隱約，胸肌上兩個小小的——

時吟啪地捂住眼睛，也不顧上喝水了，臉憋得通紅，連耳朵都紅了，結結巴巴地：「你你你怎麼不穿衣服啊！」

時間，地點，和人物都很曖昧。

時吟兩隻手捂住眼睛，腳蹬著床單差點就竄到地上去，坐在床邊，半晌沒聽到動靜。

她悄悄地分開合攏的手指，從指縫裡偷偷瞥了他一眼。

顧從禮靠在床頭，闔著眼，指尖揉了揉眼角。

也就是這麼一下，她看見他手臂上纏著的，白色的繃帶。

時吟一頓，瞇了下眼，放下手來撐著床面湊近了看：「你這裡怎麼了？」

顧從禮抬起眼皮，順著她視線看了一眼，將被子拉起來蓋住：「沒什麼，劃傷了一點。」

她皺眉，跪在床上手腳並用爬過去，又把他的手臂扯出來，拉過來看。

白色的紗布纏在小臂上，十幾公分的長度，時吟張了張嘴，抬起手來比劃一下這個長度，舉到他面前：「一點？一點你纏這麼長幹什麼？」

顧從禮平靜的胡說八道：「顯得嚴重一點，讓妳心疼一下。」

時吟心裡像是在有小蝴蝶精靈，手裡拿著小木槌，輕輕地敲了敲。

她板著臉：「你好好說話，你是不是跟人家打架了？」

時吟想像一下顧從禮穿著一身黑，拎著傢伙從機車上下來，摘掉頭盔，甩了甩頭髮，然後冷酷邪魅地笑了一下。

她打了個哆嗦，一臉慘不忍睹的表情。

「我沒那麼閒。」顧從禮好笑的看著她，翻身下地，時吟連忙撲騰著撲向枕頭，把腦袋埋在裡面，想了想，又掀起枕頭邊一點點，偷偷往外看。

沒有想像中的畫面，他褲子還穿著，走到沙發旁邊彎下腰抓起毛衣，背肌拉出柔韌的線條。

時吟臉又紅了。

平時看他還覺得挺瘦的。

顧從禮套上毛衣，轉過身的一瞬間，時吟唰地又把枕頭拽下來，整個人埋進去，假裝自己什麼都沒看到。

她敏銳地感受到有人接近，走到床邊，拍了拍她的枕頭：「還早，再睡一下？」

時吟哪還睡得著，枕頭拉下來，猶豫地看著他：「我昨天……幹什麼了嗎？」

昨天晚上的事情，她記的斷斷續續的，她打了個電話，去洗手間吐得喉嚨火辣辣的，有誰跟她說話，幫她吹乾了頭髮，她哭著抱著誰說對不起。

顧從禮垂著眼，聲音輕輕落下：「妳說妳幹什麼了？」

他穿著淺灰色的毛衣，冷冽的氣質被中和，整個人看起來柔軟了不少。

說出來的話，就完全不是那麼回事了。

時吟顫巍巍地指著他：「那你這個衣服……不會是……」

顧從禮忽然很溫柔的笑了。

床頭壁燈開在他身後，他背著光，只能看清他勾起清淺弧度的唇角，笑得時吟毛骨悚然。

他語速緩慢：「妳扒著我的衣服，說我很好聞，還要幫我墊胸墊。」

「……」

時吟猶疑地看著他。

「還告訴我在衣櫃下面透明的盒子裡，第三個盒。」顧從禮繼續道。

這下時吟信了，一臉崩塌的表情。

顧從禮幽幽道：「一邊吃我豆腐還一邊唱歌，告訴我這歌是羅志祥唱的，叫《猛男日記》。」

「……」

她確實有段時間還覺得這歌挺好玩，單曲循環了很久。

時吟喃喃：「我不信……」

「妳重複了很多遍，歌詞我還記得，」他面無表情地，平冷淡漠地，緩緩念詞，「我的媽我的肌肉長這麼大你來摸一摸。」

時吟澈底崩了，臉色一片慘白坐在床上，絕望的閉上了眼睛。

顧從禮抬手，溫柔地摸了摸她的頭髮：「以後別喝酒了，乖。」

時吟將酒精拉進她的終生禁止名單。

莎士比亞說，酒精是人類的原罪，她覺得大師誠不欺我。

酒精這個東西真是太罪惡了，什麼百齡壇威士忌、什麼灰雁伏特加，她以後再也不要碰了。

不過托了這瓶酒的福，她和顧從禮終於結束了漫長的鬥爭，她單方面的，重新恢復到每天聊十分鐘訊息的日常。

雖然時吟每次看到他的對話紀錄，都能想像出她女流氓一樣拽著顧從禮的衣服，把人按在床上唱《猛男日記》。

簡直是噩夢。

一個禮拜以後，時吟第一次簽售會。

對於流程她完全茫然，顧從禮那天大概有事情要忙，趙編輯來帶著她。

禮宴廳門口，《ECHO》的男主角巨大立繪板立在那裡，上面是漂亮有力的五個鮮紅的大字——「國漫的迴聲」。

時吟眨眨眼，忽然覺得有點燃。

做一行有一行的熱血。

漫畫動漫行業的人，也希望能有一天，提及漫畫和動漫的時候，大家想到的不僅僅只是日本、美國，提到的不只有《火影》、漫威，也能有國人漫畫的一席之地。

時間差不多，時吟進場，有點緊張地坐在寫著她名字的桌子後面。

她今天一過來，就被《赤月》的人拉走，特地找了化妝師幫她化妝做造型。

趙編輯更像個老父親看著出嫁的女兒一樣，感動地繞著她轉：「我們時一老師顏值太能打了，這簽售會一完隔壁從陽文化大張旗鼓凹的那個剛出道的美少女漫畫家人設臉不是被打得啪啪響，叫什麼來著，離年嗎？」

聽見從陽文化的名字，時吟皺了皺眉。

之前梁秋實老老實實地跟她交代了事情的始末，從陽文化最近力捧的是美少女美少年漫畫家，也就是靠顏值為賣點，凹天才人設包裝，作品本身的品質反而變得不那麼重要，只能算作加分項目。

換句話說，只要你長得好看，會畫畫，那麼漫畫故事本身就不那麼重要了，公司甚至可以提供腳本和主筆助手，作者本人只要隨便畫畫，掛上自己的名字發出去就可以了。

也是因為這點，從陽文化才盯上了梁秋實，平心而論，梁秋實長得確實不錯，乾乾淨淨，長腿高個子，一張清秀的初戀臉。

而他們包裝出的那位美少女漫畫家離年最近熱度確實竄得很快，幻想戀愛系少女漫，題材很新穎，男性角色畫得非常美型，瘋狂滿足了一波少女心。

每天社群上日常一自拍，粉色系的畫風甜美又清新，於是顏粉和作品粉各占一半五五開。

這人時吟其實沒怎麼關注過，不過作為對手，搖光社顯然已經把她瞭解得非常透徹了，《赤月》編輯部的每個人臉上都寫滿了「我家女兒更好看我家女兒快點露面打死那個什麼弱雞美少女」。

《赤月》整個編輯部都這麼盼著她爭氣，時吟當然也不想讓他們失望。

所以，當時吟聽見下面烏壓壓的人群裡發出叫聲和各種亂七八糟說話聲，相機哢嚓的聲音的時候，她努力思考著自己哪個角度更好看一點。

她鼓了鼓嘴巴，露出笑容，唇邊淺淺的一個小梨窩：「大家好，我是時一。」

下面聲音小了一點。

時吟想了想，繼續說：「可能要讓一些朋友失望了，我真的不是啤酒肚油膩的四十歲宅男。」

人群中爆發出熱烈的掌聲，還有人喊著她的名字。

趙編輯在角落裡紅光滿面地對她比了個手勢，時吟清了清嗓子，簡單說了一點《ECHO》創作初衷和畫的過程中的趣事，又說了一下正在連載的《鴻鳴龍雀》，回答了下面幾個簡單的問題。

工作人員放人，開始排隊簽售。

一場簽名會結束已經臨近傍晚，時吟簽得手都要斷了，口乾舌燥，終於結束。

她癱在椅子哀嚎了聲，右手平放在桌面上，氣若遊絲：「我還要去帝都再簽一場，這不是要我的命嗎？簽完我就畫不了畫了，我能不能申請休刊一期。」

「可以，如果妳不擔心休刊一期再下一期名氣排名掉個十名進腰斬名單的話。」趙編輯冷靜地說。

「……」

時吟偃旗息鼓。

果不其然，當天晚上，社群上小範圍地爆炸了一輪。

時吟收到了無數@，好多各種角度的她，還有錄影。

她咧嘴笑得露出一口大白牙，嘴巴完全合不攏，有種一整天的辛苦都值了，斷掉的手指也被治癒的感覺。

把@她的發文點讚點到手瘦以後，她發了文。

『今天超開心，大家都好可愛（多啦A夢愛心）』

很快，下面留言數唰唰地漲。

『之前說我們一一長得又醜又油膩的黑子臉疼不疼？』

『一一：我是一個明明可以靠顏值吃飯卻偏偏要靠才華的人。』

『去了現場！本人真的好美嗚嗚哭了！這麼好看為什麼之前不露面啊！太太從今以後我是妳膚淺的顏粉了好嘛！』

『咦，之前在我們一一發文下說醜，說離年美少女漫畫家的人都去哪了？』

往下滑了滑，看到一則：『呵呵，鼻子做得挺自然，哪裡墊的，介紹一下。』

時吟心情很好，笑嘻嘻地截圖，傳到大學閨密群組裡：『這個人問我鼻子是哪裡墊的，我要不要告訴她啊。』

傻子主管我和你拼了：『告訴她妳媽幫妳墊的，娘胎裡，讓她趕緊回爐重造讓她媽也替她墊一個吧，醜到我了。』

我的命是楊梅給的：『嗚嗚嗚真可憐，每天在網路上說這個說那個的，她現實裡一定過得很辛苦吧，算了算了，妳體諒她一下。』

我的命是楊梅給的：『這些人到底在想什麼啊，她們不會真的覺得自己能影響到妳吧。』

傻子主管我和你拼了：『事實就是真的影響到了啊，每天都提供了快樂的吐槽原材料給我們，讓我從我主管的智障中得到了暫時的解脫，感謝她們。』

兩個人一個唱白臉一個唱紅臉，一人一句吐槽吐得有聲有色，還很有節奏感。

時吟笑得倒在床上，跟她們聊了一下，沒看見林念念說話。

她臉上的笑容淡了點。

簽售會中間兩天休息時間，第三天早上的飛機，中午以前到首都國際機場，下午休息，第二天早上簽售會，下午結束以後直接飛回S市。

也就是說，要在那邊住一晚。

前一天晚上，時吟整理行李，帶換洗的內衣、內褲。

方舒聽說她要和顧從禮一起出差以後，晚上突然登門拜訪，她進門，抱著臂站在門口，看著她回到臥室，然後把一套白色的內衣、內褲塞進行李箱，忽然問：「妳就沒有丁字褲之類的嗎？」

時吟被口水嗆了一下：「什、什麼褲？」

「就是，情趣一點的內衣，妳這套看起來像我高中穿的。」

方舒皺眉：「妳不是跟顧從禮在一起很久了嗎？你們還沒睡過嗎？」

「……」時吟瞪著她：「怎麼可能睡過。」

方舒表情遺憾：「三十歲的男人，技術應該很好，不過沒關係，」她將手裡的袋子遞給她，補充，「妳享受就好。」

時吟接過來：「什麼東西？」

「禮物。」

時吟打開，捏出兩件黑色蕾絲的，半透明的，幾乎看不見布料在哪裡的，由幾根線構成的兩件。

「……」她沉默了一陣子：「這個是，穿在身上的嗎？」

方舒挑眉：「妳想套在腦袋上也不是不行吧。」

時吟感覺自己被噎住了：「妳不是，不太喜歡他嗎？」

「我是不喜歡，但是妳喜歡。」

方舒原本覺得，時吟喜歡顧從禮，只是因為當年年紀小，不懂事，覺得他成熟又帥。

後來發現，好像不是這樣的。

她這個唯一的朋友，七年來沒談過戀愛，就像是異性絕緣體，跟她告白的人不少，她卻一個都看不上。

最後終於交了，還是那個人。

方舒覺得，有些事情是要認的。

比如當年時吟莫名其妙中了顧從禮的毒，記了他七年，這是命。

比如他們時隔七年，最後還是湊到了一起，這也是命。

方舒沒有愛過人，不懂這種感覺，但是她看人很準，基本上從沒走眼過。

她還記得半年多以前的那次同學會，散場的時候，所有人陸續離開時。

方舒上了計程車，無意間側過頭去，看清了顧從禮站在門口，垂眸看著時吟的神情。

那種壓抑而小心，克制又謹慎的，濃烈到極致的眼神。

第二天一早，時吟設了五個鬧鐘爬起來。

早上趕飛機是很痛苦的事，前一天晚上她東西理得差不多，看了眼時間，心裡計算了一下，乾脆不化妝了，重新栽倒進枕頭裡。

把化妝的時間節省下來睡覺。

一個小時後，顧從禮人到。

時吟剛洗好澡出來，有點訝異：「你這麼早。」

他看了她一眼：「怕妳起不來。」

時吟隨手揉了揉半濕的頭髮，剛想說話。

突然想起昨天方舒說的話。

她不自然地清了清嗓子，飛速竄回到臥室，聲音從門後飄出來：「我去整理行李……」

顧從禮微揚了下眉，看著緊閉的門板。

時吟單手撐在門邊，看著地上裝的差不多的行李箱，走到小沙發前，把昨天方舒送她的那個袋子拿起來。

漂亮的天藍色蕾絲邊公主風包裝袋，裡面裝著的卻完全不是那麼回事的東西。

出差……出差就意味著會住酒店，住酒店就意味著會開房。

顧從禮應該是很正人君子的那種，雖然每次接吻的時候時吟都覺得自己快被他纏死憋死掉了，但是上次在陽城的時候住酒店，他甚至坐在沙發上睡的，她一醒，他就走了。

就算前兩天她喝醉了，據他所說，她都已經，這樣那樣的騷擾他了，這個人也巍然不動，皮帶綁得緊緊的。

當時吟很感動的把這件事情跟方舒說了以後，她被十分無情的嘲笑了。

時吟臉色有些不自然。

昨天因為這事，她一晚沒睡好，夢裡全是這套情趣內衣出鏡的香豔畫面。

她把裡面的東西拽出來，昨天晚上方舒在的時候，她沒怎麼好意思仔細看，現在只有她一個人，時吟把兩件都拿出來，攤在床上。

所以說，這種東西，要怎麼穿啊。

哪根繩子是在哪的都不知道。

而且那個疑似內褲上穿著的一串的是，珍珠嗎……

時吟趴在床邊，食指伸出來，勾著細細的繩子，瞇著眼睛研究似的看著那一串小小的珍珠，猶豫了一下，她站起來，蹬蹬蹬跑到窗邊去拉上窗簾，回到床邊，捏起那片小布料，往身上比了一下。

她挪到鏡子旁邊，臉慢慢地紅了，單手捂住臉，低低地哀嘆了一聲。

這東西怎麼穿啊。

臥室門突然被敲了敲，顧從禮站在門後，淡聲叫她：「時吟。」

時吟嚇得一哆嗦，捏著蕾絲布料比在身上的手一抖，像是幹了什麼事被抓包了一樣，她唰地將手裡的內衣藏在身後：「幹、幹嘛！」

「妳東西整理好了嗎？」

「好了！」

顧從禮推門進來。

時吟從鏡子前一躍而起跳回床邊，抓起床上的那件一起飛速丟進行李箱裡，「啪」地一聲蓋上了箱子。

顧從禮推開門，側身，視線剛瞥過來，恰好看見女孩手裡一團黑色的什麼東西唰地往箱子裡一丟，然後狠狠合上箱子的動作。

整個人跪在行李箱上，手撐著箱子兩角，仰著頭看著他，長出了口氣。

時吟素著張臉，白皙的臉蛋通紅，連耳朵都是紅的，身上的薄毛衣因為動作領口微微垂下來，從顧從禮的角度，風景誘人。

他的視線停在那裡幾秒，移到她臉上：「早餐沒什麼東西，出去吃？」

時吟手忙腳亂從箱子上爬下來，扣上，拉著拉杆往客廳走：「我都可以啊，」她嘴巴不停：「今天天氣真好，外面還有陽光。」

「還有雲，啊，真白。」

「……」

「北方冬天是不是很冷，我要不要多帶件外套。」

顧從禮跟在她後面，睇了下眼：「妳做了什麼對不起我的事了？」

時吟差點被口水嗆著，跳起來轉過身，瞪他：「我沒有，我做什麼了？我能做什麼對不起你的事？」

顧從禮掃過她粉紅粉紅的小耳尖，低笑了一聲：「那妳緊張什麼，羞成這樣。」

她面無表情：「我緊張了嗎？我只是餓的。」

他點點頭，從她手裡接過箱子：「那走，吃飯。」

因為要趕飛機，沒怎麼挑，兩個人直接去了家附近的一家粥鋪。

雪菜雞絲粥、豆漿油條小籠包、雞蛋豆花蔥油餅，顧從禮點了一大堆，時吟只喝了個粥就飽了，安靜等了他一陣子，時間差不多，上車去機場。

顧從禮去升了艙，兩個人率先上飛機，人一坐好，時吟就翻出她的大熊貓眼罩，她特地為了補覺，今天連妝都沒弄，素著張臉就出門了，大熊貓眼罩抽出來，又翻出一個小熊的，遞給顧從禮。

顧從禮沒接：「幹什麼。」

「眼罩，」她眨眨眼，「你不睡覺嗎？」

他似乎是笑了一下：「我不需要每天十個小時的睡眠。」

「……」

時吟覺得他是在嘲諷她。

她悄悄地撇了撇嘴，戴上眼罩，靠座進座位裡，仰著頭。

眼睛的部位是兩隻大大的熊貓眼，鼻尖挺翹，沒塗唇膏，淺色的唇微張著。

顧從禮勾起唇角，抬手，勾著她的下巴往上抬了抬。

時吟還戴著眼罩，茫然地直起身。

「張著嘴巴睡覺會流口水。」他指尖輕輕摩擦著她下巴處的皮膚，淡道。

時吟哦了一聲，乖巧地換了個姿勢，腦袋垂下去睡。

她看起來確實是累了，也不知道昨晚幾點睡的，眼底也有淡淡的青色，明知道早上要早起趕飛機還敢熬夜。

等到空服員來發飛機餐，耳邊響起溫柔的女聲：「您好，請問——」

顧從禮單手扣在時吟頭側，將她輕輕按向自己肩頭，另一隻手食指抵在唇邊，抬眼看了那空服員一眼，聲音很輕：「不用，謝謝。」

空服員安靜地抬手，幫他把簾子放下，推著車走到後面一排。

等她從艙頭到艙尾走完一趟，回到座位上，忍不住小聲對旁邊的空服員說：「頭等艙的那對，也太甜了吧。」

另一個空服員湊過來：「第一個上來那兩個是吧，那男的好帥啊。」

「我剛剛過去，那個女的睡著了，靠在男的肩膀上，那男的抬手摸了摸她的頭髮，一邊對我比了個——」她抬起手，食指放在紅唇邊，壓低了聲音學道：「不用，謝謝。」

空服員的高跟鞋對在一起輕輕敲了兩下：「那個聲音！蘇死了！」

「那女的長什麼樣啊？剛剛沒注意看。」

發飛機餐的那個空服員一本正經地眨了眨眼，圓溜溜地大眼睛亮亮的：「她戴了眼罩，但是很漂亮。」

「……戴眼罩妳就知道很漂亮了？」

小空服員很認真地說：「因為她的眼罩是熊貓寶寶的，特別可愛。」

「……」

S市到帝都飛機差不多兩個半小時，這個過程中時吟一直在睡。

直到差不多要開始降落了，她才小動物似的蠕動了兩下，往前拱了拱，慢吞吞地抬手，扯掉眼罩。

光亮刺眼，她半瞇著眼，懶洋洋靠在座位裡，聲音有點啞：「快到了嗎？」

顧從禮放下手裡的雜誌，側頭。

兩個人中間隔著的扶手已經被抬上去了，時吟此時小半個上身完全依偎在他懷裡，他攬著她的肩：「嗯，快了，起吧。」

時吟打了個哈欠，將脖子上的眼罩扯下來塞進他手裡，黏糊糊地靠在他肩膀上又閉上了眼，皺了皺鼻子。

顧從禮笑了聲，抬手捏了捏她的耳朵：「懶。」

時吟閉著眼，聲音有氣無力地：「一個家裡不需要有兩個人勤快。」

說完，她愣了一下，仰起頭睜開眼。

顧從禮垂眼看著她，棕眸輕輕淺淺，連帶著睫毛看起來都像是染了一層棕色。

心裡癢癢得不行，時吟忍不住抬起手，指尖輕輕摸了摸他的睫毛。

顧從禮閉上眼睛。

像是被蠱惑，她湊近他，在他唇角輕輕親了一下。

飛機裡廣播的聲音響起，溫柔女聲提醒著：「飛機即將降落，請大家繫好安全帶，收起桌板，調整座椅靠背。」

剛剛被拉上的簾子唰的一下被拉開，剛剛那位空服員帶著笑意的聲音響起：「您好，我們的飛機——」

空服員手裡還捏著簾子，話音頓了三秒鐘，她微笑著把簾子重新拉上了：「即將降落，請您確定電子設備已經處於關閉狀態，稍後，我們將調暗客艙燈光。」

空服員操著最後的職業素養說完，踩著高跟鞋快步回到座位上，化著濃妝依然顯得很嫩的娃娃臉上帶著難掩的興奮：「頭等艙超甜的那對！真的太甜了吧！我剛剛看見那個女的把那個男的按在座位上親！那男的就乖乖地閉著眼睛！超乖！超乖！」

從機場出來差不多下午，搖光社分公司這邊有人來接。

時吟是沒想到自己在搖光社竟然還有這等地位，想想看，她旁邊的這位怎麼說也是個主編，全公司雜誌銷量最高的，業績最好看的大佬部門的老大，這點面子還是要有的。

酒店環境很好，在市區中心，兩間大床房，顧從禮和時吟一人一間。

時吟充分感受到北國冬天的冷法，確實很南方完全不一樣，哆哆嗦嗦地刷卡進了房間，行李已經被送進來了，時吟蹬蹬蹬跑到床上，一個猛子扎進去，拽起被子把自己裹進去，聲音埋在被子裡，悶悶的：「北方的冬天也太可怕了吧，那個風吹得我臉疼。」

顧從禮開了房間裡的空調，溫度調高了一點。

時吟捏了捏自己早上洗完以後什麼也沒塗的臉：「而且真的好乾啊，你把我行李裡的噴霧拿給我，」她在被子裡蹬著腿，裹著被子在軟軟的大床上滾了兩圈，「時一老師是水母，時一老師急需補水。」

顧從禮舔著唇笑了一下，拉過她立在一旁的行李箱，放倒。

她的行李都不鎖，密碼直接○○○，哢嗒一下就開了。

水母時一老師還在床上裹著被子滾來滾去，聽到這哢嗒一聲，她忽然想起什麼，僵硬了一瞬間以後「嗷」地一聲：「等一下！」

她拼命地拽開被她纏在身上的被子，奮力從被單裡面爬出來，驚恐地看過去。

顧從禮半跪在床尾，箱子開著，一條黑色的蕾絲邊布料大咧咧地鋪在上面，另一條已經被男人抓起來了。

一片死寂。

顧從禮指尖勾著柔軟的布料上的繩子，舉到面前，觀察了幾秒，緩聲說：「時一老師真是有品位。」

時吟半張著嘴，披頭散髮坐在床上，頭髮被被單蹭出靜電，幾根浮在空中，真的像是一隻漂浮的水母：「我沒有……」

顧從禮微微歪了下頭，看著她，平靜道：「兩間房，我是不是訂多了？」

時吟露在外面的皮膚全都紅了。

她撲騰著爬到床尾，一把搶過他手裡的東西，飛速塞進被窩裡，紅著臉瞪他。

「還有一件。」顧從禮指了指箱子，淡定地提醒道。

時吟忍無可忍，看起來羞恥的快要哭了，閉上眼睛捂著臉：「你把箱子蓋上！」

顧從禮低低笑了一聲，把箱子扣上。

一聲輕響，時吟偷偷往外看了一眼，確定了他蓋好箱子，長長的舒了口氣。

再抬眼，對上男人淺棕色的眸。

時吟一頓，重新捂住臉，低低嗚嗚地叫了一聲，再次鑽進被子裡去：「我不知道那是什麼！不是我的，不是我的！」

柔軟的床微微塌了塌，顧從禮坐在床邊，輕輕拉了拉她被角。

時吟死死拽著，說什麼也不肯露出腦袋。

他低聲：「妳不知道是什麼？」

時吟在被子裡瘋狂搖頭：「不知道！你別問我！」

顧從禮也不急，動作慢條斯理地，一點一點繞著被單把她從裡面挖出來，時吟拼死掙扎，最終不敵，脹得通紅的小臉埋在雪白被單裡，眼睛緊緊地閉著。

如果排個名次，這件事一定是她二十多年來經歷過的所有的事情裡面最尷尬，最讓人羞恥的事件，沒有之一。

時吟強忍住想要奪門而出或者鑽進縫裡從此再也不爬出來的欲望，死死地閉著眼睛，寧死不看他。

男人的視線落在她的臉上，接著是淺淺的鼻息，然後是柔軟的嘴唇。

他淺淺親了親她的唇，溫涼的唇瓣來到耳畔，吻她滾燙紅透的耳尖，低低出聲：「時一老師不知道，我告訴妳。」

時吟一顫，縮著脖子往後躲，顧從禮扣著她後頸，再次回到她唇邊，輕輕地咬了咬，含住：「我還可以教妳怎麼穿……」

時吟被他撩的魂都飛了一半了，紅著臉微仰著頭，任由他長驅直入，綿長溫柔地親吻。直到氧氣一點一點被掠奪。

她嗚嗚地叫，抬手拍了拍他的背，顧從禮才放開她，額頭抵著她的額頭。

時吟小口小口喘著氣，頭從他耳邊劃過，軟軟地靠在男人肩頭，側頭埋進他頸間。

兩個人都沒說話，顧從禮抬手，一下一下輕輕撫摸她的背。

半晌，時吟才悶悶道：「你為什麼還會穿啊，你到底有幾個前任穿給你看過。」

顧從禮笑了聲：「沒有，我在等著妳穿給我看。」

時吟抬起頭，紅著臉瞪他。

瞪了好久，她悶悶吐出兩個字：「變態。」

冷月清風了這麼多年的顧主編，大概是第一次聽見有人這樣評價他。

他愣了幾秒，微微挑起眉，提醒她：「時一老師，這是妳自己帶的。」

時吟炸毛，從他懷裡竄出去：「我又不是為了要給你看的！」

顧從禮垂著眼，意味深長的看著她：「時吟，我是男人。」

時吟有點茫然的抬起頭，對上他的視線，莫名其妙地慌了一下。

她別開眼：「我又沒把你當女的……」

顧從禮沒說話，拽著被單的手忽然抓起她的手腕，拉過來，輕輕放在他褲子上。

人魚線中間，皮帶往下的，下半身某個位置。

時吟猝不及防，被他帶著，掌心接觸到褲子的布料，鼓起來的，隔著布料能夠感受到微微的硬度，還有一點點的溫熱。

她用了兩秒鐘的時間來反應，然後，整個人僵住了。

時吟眼睛瞪得大大的，被燙到似的倏地縮回手來。

柔軟的手摩擦過褲子布料，發出輕微的聲響，顧從禮頓了下，聲音染上一點點沙啞：「懂了？」

時吟手指蜷在一起，又分開，剛剛碰到他那裡的手掌掌心像是被燙到了似的，她唰地把手塞到屁股底下壓上，又覺得哪裡不對勁，飛速抽出來，背到身後去。

女孩慌張得不敢看他，死死盯著床角的地方，完全手足無措，結結巴巴地：「懂什麼……」

「我一直在忍耐，」顧從禮垂眸湊近，指尖輕緩摩擦著她頸後髮際線處毛絨絨的碎發，「所以在妳沒這個意思前，都別勾引我。」

男人都是接個吻就會硬的物種。

時吟在這一天，刷新了對男性這種生物的認知。

下午和晚上她叫了食物在房間裡面吃，之前什麼北國半日遊完全作廢，連她在沒出發的時候就一直想著的北方這邊最正宗的烤鴨也沒吃到，就這麼在酒店裡窩了一下午。

第二天一早，時吟才見到顧從禮。

男人平靜得像是什麼也沒發生過，時吟不自在了一下，下意識地視線下移，往他下身瞥了一眼。

只一瞬，她秒速抬眼，看見顧從禮輕輕挑了下眉。

時吟莫名覺得剛剛自己的偷瞄被發現了，想起昨天的那個手感，她的臉又開始有點燙，裝作不經意地清了清嗓子，慶幸自己今天畫好了妝，應該看不太出來什麼。

搖光社的車等在樓下，兩個人下樓吃早餐，邊吃顧從禮邊跟她說簽售會的事情。

上次在S市的簽售他不知道去忙什麼了，人不在，很多事情都是趙編輯跟她說過的，顧從禮重複，時吟就聽著，安靜地往嘴巴裡塞包子。

「上次反響不錯，《ECHO》的單行本銷量這幾天明顯開始增長，社群上的熱度也在漲，」顧從禮拿著 iPad 翻看上面的曲線圖，「等下個月的雜誌人氣排名出來以後看一下，《鴻鳴》的排名應該也會升。」

他抬眼：「妳上期第幾。」

時吟舉著筷子，嘴巴裡塞滿了包子，聲音含糊不清：「第室。」

顧從禮：「咽了再說。」

「……」

女孩加快了咀嚼速度，腮幫子一鼓一鼓的，吞下去，比了個手勢：「第四。」

說完，她期待地看著他，眼睛亮亮的。

男人神情冷漠，淡淡地點了點頭：「簽售會的時候可以多留一點時間給《鴻鳴》，下期至少可以再升個一位。」

時吟點點頭，繼續盯著他看，目不轉睛。

顧從禮完全沒注意到似的，繼續看平板。

「……」

時吟垂頭喪氣地垂下頭去，用筷子戳了戳面前盛醋的小碟子，撇了噘嘴。

坐在她對面的男人無聲彎起唇角。

搖光社在帝都這邊的分公司不大，只在辦公大樓當中兩層，簽售會臨時租了下面的場地。

一回生二回熟，這次時吟熟練了不少，到了提問的環節，大家的問題都很友好，時吟回答了幾個，剛要過，下面一個女孩子的聲音突然響起：「時一老師，您的新連載畫了刀和劍擬人化，是在刻意跟風日本漫畫的熱潮嗎？您覺得自己的這部《鴻鳴龍雀》和日漫的那幾本同題材作品哪個更好看一點？《ECHO》和《鴻鳴》風格上的明顯差異是您為了紅刻意畫這種內容導致作品同質化的原因嗎？」

時吟愣了愣。

這種明顯的，不友好的問題讓場面瞬間安靜了一下。

然後，下面出現小聲的議論，不少人往一個方向看去，那女生站在靠邊的位置，帶著一個鴨舌帽，壓得很低，臉上還帶了個口罩。

簽售會和那種類似的發表會或者漫展不同，這裡現在會到場的都是漫畫作者的粉或者是作品粉，聽到這種話自然不會開心，小小的議論聲中竄出一聲：「妳有毛病吧？畫個刀什麼的就是在跟風熱潮了？妳家申請專利了啊？」

像是提醒了眾人，人群中開始爆發出陣陣罵聲，亂七八糟混雜在一起，場面一時略有些混亂

時吟有點無措，她下意識朝人群最後面張望，找顧從禮的影子，掃過一圈，看見他站在角落裡，安靜地靠著牆側身站著，完全沒有要動的意思。

離得太遠，時吟看不清他的臉，也不知道他什麼表情。

時吟突然有點悶，心裡一股無名火倏地竄上來，她長出口氣平整呼吸，調整一下有點僵掉的表情，清了清嗓子，拉近耳麥，笑道：「這個問題問得好犀利啊，我想一下要怎麼回答妳啊。」

她眨眨眼，歪了下頭，不緊不慢說：「首先啊，第一個問題，刀或者劍啊的這類題材本來就是少年漫很熱門的元素之一，因為這種近身的打鬥場面其實會更好看一點，就像我的上一本《ECHO》，是用聲音作為武器的，很多很熱血的畫面就沒有辦法表現出來，在這一點上肯定是刀劍這種冷兵器會表現得更突出一點。」

「兩部作品風格上的差異，我記得之前社群上好像有人說《ECHO》是有點性冷淡感覺的，完全不像少年漫的少年漫，其實看到的時候我還是挺開心的，有種自己的風格被認可的感覺。」

「但是我難道因為《ECHO》是這種風格，所以我以後的創作都要完全拘泥於這一種風格了

嗎？我覺得不是吧，《ECHO》也好，《鴻鳴龍雀》也好，冷的也好，熱的也好，這兩種都是我。不僅這兩種，我以後還會畫第三個、第四個故事，每一個都會是不一樣的風格，但是無論哪種風格，最基本的，屬於時一的那個核心都不會變。」

「我想讓大家看到不一樣的我，也希望大家無論看到哪一個我，都會一眼就看得出來，這就是時一。」

「至於要我評價我的作品和日漫哪個更出色一點這個，我只是個小新人，因為喜歡所以就畫了，跟名家老師們當然沒辦法相提並論。但是這是我個人的能力不足，我覺得也不能說就代表了什麼吧。」

時吟手裡捏著等等簽名的時候要用的筆，轉了一圈，筆尖輕輕點了點桌面，「國人漫畫現在確實比不上日本，但是我們的歷史文化，認真去挖掘的話，總是能有很多素材可以去畫出好看的故事，我們沒有必要跟風或者怎麼樣，我們就畫我們自己的故事，國人漫畫家絕對不會比任何國家差。」

現場一片寂靜。

然後忽然由一個人帶頭，掌聲雷動。

簽售會結束，時吟站在女洗手間洗手檯旁，雙手撐著池邊，調整一下呼吸。

其實剛剛突發情況，顧從禮又沒有要理的樣子，她快要慌死了。

她當時聲音很平穩，其實捏著筆的手心裡全是濕的，後背一層冷汗，緊張得腳都在抖，生怕說錯一個字，或者哪句話故意被人曲解。

打開水龍頭，時吟洗了手，看著鏡子裡的人，緊繃的神經終於放鬆下來一點，她晃了晃腦袋，走出洗手間。

顧從禮靠在女洗手間門口，瞥見她出來，抬起頭。

時吟心裡那股無名火看見他開始熊熊燃燒，她腳步一頓，然後像沒看見他一樣，繞過去，昂首挺胸往前走。

剛走出兩步，被人拉住手腕。

時吟掙了掙。

他力氣大，緊緊扣著她，不放手。

時吟回過頭去，瞪著他。

他也不解釋，也不說話，淡淡看著她。

她突然覺得有點委屈。

她本來以為，顧從禮肯定會幫她的。

可是他動都沒動，就這麼看著她差點被人欺負。

要是她說錯話了呢。

臨場遇到這種事情，她本來就沒經驗，要是慌到什麼都說不出呢。

她的新連載明明成績很好，她也在慢慢進步了，他也一副，她就是應該做到這樣的樣子，半句話都沒有說。

時吟覺得自己幼稚死了，像個小朋友一樣的，考試拿到了好成績想要被表揚，沒被表揚還不開心了。

雖然很幼稚，但是就是不開心。

不開心加上不開心，雙倍的委屈，她瞪著他，眼眶一點點紅了。

顧從禮怔了下，拉著她往後扯了扯，將她抱在懷裡。

時吟很矯情地掙扎了一下。

他沒鬆開，下巴擱在她髮頂：「這麼委屈？」

時吟癟著嘴，抬手掐他的腰。

一句話，停頓一下，就掐一下：「你為什麼，不幫我。」

顧從禮沒躲，低低地笑了，胸口輕輕震了震，嘆道：「小女孩。」

時吟「唰」抬起腦袋，怒視他：「你還笑！多虧我反應快！不然今天不就完了嗎？」

顧從禮眼底含笑，抬手揉捏她柔軟的耳垂，親了親她的額頭，誇獎道：「嗯，我的寶寶真棒，反應真快。」

前一天下午，顧從禮原本空了一下午時間出來，準備陪時吟玩。

結果女孩臉皮薄，把他推出房間以後硬是悶了一下午不好意思出來見他，剛好陸嘉珩打了電話過來。

陸嘉珩本來就是帝都人，皇城腳下的太子爺，這幾年待在南方S市的分公司，據說是因為女朋友火鍋更喜歡吃南方口味的。

這段時間，他剛好和女朋友回帝都準備過年，聽說他也在，隨口問了句。

顧從禮想了想，就跟他們出去了，到的時候，遠遠看見少爺家那位小女朋友正鬧著彆扭，太子殿下跟在屁股後面溫聲細語的哄著，左一句寶寶右一句寶寶的叫。

挺大一男人，絲毫不要臉。

女孩被他叫得小臉通紅，跺了跺腳，轉過身，聲音軟軟地，聽起來沒多少怒意了，更像是在撒嬌似的：「誰是你寶寶了！」

顧從禮看得若有所思。

所以這稱呼問題好像很重要，女朋友生氣的時候用來哄，看起來有奇效。

果然，他話一出，時吟微微僵了一下，掐著他腰的手也放下了。

顧從禮覺得陸嘉珩也不完全是個廢物。

時吟緩緩地抬起手，抵住他的腹部，輕輕推了推，抬起頭來，疑惑地看著他：「你被盜號了？」

「……」

顧從禮覺得這陸嘉珩果然還是個廢物。

他拍拍時吟腦袋：「不是不開心嗎，誇誇妳。」

時吟鼓了鼓腮幫子，小聲嘟囔：「馬後炮。」

顧從禮挑了下眉，看著她吹得鼓鼓的臉頰，忍不住抬手，輕輕戳了戳。

時吟嘴巴一鬆，輕輕的噗的一聲：「你剛剛，為什麼故意不接受我的求救訊號，」她仰著腦袋瞪他，「我一點經驗都沒有，腦子差點就空白了，生怕他們在下面打起來，你還在那裡跟看戲的一樣。」

時吟委屈巴巴地：「你不管我，你不想管我……」

顧從禮好笑：「管妳要跟我鬧，不管妳還鬧，」他垂眸盯著她，輕道：「我是想管妳，想讓妳乖乖待在家，簽售會也別參加。」

他如果真的隨了自己的心思管起來，何只這一個小意外。

大概會直接把她關在家裡，就這麼一輩子不露面才好，永遠也沒人知道她的樣子，她的每一處美，都只有他一個人知道。

但是她不喜歡。

她要自由，他就給她，她不喜歡他吃醋，他也能忍耐，她想變得更好，他就幫她成長。

所有的欲望，在她的面前，都可以被克制。

時吟忽然明白了他的意思。

他在教她。

時吟其實從小到大一直挺獨立的，不是那種遇事不決需要依靠別人的人，但是當這個人是顧從禮，她好像下意識的，就會去尋找他的身影。

只要他在就沒什麼需要她擔心的，不知道從什麼時候起，對他的這種依賴就已經被自然而然的養成了。

這不太好。

時吟抿了抿唇，還是忍不住小聲反駁：「我什麼時候鬧了……」

「林佑賀那次，」顧從禮平靜說：「妳自己算算妳多少天沒理我。」

時吟眨眨眼，糾正他：「你那個不算的，我不是因為這個生氣，我是因為你過激的吃醋行為，我的嘴巴被你咬得現在還疼呢。」

顧從禮垂眼：「真的？」

時吟真摯地點頭：「我騙你幹什麼。」

顧從禮點點頭，傾身湊近，手指捏著她下巴抬了抬，吻她的唇，將聲音餵入口腔：「那我檢查檢查……」

「……」

顧從禮裡裡外外徹徹底底地檢查了一遍以後，心滿意足地放開她時，時吟只有軟在他懷裡喘氣的份。

這男人現在確實是不咬人了，但是感覺好像也沒有什麼大的改善。

唇瓣腫著，舌根還是被捲得生疼發麻，含著就不鬆口，久得能憋死個人。

時吟決定下次研究一下能不能在接吻的同時用鼻子呼吸。

機票訂在下午，簽售結束沒多少時間，直接飛回S市。

臨走前，顧從禮離開了一下，人不知道去了哪裡。

時吟在機場玩消消樂等著他，直到時間差不多了，他掐著時間回來，拎著個袋子，打開，裡面一隻烤鴨，封得嚴嚴實實的，裡面還有醬和餅。

時吟瞪大了眼：「你去買烤鴨了？」

顧從禮瞥她：「來之前不是有人哭天搶地要吃？」

時吟心裡暖洋洋的，忍不住彎起眼睛，又咳了咳，指尖按住唇角往下拉了拉：「可是這樣的，和在店裡吃的感覺還有味道不一樣的。」

「嗯，過段時間再帶妳來一次，去店裡吃。」顧從禮從她手裡接過行李箱，去托運。

「噢。」時吟美滋滋地跟在他後頭。

回去的路上時吟照樣是睡過去的。

冬日晝短夜長，飛機降落時已經是晚上，窗外夜幕低垂，顧從禮車子停在機場停車場，兩個人剛上車，顧從禮電話開機，下一秒就直接響起，一個陌生的號碼。

他接起來，沒說話，曹姨的聲音直接傳過來：『我的顧少爺啊！你總算接電話了！我打了好半天了！』

「下午在飛機上，」顧從禮把手機拿開了一點，確認似的又看了上面的手機號碼一遍，「曹姨？怎麼了嗎？」

『夫人不見了！』

安靜的車廂裡，那邊隱隱傳來一點點聲音，是個女人。

時吟側頭看過去，愣住了。

顧從禮側臉的線條緊緊繃著，眼睫微垂，棕眸像是結了冰。

他開口：「什麼叫不見了。」

『她說把口紅丟在花園裡了，非要讓我們去找，就把我們都趕到花園裡去了，結果我一回身，她人就不見了，明明大門都鎖著的！還拿了我的手機，我打過去她也不接！』

「定位呢？」

『就是沒開才急啊！』曹姨的聲音聽起來快哭了，『她前一天一直說著要去找你和顧先生，我也沒有顧先生的電話，只能打給你，你快去找找，她只聽你的，夫人這兩天挺好的，我真的是……』

「我知道了，您別急，我去找。」顧從禮把電話掛了。

他的表情太可怕了，沉沉的，時吟小心地看著他：「怎麼了……嗎？」

顧從禮沒說話，掛了電話以後又按了個號碼過去，漫長的等待以後，那邊終於接起來了。

女人的聲音輕輕的，溫柔如水：『阿禮，你放學了。』

「嗯，」顧從禮低低應聲，「剛到家，沒看到您，您是在外面嗎？」

『今天下雪了，媽媽出來走走，』白露笑了，『阿禮還記不記得你小時候，冬天媽媽帶你出來采風，畫雪，那個雪啊，落到一半，在空中就化了，你還很不開心，板著小臉說畫不出。』

顧從禮頓了頓：「您在哪，我先讓曹姨去接您回來好不好？」

『曹姨不是在陽城嗎，你讓她過來幹嘛，那麼遠。』白露不滿，隨即又輕輕的笑了，『媽媽來接你，我們去找爸爸，好不好？我知道你在哪裡，你天天不去上學，那次，你跟曹姨說話我都聽見了，阿禮現在都學會蹺課了。』

白露把電話掛了，一分鐘後，她傳了張照片過來。

夜晚的市中心，搖光社巨大的辦公大樓玻璃幕牆映出對面亮亮的ＬＥＤ燈，佇立在黑夜裡，多了一種寂靜的詭異。

下面一行文字。

『媽媽等你來接我。』

顧從禮放下手機，啟動車子，駛出停車位，一腳油門衝出機場。

時吟安靜地縮在副駕駛座位裡，不安地看著他。

顧從禮唇瓣抿著，察覺到她的視線，他愣了愣，抬起手，輕輕摸了摸她的頭髮。

「沒事，」他聲音有點啞，手指一下一下梳著她的頭髮，「沒事，別怕。」

車子在機場停得久，剛剛整個車裡都是冷的，這時空調開始運作，溫度漸漸升上來，顧從禮的手指依舊冰涼，指尖刮蹭到她的頭皮和耳廓，涼得她想縮身，卻依然忍住了。

紅燈亮起，他壓著線堪堪踩住剎車。

時吟抬手，抓住他的手，用兩隻手捂住，一點一點搓著他的手指。

「還冷嗎？」她聲音低軟。

顧從禮手指不易察覺地輕顫了下，斂眸，側頭看著她：「時吟。」

她捏著他的指尖抬眼。

顧從禮原本想的是，就這樣就好。

就這樣一直瞞下去。

她是很聰明的女孩，她應該早就察覺到不對勁的地方，可是她從來沒問過。

關於他的事情，她一直在刻意的避開，直到後來兩個人終於爆發，她也沒有多問過一句。

她不追問，顧從禮是鬆了口氣的。

母親的事情，畸形的、不健康的家庭和教育方式和成長環境，惡劣的父子關係，這些，他通通都不想讓時吟知道。

每一次他看到白露，都像是在看著未來的自己。

他繼承了她的偏執，他身體裡屬於她的那部分血脈讓人太不安，太狼狽。

顧從禮不知道自己在愛上一個人後，會不會也變成白露那樣。

可是他不能。

他的女孩膽子這麼小，他克制，她都已經小心翼翼。

顧從禮不知道，如果時吟知道了他的家庭，她會怎麼樣。

她可能就不要他了。

她會逃得遠遠的。

空調的溫度越升越高，時吟外套沒脫，現在已經開始覺得熱了。

她往後退了一點點，一手放開顧從禮的手，準備先把外套脫掉。

她一動，就像是什麼開關被開啟了。

顧從禮手腕一轉，忽然死死地抓住她，眸底晦澀一點點沉澱，緩聲問：「妳要去哪？」

時吟手腕被抓的有些疼，她愣了愣，想掙脫。

敏感地察覺到他的異樣，她沒縮，忍著痛感被他抓著，一動也不動：「我想脫個外套。」

顧從禮不動。

時吟皺了皺鼻子，有些委屈地小聲說：「你抓得我好疼。」

顧從禮僵了下，鬆了鬆手，時吟甩了甩被抓得已經紅了的手腕，將外套脫掉。

兩條手臂剛從衣服裡抽出來，顧從禮忽然傾身，扣著她後頸將她緊緊抱在懷裡：「時吟。」

她眨眨眼。

雖然不知道他怎麼了。

但是。

時吟順從地抬手，環抱住他的腰，軟軟的身子輕輕靠過去，縮在他懷裡：「我在呢。」

他頸間的肌膚貼著她的額頭，觸感溫熱，喉結微微滾動。

「不准跑，」

男人的聲音在她頭頂，低低的，抱著她的手用力得像是要把她整個人全都揉進自己的身體裡，

「妳永遠別想逃。」

從機場到市區差不多一個小時，顧從禮今天的車開得格外快，不到一個小時，已經遠遠看見了搖光社的影子。

到了樓下，顧從禮減緩了速度，車停在旁邊。

時吟安靜如雞地縮在副駕駛座，看見顧從禮解開安全帶，下車，走到一個女人旁邊。

那女人站在搖光社前面的馬路邊上，盤髮整整齊齊，臉上的妝容十分精緻，紅唇，狹長的眉眼。

她看起來很年輕，歲月似乎沒在她身上留下太多痕跡，氣質孤高清絕，站在冬日裡燈火闌珊的街頭，著白色大衣，像是從民國畫卷裡走出來的哪位貴門小姐。

時吟是學美術的，她幾乎一眼就認出了那個人。

繪畫界的天才和傳奇，青年女畫家白露。

白露家境殷實，從小就喜歡畫畫，十四歲進入巴黎美術學院學習，十六歲開個人畫展，二十歲，她橫掃國內所有美術類最高級別獎項，登上職業生涯的巔峰。

然後，這位天才少女畫家銷聲匿跡了。

起初，大家並不在意，創作者總是需要一定的隱私性和私人空間的，所有人都期待著她的新作品，期待著國家能夠出現一位最年輕的，亞歷山大盧奇繪畫獎獲得者。

直到半年後，白露結婚的消息鋪天蓋地。

極具靈氣的天才女畫家放下了畫筆，從此嫁作他人婦，洗手作羹湯，業內唏噓遺憾了好一陣子，最後這個人名依然漸漸淡出眾人的視線。

時吟降下車窗，看著顧從禮走到女人旁邊，女人仰起頭，微微笑了：「阿禮。」

顧從禮垂眸：「媽。」

白露抬起手，掌心朝上，虛虛停在空中：「下雪了。」

時吟仰頭，夜色明淨，冷流帶著潮氣，不見風雪。

顧從禮聲音淡淡：「嗯，下雪了，外面冷，我們回家吧。」

時吟猶豫了一下，拉開車門下車，顧從禮聽到這邊的聲音，倏地回過頭。

她清了清嗓子，試探問：「那我先回家啦？」

顧從禮沉著眸：「我送妳。」

時吟笑了下：「沒事，我自己回去就可以，在這裡車很多了。」

他抿著唇，不說話。

時吟看得出，他不想讓她和他母親有過多的接觸。

可是他看起來也不想放她一個人走。

白露往前走了兩步，看著時吟，笑得很溫柔：「這是你同學嗎？」

顧從禮垂下眼，去拉她的手：「媽——」

白露恍然：「是女朋友嗎？」她細細端詳著時吟，忽然露出笑容，上前去拉她的手，「這麼晚了，哪能讓女孩子一個人走呢。」

顧從禮反應很快，倏地拉住時吟的手腕，將人扯到自己身後，嚴嚴實實地擋住。

白露抓了個空，愣了愣，白皙的手停在空中。

她轉過頭，漂亮的眼睛有點發紅：「你是什麼意思？」

「媽媽碰她一下都不行嗎？」

她直直地看著他，聲音很輕：「我又不會把她怎麼樣，我不會傷害她的，我就看看，看看我們家阿禮，喜歡的女孩是什麼樣的……」

女人的嗓音陰柔，飄蕩在夜空中，融化在濕冷的空氣裡，有種壓抑的詭異感。

時吟後頸發涼，站在顧從禮背後，忍不住往前靠了靠，抬手緊緊抓住他背後的衣服，感受到他身上溫暖的熱度。

外套被人死死拽住，顧從禮回過頭去，垂眸，抬手揉了揉她的頭髮：「能自己回家？」

時吟仰起頭來，咬著嘴唇看著他。

他安撫似的拍拍她的背：「去吧，別怕，到家了告訴我一聲。」

時吟點點頭，後退兩步，小心翼翼地側頭看旁邊的白露。

她清了清嗓子，微微俯了俯身：「阿姨再見。」

白露像是沒聽見，她紅著眼，看著某處，眼神直勾勾的，沒聚焦。

時吟轉身跑過馬路，攔了輛計程車。

直到上了計程車，時吟一口氣才長長地出去。

她後背被冷汗浸濕了一層，指尖發麻，被白露一眼盯住的時候，她覺得自己連呼吸都忘了。

那雙眼睛很漂亮，和顧從禮一樣的淺棕色，明明該是剔透的溫暖顏色，卻像是藏了深淵，裡面的情緒空盪盪的，盯著人的時候一片死寂的冰冷。

說話的時候那種顛三倒四的矛盾感，詭異的腔調，大幅度的情緒起落。

時吟心裡慢慢地有了一個猜想。

她的精神狀態，好像不太對勁。

時吟回到家，將門反鎖，點亮了房子裡所有的燈。

燈光明亮，她坐進沙發裡，看著茶几上的水果盤發呆。

她想起顧從禮在車上時的反應。

他在怕。

最開始的時候，時吟不知道發生了什麼，現在好像有點懂了。

他是怕她知道了以後，對他的家庭有所排斥嗎？

之前家裡七大姑八大姨來串門，時母跟她們說話的時候時吟也聽到了一些，二姨家表哥要訂婚，女方家裡好像是離異單親家庭，父親是個賭鬼，二姨抱怨了整整一下午，中心思想就是對這個媳婦的家庭完全不滿意，不希望表哥娶她。

時吟露出了恍然大悟的表情。

她進書房，把筆電抱到沙發上，打開，想了想，搜了一下精神類的疾病。

首先點進百科，時吟一行一行看過去，看到最後一句的時候頓住了。

——在病態心理的支配下，有自殺或攻擊、傷害他人的動作行為。

不知道為什麼，時吟突然想起了顧從禮之前手背的燙傷，還有小臂上厚厚的，很長的繃帶。

時吟慌了慌神，將筆電丟在沙發上，翻出手機打電話給顧從禮。

等了一陣子，他才接起來，聲音聽起來沒有什麼不對勁的地方，只微微有些啞：『到家了？』

「你在哪？」她急急問道。

顧從禮頓了頓：『在醫院。』

她的聲音頓時緊繃了起來：「你又受傷了？」

他沒說話。

兩個人周圍都很安靜，等了一陣子，他也不出聲，時吟覺得自己猜對了，急道：「你說話呀！」

顧從禮低低笑了一聲：『沒有，我把我媽送過來。』

時吟鬆了口氣，重新靠回到沙發上，猶豫了一下，才小心說：「阿姨是，精神狀態不太穩定？」

顧從禮淡淡『嗯』了一聲。

時吟不知道該說什麼。

她想了下離搖光社最近的醫院是哪家，又問：「是在第一醫院嗎？」

顧從禮又『嗯』了一聲。

時吟垂著眼，視線落在旁邊電腦螢幕一行行文字上。

他的手臂綁了那麼長的紗布，到底是多嚴重的傷，得有多疼。

而且，如果那個傷害到他的人是他母親，是這個世界上最應該愛護他，保護他的人。

時吟鼻尖發酸，不知道那是什麼樣的感覺。

兩個人之間安靜了一陣子，顧從禮那邊好像有人叫他。

他把手機拉遠，應了一聲。

時吟鼻子酸酸的，眼眶濕潤，生怕他聽出自己的聲音有不對勁，連忙道：「是不是有人叫你？你快去吧，我先掛啦。」

她啪地掛了電話，揉了揉紅紅的眼睛。

時吟有些後悔了。

她之前不應該那樣的。

如果她再勇敢一點，如果她沒有刻意逃避，主動去接近他，去瞭解他，是不是可以更早的幫他分擔一點點。

時吟第二天起了個大早。

她昨晚查了很多資料，又打電話問了認識的學醫的朋友，等洗完澡出來已經是凌晨三點多。

睡了沒幾個小時自然醒，清晨，天剛濛濛亮。

明明身體在說完全沒睡夠，整個人睏到不行，眼睛都睜不開，精神上卻又無比精神。

閉著眼睛，大腦也在不停不停的轉動。

時吟睜開眼，看著雪白的天花板，用一個晚上的時間消化掉昨天看到的事情。

畫家白露是顧從禮的母親，並且她現在好像身體不太好，應該是從醫院或者那裡跑出來了。

時吟躺在床上，摸出手機，想打個電話給顧從禮。

號碼已經調出來了，想了想，又怕他沒有空，作罷。

時吟嘆了口氣，不知道這種情況要怎麼辦。

想多多少少，能夠幫到他一點，可是又不知道到底要怎麼辦才好。

她翻了個身，趴在床上，抱著枕頭將手機舉在頭頂。

打開社群又是一大堆訊息，時吟點開來看，發現昨天的帝都簽售會上也有不少人錄了影片上傳。兩段。

第一段其中有一部分，是那個帶著口罩的女孩的提問，以及下面時吟的粉絲對她的圍攻。

剪到時吟開口以前，這段影片結束。

時吟看完整段，有點想笑。

果然，點開下面的留言和分享，一大堆帶風向。

粉絲無腦護，粉絲圍攻人家女孩子就算了，時一還不約束自己的讀者。

時吟看笑了，這得買多少水軍才能造成這樣的效果啊。

回憶一下她的職業生涯，她真的一直都算低調，就在社群上她這麼一點小天地裡活動，雖然有不少人說她的畫難看，說她拉低了《赤月》整體水準什麼的，但時吟真的沒怎麼在意過，對於這種言論和社群標記從來都是無視的。

她又不是錢，不奢望所有人都能喜歡。

但是除了之前的那位顫慄的狸貓，她也沒得罪過人啊，這個針對性也太明顯了吧。

時吟退出去，繼續翻了翻，找出另一段影片，是她在簽售會上的回應。

這段影片的分享數和熱度比較上一段，明顯少了一大截。

時吟想了想，分享了這個熱度可憐的影片，又從相簿裡翻出了之前拍的，簽售會門口的立繪板——國漫的迴聲。

她這邊剛上傳，下一秒滑了下首頁，林佑賀就分享了。

時吟愣了下，自從上次ＫＴＶ以後，她沒有再跟林佑賀說過話。

本來以為校霸這性格，可能會跟她恩斷義絕。

還沒等反應過來，時吟接到了梁秋實的電話。

梁秋實是一向知道她的作息時間的，一般就算找她也會在下午，這大清早給她打電話，幾乎沒有。

時吟一邊下床踩上拖鞋，一邊接起來，「喂」了一聲。

梁秋實那邊聲音有點急，還帶著一點剛起床的沙啞：『時一老師，我看見社群上那個影片了。』

時吟「哦」了一聲，走進廚房，有點提不起興致：「我也看見了。」

『那個女的，就是帶口罩的那個，』梁秋實頓了頓，似乎有點猶豫，『就其實，我之前不是接觸過從陽文化那邊，然後去了他們公司一趟，在那邊見過那個離年幾次。』

時吟從冰箱裡取了盒牛奶走進客廳，夾著手機，將客廳小垃圾桶裡的垃圾袋綁好，提起來，真誠地問：「離年是誰？」

『……就是那個，您的競爭對手，天才美少女漫畫家。』

時吟「哦」了一聲，走到門口，也不知道有沒有想起來。

梁秋實繼續道：『反正就是，我見過她幾次，本人跟照片上有點差別的，然後我剛剛看到那個影片，就是提問的那個女的，雖然她帶著口罩的，我不太確定，但是我感覺，好像跟那個離年看起來有點像，聲音也稍微有一點點。』

時吟一頓，抬手壓了下房門，沒打開，才想起來自己昨天晚上回來反鎖了。

主要是這個社區治安也很好，她就一直也沒有反鎖的習慣，所以一時間沒想起來。

擰開鎖，開門，她一手拿著手機，一手勾著垃圾袋，把垃圾放在門口。

一側頭，看見顧從禮咬著菸，站在門口。

時吟愣了一下。

梁秋實那邊還在說話：『喂，時一老師？您聽見我說什麼了嗎？老師！別睡了！醒醒！』

時吟：「你怎麼來了？」

梁秋實：『……老師，您在說夢話還是醒著？』

時吟看著顧從禮，把電話掛了。

顧從禮沒答，自顧自道：「妳反鎖了門。」

他身上還是昨晚那身衣服，整個人帶著種沉冷的死寂。

門開著，冬日清晨的冷氣灌進來，時吟縮了縮脖子：「昨晚鎖的，我忘了。」

他將菸掐滅，抿著唇，聲音發啞：「是怕我進來？」

時吟愣了下，才反應過來他是什麼意思。

「不是呀，」她急忙道：「就是昨天晚上我回來——」

她話頭停住了。

不知道該怎麼解釋。

昨晚剛回到家的時候，她確實是怕的。

她的身邊，是第一次接觸到有這種情況的病人，總覺得身後像是有什麼人跟著似的，下意識就反鎖了。

南方的冬天陰冷陰冷的，濕意和涼氣混在一起，不要命地往人身體裡鑽，時吟人又剛從被窩裡出來，冷得牙齒直打哆嗦，恨不得現在立刻鑽回床上。

可是顧從禮看起來實在不太對勁。

她現在已經明白了他的顧慮，她之前逃避了那麼久的事情。

時吟不想再躲，她從高中逃避到現在了，總不能一輩子都做個膽小鬼。

她垂下眼去，抬手去拉他的手。

這麼一下，讓她完全愣住了。

顧從禮的體溫一直有點低，此時他的手甚至冷得像冰，激得她整個人一哆嗦，又縮了縮肩膀。

男人的眼神陰鬱，渾身上下透著入骨的冷意。

他身形微動，還沒來得及做什麼，時吟突然兩隻手全都伸出來，將他的手拉過來包在手心裡握住。

顧從禮一頓，垂下眼簾。

女孩穿著柔軟的珊瑚絨睡裙，柔軟溫暖的，像一團毛絨絨的棉花糖，她垂著眼，兩隻手努力地將他一隻包住，聲音軟軟的：「你的手怎麼這麼涼呀。」

滔天風浪戛然而止。

像是有一雙溫柔的手，輕柔地安撫著身體裡狂躁不安的靈魂。

他沒說話，她說完，像是自己意識到什麼，直接抬起頭來，瞪著他：「你在外面站了多久？」

「不知道。」他緩聲道。

時吟拽著他進屋，回身關上門，一邊皺著眉：「反鎖了你不會打電話給我嗎！你怎麼不叫我呀，按門鈴也行啊，就那麼站著等，你是傻了嗎？你知不知道現在外面多少度？」

她將他拉到沙發旁，按在上面坐好，又蹬蹬蹬跑回臥室裡面，沒多久，抱著一床被子出來，捂在他身上，一邊往上拉一邊忍不住說：「平時門鈴按得快樂死了，關鍵的時候怎麼不按了。」

顧從禮任由她拉著被子往他身上擺弄，聲音低沙：「我不敢。」

時吟一怔。

他聲音裡有鋒利的冰稜，被攪碎了順著血液流淌進體內，劃得她生疼。

顧從禮沒察覺到她的愣神，抿著唇，低垂下眼：「不吵醒妳，可以假裝妳在睡覺。」

如果真的把她叫醒，她依舊不肯出現，是不是就說明，她真的不要他了。

顧從禮突然明白了，時吟之前的逃避。

和殘忍的現實相比，連漫無止境的等待都變成了一種奢侈的施捨。

他閉了閉眼，艱澀開口：「時吟——」

時吟跪坐在沙發上，一手拽著他身上的被子，她忽然直起身，一手撐住沙發靠背，垂頭吻他的唇。

他的唇瓣也冷，像是冰做的，半點溫度都沒有。

柔軟溫熱的舌尖順著冰冷的唇縫輕緩滑過，含住薄薄的唇片，長腿一伸，她跨坐在他身上，由上至下捧著他的臉，將自己的溫度一點一點地，順著口腔渡給他。

顧從禮僵住，眼睫唰地抬起，淺棕的眸微微瞪大了一點。

女孩也閉著眼，長長的睫毛在他眼前輕微顫動，動作生澀又溫柔，珊瑚絨的睡衣袖子往下滑，纖細的手臂勾上他的脖頸。

時吟微微退開一點點距離，鼻尖對著鼻尖，輕輕地喘息：「顧老師，我好喜歡你……」

顧從禮定定的看著她。

她臉有點紅，視線低低垂著，不敢看他的眼睛：「好久以前就喜歡你，一直一直，都好喜歡你。」

她的聲音細細的，像小蚊子，伸出長長的喙，一寸一寸扎進他心臟，酥酥麻麻的癢。

時吟勾著他的脖子，柔軟的身體貼上來，在他頸間蹭了蹭，吐息間的氣息溫熱香甜：「什麼樣的你我都喜歡，所以，你別怕，我不走的。」

毒液滲透身體，鑽進心臟，麻痹了神經。

顧從禮抬手攬住她的腰，覆上後腦，咬住她的唇。

女人可真是下了凡的妖。

迷惑他的神智，削弱他的精神，還想讓他把命也給她。

兩人之間隔著層被子，顧從禮隨手扯掉，指尖順著裙擺鑽進去，滑過淺淺的腰窩，按住纖細的後腰，將她整個人按進懷裡，緊緊貼合。

他的手已經染上了熱度，呼吸很重，動作也越來越重，彷彿回到了之前在KTV的那個晚上，他理智被攪得粉碎，含著舌尖勾過來咬住，廝磨。

時吟吃痛，「唔」了一聲，下意識往後蹭了蹭，又被撈著按回來，下腹貼上了什麼東西。

一點一點，顯出形狀。

時吟睜大了眼睛，抵著他的肩輕輕推了推，舌尖被勾住，朦朧之中感覺他的手從她腦後滑到耳廓，頸間，落在胸口，釦子一顆一顆被解開。

她清晨剛爬起來，還沒來得及穿內衣，圓潤柔軟探出頭，白得像牛乳，端了一碗放在花園的青白石桌上，春風拂過，中間落了朵漂亮的粉色櫻花。

然後，有人走進花園，在桌邊坐下，指尖捏住櫻花的花瓣，送到唇邊，輕輕吻了吻。

時吟啜泣著仰起頭，手指蜷起，緊緊抓著他的肩，指尖掐進外套裡。

她顫抖著往前靠了靠，將自己送上去。

給就給吧。

反正是他。

是顧從禮，就沒什麼不行的。

時吟紅著眼，仰頭看著客廳的牆角，意識朦朧地想著。

他卻忽然抬起頭。

顧從禮唇瓣濕潤，抬指輕輕拉起她的領口垂眸，仔細的將釦子一顆一顆扣起來。

女孩眼眶裡含著淚，感受到他的動作，濕漉漉的眼迷茫尋他，鼻音軟綿綿，帶著一點哽咽：

「我準備好了……」

顧從禮牙槽緊緊咬了一下，喘息著舔了舔唇，吻上她的眼睛：「現在不行……」

他抬指，輕輕刮蹭她染上一點點血跡的唇，聲音很低，帶著情動時的啞：「我現在沒辦法控制。」

時吟平復一下呼吸，緩過來一點，胸口還酥酥麻麻的，有點疼。

男人就在眼前，她又不能去碰，委屈兮兮地抽了抽鼻子，又舔舔刺痛的嘴唇：「你沒辦法控制，那做了會怎麼樣。」

「我不知道，」顧從禮低笑了一聲，「反正妳，大概不會太舒服。」

時吟臉紅了，往後蹭了點：「會很疼嗎？」

顧從禮捏著她的指尖，輕緩地揉捏：「可能會。」

兩人之間的被子被他隨手丟在地上，硬邦邦的褲子布料貼著她的腿，剛剛一直這麼壓著，被刮蹭的有點紅，她抽回被他拉著的手，按著他的肩往後坐了坐，安靜地看著他：「可是我以為只有這樣，你才會相信我。」

顧從禮怔住。

她按著他的肩，微微垂下眼，小聲慢吞吞地說：「之前我表哥要結婚的時候，我姨媽因為嫂嫂條件不太好，然後家庭也有一點點小問題，就不太希望他們兩個結婚，但是我嫂嫂是特別好的女人，所以後來我姨媽就同意了。我問過我媽，如果她是我姨媽，她會不會同意我嫁給這種人，我媽說，只要對我好就行。」

她委婉地說了一大堆，又怕他聽不懂，長出口氣，抬起眼：「阿姨生病了，治好就好了，不過她好像不太喜歡我，我要讓她對我熟悉一點才行，」她抿了抿唇，輕輕拉過他的手，「你下次去看她的時候，如果不想一個人去，帶著我一起，行嗎？」

顧從禮沒說話。

冬日的清晨日光冷冽，無聲無息順著玻璃窗爬進角落裡，房間裡開著空調，低低的機器運作聲音迴盪，空氣有一點點乾燥。

良久，顧從禮閉了閉眼，眼底所有的情緒都被掩蓋。

他輕輕地抱住她，頭埋在她頸間，聲音悶悶的，輕得幾不可聞：「好。」

當天下午，白露被接走了。

時吟跟著顧從禮去了醫院，白露對醫院有很強的抵觸情緒，整個人比昨天晚上看起來更加了無生氣，聽到開門的聲音，她會瑟縮著往後躲。

走之前，時吟又見了她一次。

她站在病房門口，心裡還是有點害怕，顧從禮站在她身後，回手關上了門。

和之前時吟看到的都不太一樣的特殊病房，牆壁是很柔軟的白色海綿墊，沒有任何有稜角的醫療器械在。

時吟抿了抿唇，小心地走到床邊，離著一段距離，朝床上的人欠了欠身：「阿姨好，我是時吟。」

白露歪著頭看著她，突然開始哭。

她哭得很慘，昨天盤得精緻的頭髮披散開來，有點亂，大顆大顆的眼淚滾下來，乞求似的看著她，搖了搖頭：「他們為什麼關著我？我沒生病，我明明沒生病。沒人相信我，阿禮也不要我了……」

時吟心裡酸酸脹脹的，不忍心回頭去看顧從禮的表情。

他每次看到自己的母親這樣的時候，都是什麼樣的心情，她甚至不敢去想。

來的路上，顧從禮講了個故事。

女主角是個天才畫家，母親是藝術家，父親做生意，女孩從小就跟她母親很像，在藝術上有很高的天賦。

少女長得很美，性格溫柔，藝術家的敏感和女孩子的纖細，在她的身上體現的淋漓盡致。而她也從來沒有讓家人失望過，很小的年紀，就拿到了無數榮耀。

在她事業即將達到頂峰的時候，她遇見了一個男人。

沒有什麼詞彙能夠形容那時候的感覺，就像之前近二十年的人生一直都對著黑白的默片，直到他出現，她才知道真正的色彩。

在她看來，這個男人是完美的。

她放棄了事業，將投入到繪畫上的全部激情和灼熱，全都給了這個男人。

灼燒的溫度投入得太多太滿，一旦遭到背叛，反噬起來的效果是極其恐怖的。

她很快發現，這個男人是沒有心的。

他的性格裡沒有感性的一面，像是一個毫無瑕疵的，冰冷的機器人，理智的決定任何事情，他的婚姻、愛情，所有東西都可以被利用，都為利益服務，為利益犧牲。

男人從來沒愛過她，他不在乎她是誰，只要她有利用價值。

她感性的，脆弱又偏執的性格在藝術方面是上天給予的天賦，在此刻卻成了叩響地獄之門的引子。

白露掙扎在自己臆想出來的、美好無暇的愛情裡，顧璘看著跪在他腳邊哭泣的女人，冷漠又無動於衷的旁觀。

顧從禮的世界，和他骨血裡帶著的東西，從那個時候開始一點一點的分裂成兩個部分。

後來，顧從禮想，如果當時沒有時吟。

如果沒遇到她，他是不是真的會就這麼瘋掉。

顧璘太理智，白露濃烈得只剩下感情，他成為兩個極端的結合體，要麼變成第二個顧璘，澈底成為利益的機器，完全泯滅掉最後的一點人性，要麼變成第二個白露。

耶穌在《約翰福音》裡說：跟從我的，就不在黑暗裡走，必要得著生命的光。

他在黑暗中踟躕獨行，精疲力竭之時叩開了門扉，看見她站在門後，朝他伸出手。

然後，他成了她最虔誠的信徒。

她是他的光。

第十章 野薔薇之戰

白露直接從S市轉到陽城一家專門針對精神方面疾病治療的私立醫院。

在陽城郊區，環境很好，醫療器械和技術全部是從海外引進，專家十分權威。

時吟原本以為，白露抵觸的情緒會很激烈，結果女人只是安靜地站在那裡，沉默看著窗外，一聲不吭，直勾勾的，盯著一個地方默默發呆。

顧從禮和院長大概有點交情，將曹姨留下來照顧她，曹姨將削好切成塊的水果端過去，叫了她一聲：「夫人。」

白露恍惚一下，轉過頭，呆呆看了她一陣子子。

半晌，她輕輕開口：「他什麼時候來接我。」

曹姨笑了笑：「夫人，小少爺就在門口呢，您要不要跟他聊聊天？」

白露露出了短暫的迷茫的表情，隨即很快笑了起來，輕聲說：「怎麼妳叫我是夫人，叫他就是少爺了？他才沒在門口，妳騙我。」

曹姨愣了下，反應過來以後，下意識回過頭去。

顧從禮沉默地站在門口，察覺到她看過來的視線，微微點了點頭，抬手關上門。

她嘴裡的「他」，除了顧璘以外，從來沒有第二個人。

不同於綜合性醫院的擁擠，這裡的醫院很安靜，走廊空盪盪的，除了他沒有別人。

顧從禮在門口站了一陣子，中央空調的暖氣明明很足，室外冷流卻依舊透過厚厚的牆壁滲透進來。

他冰冷的指尖捏在一起撚了撚，轉身往外走。

穿過走廊走到盡頭電梯間，他看見時吟。

她坐在窗前的椅子上，身上是厚厚的毛衣外套，電梯間有穿堂風，她大概是覺得有點冷，整個人縮成一堆，看起來像是一團毛絨絨的毛線團。

瞥見他出來，時吟抬起眼，朝他笑了，起身跑過來，走到他面前，去拉他的手。

大概是他體溫有點低，她打了個哆嗦，仰頭：「你冷嗎？」

顧從禮抿著唇，安靜了幾秒，緩慢開口：「冷。」

她扯著他一根中指，把他的手拉過來，塞到自己的外套裡，毛衣觸感柔軟暖洋洋的溫度帶著她的氣息，淡淡的椰子混著花香。

她揚起眼睫，笑咪咪地看著他；「這樣還冷嗎？」

顧從禮垂眸，抽手，拉著她抱進懷裡。

時吟安安靜靜任由他抱著，乖巧的像隻小貓咪。

電梯叮咚一聲，有幾個護士從裡面出來，看見門口抱在一起的兩個人，嚇了一跳，然後湊在一起笑嘻嘻的走過去，邊說話還邊回頭。

時吟有點不好意思：「行了啊。」

顧從禮不放手，下巴擱在她髮頂：「再抱一下。」

時吟像小泥鰍一樣拱了拱：「回家再抱。」

「回家接著抱。」

時吟沉默。

算了。

今天就寵他一下好了。

她縱容地妥協了，心裡還有點竊喜和小無奈，感覺自己像個大姐姐一樣，他是抱著她撒嬌的小朋友。

終於有了翻身做主人的這一天。

兩個人就這麼站在電梯門口，電梯門打開又關上，直到電梯門第四次關上以後——

「……」

時吟腳都麻了，沒好氣地翻了個白眼：「顧從禮，這就行了啊。」

男人低低笑了一聲，放開她：「脾氣真差。」

時吟瞪眼，難以置信地看著他：「你說什麼？」

「你說我脾氣差？」

「你竟然還嫌棄別人脾氣差？你知不知道自己的脾氣有多爛？」

顧從禮按開電梯，微挑了下眉：「沒人說過我脾氣不好。」

「那是因為沒人敢說，」時吟面無表情，「你還記得你連續一個禮拜不加我好友加了以後一秒鐘拉黑，原因只是因為我摔門了——這件事嗎？」

「我應該也說過，那是因為妳跟別的男人在一起。」

時吟又翻了個白眼：「主編，我希望您理智吃醋，趙編輯家女兒都能打醬油了。」

顧從禮點點頭：「理智，妳那個小助手的鑰匙什麼時候還。」

兩個人出了醫院的門，走到車邊，時吟腳步一頓，表情為難：「我不知道要怎麼跟他說呀，直接說我有男朋友了，男朋友讓我把鑰匙要回來，會不會顯得你太小氣，有損您的名聲。」

顧從禮開車門，語氣輕飄飄：「沒事，我不需要名聲。」

時吟一噎，被他的豁然震住了，一時之間想不到還能說什麼。

默默地上了車，顧從禮打方向盤出了醫院大門，忽然說：「時吟，妳要不要搬過來住。」

時吟正在玩手機，聞言一抖：「什麼？」

「搬來我家住。」他就當她真的只是單純的沒聽清，平靜地重複道。

時吟微張著嘴巴，看了他十幾秒，意識到這個男人是認真的以後收回了震驚，換了一副更震驚的表情：「主編，我們家不流行婚前同居，被我爸知道可能會把我打死。」

顧從禮點點頭表示理解，很善解人意：「那先結婚。」

時吟：「……」

「男人，三十歲了，三十而立，成家這事的確是應該提上日程了。」

甜品店角落座位，方舒翹著腿，漫不經心地攪拌著玻璃杯裡的冰沙，語重心長的重複道：「畢竟，三十了。」

「……」時吟面無表情，「二十九。」

方舒眉一挑：「妳是已經嫁給他了？這就開始護夫狂魔上身了。」

時吟高舉著手，一根一根擺弄著手指頭，一臉崩潰：「我才二十三、二十三，我怎麼結啊。」

「二十三了，該有性生活了。」

時吟：「……」

方舒抬眼，突然問她：「妳用了嗎？」

時吟愣了愣，眨眼：「什麼用了嗎？」

「我買的出差禮物。」

「……」

時吟四下看了一圈，臉漲得通紅，壓低了聲音：「妳那個東西，那個珠子——」她說不下去了，挫敗地嘆了口氣，「沒有，最近太忙了，沒有時間。」

時吟最近確實是忙，兩場簽售會下來透支她大半的體力，剛回到S市又因為顧從禮的事去了趟陽城，折騰了兩天，剩下的體力也空了。

睡了十幾個小時，渾渾噩噩爬起來，又接到梁秋實的電話。

繼續開始了無休止的趕稿。

上次梁秋實打電話給她的時候因為顧從禮，她沒怎麼注意他說了什麼，順口提起這件事。

等到時吟這邊畫得差不多了，梁秋實過來補背景和網點，關於上次的話題又重複了一遍。

簡單來說就是，他覺得帝都的那場發表會上那個戴著口罩的女生看起來有點像離年，可是他不確定。

時吟縮在沙發裡打了個哈欠，抱著電繪板，手邊一杯奶茶，旁邊放著筆記型電腦，手裡捏著筆勾勾畫畫，一臉茫然的抬起頭來：「離年是誰？」

「……」梁秋實：「老師，您是故意的吧。」

時吟裂開嘴，無聲地笑了得好燦爛：「對啊，我是故意的，意思就是，她是誰都無所謂，」她抬手，筆尖戳了戳筆記本螢幕上的分鏡墨稿，「作品說話。」

梁秋實委婉的提醒她：「老師，離年背後是整個從陽文化的資源，作品、大綱、腳本、畫功強大的職業助手，從陽全部提供，他們品牌部門是外包的，行銷水準沒話說。」

他頓了頓，抽手機，翻出社群上那段影片，時吟的粉絲圍攻口罩女生的影片：「這個熱度，您也看到的了，網路上現在很多人都是這樣的，對於不知道前因後果的事情，她們只會看自己能看到的，看到了這段，轉一下罵兩句。」

「您是分享了後面的內容，可是能看見這些的最多也就僅限於圈內或者關注這件事的人，並不是所有人都真的會刨根問底去深究後面還發生了什麼，去好奇一下自己看到的是不是就是全部。」

他說了一大堆，時吟像沒聽見一樣，半分鐘後，把電腦側了側，給他看，認真地問：「你覺得這裡留白會不會好一點？」

「……」梁秋實急了，一臉恨鐵不成鋼的樣子，聲音提高了一點：「時一老師！」

梁秋實僵了下。

時吟嘴巴裡咬著吸管，揚著眼睫看著他：「球球，你是不是覺得對不起我？」

「你覺得對不起我，你差點去了從陽，而現在給我下絆子的又好像和從陽也有關係，所以你有點急，但是，這件事和我有什麼關係？」

梁秋實愣了下，茫然地看著她。

時吟直起身，耐心地說：「你看啊，現在畫漫畫的人那麼多，優秀的漫畫作者那麼多，好看的、帥的，各式各樣的都有，比我紅的人多到數不過來，所以這個離年她紅不紅，她長得好不好看，這些跟我有什麼關係，你以為少年漫啊，我遇見了我畢生的對手，她的一舉一動還能牢牢地牽扯著我的心？再說啊——」

眼見著梁秋實的表情慢慢變得敬佩了起來，時吟有種自己很英俊瀟灑的自豪感，她抿著唇，搖頭晃腦地說：「我分享了那個影片的後續，喜歡我的人，或者對這件事情比較關注的人看到了，這不是就夠了嗎？其他人怎麼想跟我又有什麼關係？」

時吟拿起奶茶吸了兩口，咬著裡面的黑糖珍珠，一邊拿過手機隨手滑著玩，「所以說啊，那個離年想幹嘛，我真的不太在意，喜歡我的人，我願意把我的喜歡也全都給她們，不喜歡我的人，我管他是個屁——」

時吟的聲音戛然而止。

梁秋實正聽孤高的時一老師耍帥聽得津津有味，突然一下停住了，他有點疑惑地抬眼。

淡然孤高的時一老師面無表情看著手機螢幕，定住了半分鐘，緩慢地抬起頭，將手機舉到他面前，聲音冰冷：「這個女的，是不是那個離年？」

梁秋實看了一眼，是張不知道哪裡來的照片。

看起來優雅又小資的咖啡廳裡，女人淺栗色的梨花頭，小臉翹鼻，紅唇水潤，帶著深棕色的放大片，顯得眼睛明亮。

她旁邊坐著個男人，氣質冷冽，有點眼熟，好像在哪裡見過。

梁秋實回憶了兩秒鐘，露出茫然的表情：「這個是離年啊，這不是顧主編嗎？」很快，他恍然，「《赤月》這是覺得準備挖離年過來？她這個天才美少女漫畫家的人設確實挺成功的。」

「呸！」時吟摔筆，「她是個狗屁的美少女漫畫家！」

照片是離年上傳社群的，時吟也只是說起離年，又好巧不巧剛好在首頁看到有人分享她的發文，就點進去看了一眼。

一眼就看見了那張照片。

還有一行字，後面配了個很可愛的表情：『和主編喝個下午茶。』

下面一大堆都是她的粉絲留言：『啊啊啊啊好帥啊！』

『這是年年的編輯？請問做妳家編輯也要顏值過關嗎？』

『男貌女才，這門親事我很滿意。』

時吟啪嘰把手機丟到一旁，不想再往下看。

什麼亂七八糟的。

其實離年的發文也沒什麼不對的地方，她只說了是主編，也沒有說是哪家的，大家以為是她的編輯也是理所當然的。

她本人也沒在發文裡加任何暗示，粉絲們開開玩笑拉郎配，實在跟她沒什麼關係。

可是妳發這麼張照片，說這樣的話，這本身難道不是暗示？

我一個正牌女朋友都還沒說話呢，您秀個屁啊！

時吟氣得飲料都喝不下去了，雖然她對顧從禮很有信心，這個人她從高中開始認識到現在，六七年了，好不容易才到手。

兩個人重逢以後來看確實是他更主動一點，時吟也完全不清楚顧從禮到底是什麼時候喜歡她的。

但是她就是莫名的有種，迷之自信，顧從禮是不會看上這種小妖精的，他又不是拈花惹草的人。

而且比臉，她也沒比離年長得差的好吧！

這麼看，梁秋實的分析還是很有道理的，搖光社這邊認可了離年的商業價值，有想要和她合作的意向。

可惜，離年是不可能離開從陽的，因為按照梁秋實的說法，離年連作品都是從陽給她的。

來不了《赤月》，也就構不成威脅，但是不影響時吟心裡不爽。

她決定把離年拉進「時一老師討厭的漫畫家」名單列表，她畫了四五年畫，認識無數漫畫作者，離年還是唯一一個。

搞我可以，但是妳不能搞我男人。

她沒第一時間問顧從禮這件事，思考了一下，還是決定先觀察一段時間。

想想，又覺得實在煩得很，盤著腿坐在沙發上兩分鐘，又撲騰著去把手機抓過來，傳了一個秋田犬委屈兮兮的貼圖給顧從禮：『我今天看了一個漫畫。』

五六分鐘後，顧從禮回覆：『什麼漫畫。』

時吟：『一部幻想類的少女戀愛漫畫。』

顧從禮沒說話。

時吟繼續說：『這個作者是從陽文化的，什麼，宇宙第一天才美少女漫畫家，商業價值非常高的那種，所以我就好奇看了一下。』

話到這裡，時吟覺得自己已經暗示的很清楚了，這個時候，顧從禮就應該直接跟她坦白從寬抗拒從嚴。

她等了兩分鐘，他才回：『好看嗎。』

時吟：「……」

時吟：『還行吧，你知道這個作者是誰嗎？』

顧從禮：『誰。』

時吟：『是離年！！！』

她敲了三個驚嘆號，以此來表達心中強烈的不滿。

暗示發展成了明示，時吟又等了一下，顧從禮：『哦。』

「……」

時吟氣得又把手機扔了。

男人真是善變的物種。

一週前還抱著她黏黏膩膩去說什麼都不放手，兩週前還為了哄她開心天天偷偷摸摸做早餐給她，現在就開始隱瞞她和別的女人偷偷見面了。

顧從禮會和離年見面，完全是個意外。

他以前閒著的時候，也會畫點東西，沒弄過什麼腳本和大綱，最開始只是隨手畫畫，一個人壓抑了太久，總需要一個宣洩口。

升學考那陣子，顧璘讓他去學金融，顧從禮轉頭就去考了美術學院。

他青春期其實早就過了，只有在面對顧璘的時候，叛逆期顯得格外的漫長。

顧從禮繼承了白露的天賦，他對畫畫算不上喜歡，但是非常擅長。

所以，他作為欺岸，將他內心的，不安定的一面全部透過筆和一個個故事宣洩出來，他扭曲的童年，他的陰暗和偏執，他極端的灰暗情緒。

結果沒想到，反響很好。

顧從禮後來把這當成一種紓壓以及發洩的方式，就這麼一直畫下去了，直到今年春天，他去搖光社跟當時的編輯談論新連載的事情看見了時吟。

他不再需要用這種方式發洩了。

顧從禮本來已經快把欺岸這個名字忘了，那些故事裡有很濃郁的，極端偏執的暗色情緒，陰鬱又麻木，所以在《零下一度》的週年紀念會，時吟提起來的時候，顧從禮不是很想承認自己就是欺岸。

他始終不太想讓時吟接觸到他的陰暗面。

再後來，西野奈問他，要不要來KTV的時候，他才反應過來，時吟是和她在一起的。

顧從禮覺得那就順其自然吧，知道就知道了，一個筆名而已。

而且她好像，很喜歡欺岸的漫畫。

在走廊裡看見她之前的那個相親對象林佑賀和她表白的時候，他情緒完全失控了。

恐懼，或者是其他的什麼東西控制了理智，顧從禮非常怕。

他再三的克制，生怕她跑掉，還是差點把她嚇跑了。

欺岸這個事也就這麼過了，這人不重要，反正只要有時吟在，他大概以後都不會需要這個名字。

結果，這個離年也有點小本事，不知道從哪裡知道他是欺岸。

她寄郵件給他，以為自己掌握了什麼驚天大祕密，長篇大論了一大堆，看得顧從禮有點不耐煩。

他本來是打算無視的，他根本不在乎誰知道他是欺岸，只是突然想起之前在帝都的那次簽售會上發生的事情，還有這段時間社群上熱度居高不下的那段影片。

這種撓癢癢似的小手段他原本也不會當回事，但現在針對的是時吟，顧從禮就去了。女孩成天嚷嚷著不要他管，他真的放手讓她自己去面對又要哭唧唧的不開心。嬌氣得不得了。

離年拍了照片上傳社群這件事，顧從禮本來毫不知情，他以《赤月》主編的名義和那頭說得清楚，處理影片，也做出了警告，自然不可能去關注離年的社群，看她每天發了些什麼。

時吟今天兩句話出來，顧從禮就意識到她在說誰，點進離年的帳號看了一眼，顧從禮忍不住笑出聲來。

《赤月》的小實習生從他桌前路過，被他一聲愉悅低沉的笑聲嚇住了，哆哆嗦嗦地：「主編，出什麼事了嗎？」

顧從禮指尖點了點桌面，彎著唇角：「沒什麼，家裡的貓餓了，等等可能要發脾氣。」

小實習生驚奇：「您還養貓啊？」

顧從禮含笑淡淡「嗯」了一聲。

小醋貓。

顧從禮逗了下貓，她想聽什麼，他就偏不說什麼，沒多久，那邊沒聲音了。

他甚至能想像到女孩在那頭，眼睛睜得大大的，瞪著手機不開心地炸毛的樣子。

顧從禮不太擅長解釋，一邊想著要怎麼和她說這件事，一邊打開信箱。

有幾封新郵件，前面的是稿子，最後一封是私人郵件。

離年：『欺岸老師，您為什麼不繼續畫畫去做編輯了呀，我真的很喜歡您的作品，我不會告訴任何人您是欺岸的，這件事就當做我們之間的小祕密呀，您什麼時候有空？想請您吃個飯。』

時吟氣歸氣，倒也沒準備真的去找離年麻煩什麼的。

她無聲無息，這邊離年反而先找到她這裡來了。

時吟會定期一週左右翻一次私訊，看到離年那則私訊以後，她反應了一下。

內容挺簡單：『時一老師您好，我是離年，非常喜歡您的作品，方便加一下聯絡方式嗎？』

時吟想了兩秒鐘，劈里啪啦打字：『不方便。』

離年：『……』

時吟翹著二郎腿抖腿，抖啊抖，抖啊抖，一臉吊兒郎當的女流氓樣子，覺得自己的回覆很帥，一個人默默地做自己的觀眾自我高潮著。

安靜了半分鐘，離年那邊毫不氣餒，繼續說：『沒關係，那就這麼說吧。』

離年：『關於網路上那個影片也對我造成了很大的困擾，本來我是對這件事情毫不知情的，但是最近社群上一直有好多人找我，把我和時一老師您放在一起比較，我本人是完全沒有這方面的意思的，所有影片我都已經讓公司那邊處理掉了，也希望不要因為一些不理智的粉絲的行為影響到我和時一老師的個人感情。』

這離年不應該來畫什麼漫畫的，她應該做公關，前景應該比現在好上不少。

一席話把自己撇得乾乾淨淨，反倒變成了無辜的受害者，反正時吟什麼證據都沒有。

時吟很茫然，不知道這個人來找她神奇的白蓮花了一番是想幹什麼。

整理一下思緒，她打字：『所以，您有什麼事嗎？』

離年：『主要就是想來道個歉，我的粉絲給您帶來了困擾，確實是我沒有及時約束解釋清楚吧，覺得有點對不起。』

離年：『還有一件事，想問一下時一老師，因為之前搖光社那邊有編輯過來找過我，其實他來找我是什麼意思我也沒怎麼明白，但是和那個編輯聊得真的很開心，好像是《赤月》的主編，還是時一老師的責編，所以想問一下顧主編平時有什麼愛好，喜歡吃什麼，想請他吃個飯。』

離年：『還有，他喜歡什麼樣的女孩子呀？（害羞）』

時吟：「……」

還你媽的害羞。

時吟沉默了兩分鐘，面無表情地伸出左右手食指，一個字一個字地，緩慢敲過去：『他喜歡我這樣的。』

離年很能 get 到時吟的怒氣值，沉默了片刻問道：『時一老師，您是不開心了嗎？』

時一冷笑一聲。

她總算弄明白這朵美少女小白蓮來找她幹什麼了。

探探口風，順便過來替自己找找場子。

語焉不詳，什麼搖光社有編輯主動來找她，什麼和對方聊得很開心，嗚哩哇啦這個那個一大堆，無非就是想告訴她：妳家編輯主動來找我啦，還跟我很聊得來，我打算看看能不能跟他發展一下男女關係，還特地貼心的來噁心妳一下。

時吟「啪」地一摔滑鼠。

她不開心？她為什麼要不開心？

她才沒有不開心！！！！！

晚上，顧從禮拎了友記的小龍蝦過來。

他進門的時候時吟在書房畫畫，聽見聲音，她頭都沒抬，捏著筆埋首於電繪板之中，唰唰唰。

書房的門開著，客廳裡沒開燈，靜悄悄的，顧從禮點了燈，外面傳來細微的聲音，伴隨著麻辣小龍蝦特有的鮮香辣味，一股一股地往鼻腔裡鑽。

沒有女人能拒絕小龍蝦的誘惑，時吟也喜歡，可惜友記只此一家，別無分店，開在城那頭，離時吟家實在是遠，而且每次都要排隊排到地老天荒。

時吟本來以為，顧從禮也是那種養生掛，她以前認識過一個美人，做模特兒的，有個高嶺之花型男朋友，別說什麼小龍蝦了，連冰水都不讓她喝，養生得不像是這個時代的人。

但是顧從禮不是，瞭解以後才會知道，這男人也是吸菸喝酒，熬夜成性，生活習慣很隨意的那種人。

時吟甚至懷疑他年輕的時候是不是也是個夜店小王子。

那邊，顧從禮走過來，敲了敲書房的門。

時吟沒理。

男人手裡拎著個袋子，裡面錫紙盒子包著小龍蝦，一點點湯汁溢出來，透明的塑膠袋透出一些湯汁的顏色。

他將袋子往上提了提，倚靠在門邊：「我買了小龍蝦。」

時吟不理他。

顧從禮淡道：「不想吃？」

時吟頭埋在電腦螢幕後面，一聲不吭。

「那我都吃了。」

時吟憋著一口氣，漫不經心地抬起頭，掃過桌邊的資料，抽過來垂眸看。

神情冷淡，完全無視他。

就像沒看見這人一樣。

門口沒聲音了。

等了一分鐘，她默默地從側面探出一點頭來，瞧了瞧。

顧從禮沒在門口了。

他竟然真的走開了。

書房的門依舊沒關，外面沒什麼聲音，只有燈光光線幽微。

時吟這一股氣憋在嗓子眼，上不來下不去，難受得不得了。

小龍蝦的味道越來越濃郁，她白天被氣了個半飽，飯都沒吃，現在肚子餓得不行。

想到顧從禮就真的在外面自己一個人吃得開開心心的，心情更差。

時吟再一次的，委屈怪附身。

哪有這樣的男人。

外面的女人耀武揚威都到她這裡來了，這男人還一副若無其事的樣子。

她都生氣得那麼明顯了，明明白白的就是告訴他我在生你氣，就算真的不知道原因，也總該察覺到不對勁了吧。

他連問都不問一句的。

時吟有種被渣男和小三聯合起來欺負的錯覺。

越想越氣，時吟眼睛都氣紅了。

電視劇裡說的果然沒錯，男人都是大騙子。

騙她和他表白了，確認了她的心意了，他之前對她的那種小心翼翼的緊張就一點也沒有了。

她看著螢幕上鴻鳴冷若冰霜的臉，有一瞬間，那張臉和同樣冷淡的某人的臉重合。

時吟煩躁地摔了筆，長長的深呼吸，吐出一口氣，又皺了皺鼻子，壓下鼻尖那股酸意。

他會覺得不安，她也一樣會。

少女時代一次又一次拒絕過你的人，也喜歡上你了，甚至追求，這種事情帶來的那種不真實和不不確定感，本身就是會讓人強烈不安的。

再加上顧從禮本身又是這種性子。

他絕對不是會哄女孩子的類型，他連甜言蜜語都不會說。

以後如果兩個人再吵架或者鬧不愉快，大概就是要麼她自己自癒，要麼就這麼一直冷處理下去。

時吟也不想一直仰視他。從她第一次見到他開始，她就一直站在低處望著雲端上的他。

可是一段戀愛關係裡，如果一方只是一味地對另一方抱著一種崇拜或者仰慕的心理，那麼矮的那一方最終一定會被吞噬掉。

一次兩次還好，真的長此以往下去，她也不知道自己還能不能堅持。

時吟垂著眼坐在椅子裡，吸吸鼻子，抬手使勁揉了揉眼睛。

眼角揉得有點發疼了，她聽見門口傳來聲音。

時吟抬眼。

顧從禮走進來，手裡拿著個瓷白的碗，看見她紅紅的眼睛，一頓。

時吟撇過頭去，又抹了抹眼，覺得自己很丟人，不想看他。

不過餘光還是能瞥見他走過來，將手裡的碗放在旁邊桌上。

她忍不住看了一眼。

裡面是滿滿的小龍蝦的肉，殼已經被剝乾淨了，湯汁被倒進裡面，浸著紅紅白白的小龍蝦肉。

時吟呆了呆，眨眨眼。

顧從禮從桌子側面繞過來，走到她旁邊，按著椅背將椅子轉過來，一拉，滑輪在地板上滾了一段，被扯到他面前。

時吟仰起頭。

顧從禮垂著眼，指尖點在她濕潤的眼角，棕眸裡帶著一點無奈：「嬌氣。」

時吟眼睛紅得像小兔子，看起來委屈死了。

他大概剛洗過手，手指涼涼的，帶著洗手乳的味道，撫摸她的眼角，又輕輕捏了捏她鼻尖：「又準備要哭了？」

時吟癟癟嘴，質問他：「你看不出來我在生氣的嗎？」

顧從禮輕輕笑了一聲：「看出來了。」

「看出來了你還不理我，你還打算吃獨食。」時吟嚴厲地指控他。

「想先幫妳剝完再過來，感覺妳會開心一點，」顧從禮抬指，輕輕敲了下放在桌上的瓷碗碗邊：「我沒吃，都留給妳。」

時吟瞪著他，不說話了，氣焰弱了弱。

兩秒鐘後，她反應過來，她最開始生氣，根本不是因為這個。

差點就被一碗小龍蝦哄住了。

她又用兩秒鐘的時間整理一下自己生氣的前因後果，準備跟顧從禮好好說道說道，還在思考的空，人已經被抱起來了。

顧從禮隨手把桌上的數位板滑鼠碗往角落掃，抱著她放在桌上，垂首吻她的唇角。

時吟往後躲了躲，側過頭去：「顧從禮，我有很嚴肅的問題要問你，你坦白從寬抗拒從嚴。」

顧從禮「嗯」了一聲，順勢親她的耳朵，低聲順從道：「我坦白。」

她抬手去推他的腦袋：「你跟離年怎麼回事？」

他連綿的吻落在白皙修長的頸，一隻手拉過她推他的手，捏著指尖把玩：「沒怎麼回事。」

「什麼叫沒怎麼回事，你跑去跟人家喝——」

溫熱的吻撩得她渾身發麻，頸間被人用力吸了一下，輕輕一點刺痛，時吟低低「啊」了一聲，單手撐著桌邊往後縮：「我跟你說話呢，你別親了！」

顧從禮微微抬頭，看著她白玉似的脖頸上淺淺的一個淡紅色的印子，頓了幾秒。

像是雪原上孤零零地開出的花。

他有點燥，想像著這大片的肌膚上，因為他開出漫山遍野花朵來的美景，眸沙拉暗。

時吟又往後蹭了一點拉開距離，注意到他沉默的視線落在哪，紅著臉往上拉了拉睡衣衣領，抬手警告地拍了拍桌子：「你那個美少女紅顏小離年的社群發文你看見了沒有？」

顧從禮：「嗯。」

時吟氣結：「你看見了還不知道我為什麼生氣？」

「大概知道。」他的視線重新落回到她頸間，睡衣領子被高高拉起來遮住了他留下的痕跡，顧從禮有點不滿，微微皺了下眉，抬手往下拉。

時吟「欸」了一聲，啪地拍掉他的手，又往後蹭了點：「跟你吵架呢！幹什麼動手動腳的！」她已經快坐在桌子中間了，腳踩在桌子邊，繼續說，「那你知不知道，你那個小紅顏還特地來找我炫耀啊？」

顧從禮一頓，終於抬起眼。

這個他倒是真的沒想到。

時吟憤怒地盯著他，掰著手指頭跟他數：「說你去找她，和你聊得很開心，約了下次一起吃飯，還問我你喜歡什麼樣的女孩子，」她冷笑了一聲，「我也很好奇，顧老師喜歡離年那型的？」

顧從禮搖了搖頭：「不喜歡。」

她湊近瞪他，氣得像隻憤怒的小母獅子：「那你單獨見她做什麼？還不告訴我。」

「她來找我，我就去了，」顧從禮平靜地說：「她欺負妳。」

時吟愣了愣。

顧從禮實在不是擅長解釋的人，三言兩語，剩下全部都要她自己理解。

她想起離年跟她說的，影片讓公司處理掉的事情，反應過來，火一點一點降下來，眨了眨眼，半晌，才慢吞吞開口：「你去幫我報仇雪恨了嗎？」

「原來你們這麼大仇。」

都用上報仇雪恨這麼嚴重的詞了。

「本來沒有，在她想跟你搞男女關係那一刻起，我們有了，」時吟嚴肅地看著他，忽然身子往前蹭了蹭坐在桌邊，身子往前蹭了蹭。

她抬手，捏住他的下巴：「以後不准你偷偷見別的女人。」

顧從禮順從地任由她勾著下巴，垂眼：「好。」

時吟還是不滿意，勾著他下巴的手往上抬了抬，皺著眉：「無論誰找你，你都得跟我請示。」

氣勢很足，像個女王大人。

那種為她所有、被她支配著的感覺，讓顧從禮身心愉悅，心甘情願向她臣服。

「好。」他輕聲說。

接下來的事情，順其自然。

成年男女，交往了這麼長時間，時吟直到被人按在桌子上親得迷迷糊糊的時候，才反應過來。

這個時候，她睡衣都沒了。

顧從禮的手已經順著睡褲的邊緣探進去了，指尖冰涼，激得她哼哼唧唧地躲。

十幾分鐘前的女王大人消失無蹤，時吟被他摁著親得氣息不穩，桌上堆著的漫畫和影印出來的分鏡草稿紙全被推下桌子，掉了滿地，硬邦邦的桌面硌得時吟背部骨頭生疼。

偏偏他的手還不老實，到處遊走。

時吟哭唧唧地推他，手抓住桌沿，順著桌沿往上滑，手背碰到一個冰冰涼的東西。

她迷蒙混沌的腦子清醒過來，反應過來了，是裝小龍蝦的那個碗。

她清醒過來，感覺到男人的手勾著她睡褲褲腰，連忙拍了拍他，抬手去推他的腦袋：「顧從禮……」

深色的桌面，白的人，散亂的髮，嫣紅的唇。

顧從禮看著她，喘息抬起頭來，眸底染著一層淡淡欲色。

時吟臉漲得通紅，支支吾吾地：「我家沒有……那個……」

他微微皺了下眉，似乎有點茫然：「嗯？」

時吟雙手捂住臉，羞得不好意思看他，聲音悶悶的：「就是那個，給小小禮穿的小雨衣。」

「……」

顧從禮懂了。

他半點反應也沒有，手上該幹嘛幹嘛，只微微抬起眼，低聲問：「妳生理期準時的？」

時吟茫然，不知道他問這個做什麼：「準時的……怎麼了……」

他點點頭，重新垂眸，繼續辦事：「那妳今天安全期。」

時吟目瞪口呆：「你怎麼，不是，你怎麼知道我哪天……」

顧從禮沒答，吻著她含含糊糊「嗯」了一聲。

他當然知道，她高中的時候生理期，穿著髒了的衣服小心翼翼地靠在食堂牆邊等著他回來的樣子，像隻被拋棄的小狗。

顧從禮原本也沒想到這回事，只是剛剛忽然想起來，才意識到，自己連這種日子都沒忘。記了一個女孩子生理期的日子記了這麼多年，顧從禮也不知道這是不是有點變態。

變態就變態吧，他無所謂。

時吟還是不同意，抬腳踹他，聲音裡帶著嬌嬌黏黏的哭腔：「可是我害怕，萬一這個安全期一點也不安全呢。」

顧從禮頓了頓。

他抽手，撐著桌面直起身，隨手把剛剛扒了的睡衣幫她披上：「我去買。」

時吟吸了吸鼻子，小心翼翼看了他一眼。

都說男人沒被滿足的時候心情會變差，脾氣特別不好，這個時候一定要仔細觀察，發脾氣的男人一定不能嫁。

她拽著睡衣領口費力地坐起來，又偷偷瞥他一眼，才垂眸。

濕潤的，沾著他唾液的唇抿了抿：「要不然，改天吧？」

她的書房全是書櫃，正對著桌子的門後有很大一個，玻璃的櫃門關著，上面隱約映出女人漂亮白皙的背，溝壑深深，蝴蝶骨勾出誘人的弧。

顧從禮盯著那櫃門玻璃面看了一下，低聲道：「就今天吧。」

時吟：「……」

她坐在桌子上視線從地上一堆草稿掃過，一圈下來，落在桌角的那碗小龍蝦上，委婉繼續說：「可是等你買回來，氣氛都沒有了。」

顧從禮微挑了下眉：「沒事，我幫妳製造。」

時吟連忙：「不一樣的，製造出來的那種感覺和不經意間的氣氛不是一樣的。」

顧從禮傾身，在她濕潤的眼角輕輕吻了吻：「不願意？」

時吟搖了搖頭，很老實地說：「我餓了，我想吃飯，還想吃小龍蝦。」

她的眼睛還盯著桌邊放著的那個碗，甚至還吞了吞口水：「不然你就白剝了。」

顧從禮：「……」

時吟很有誠意的提議：「不然這樣，你去買小雨衣，我吃飯，我們分工合作各自解決問題，回來繼續搞。」

顧從禮無奈地嘆了口氣。

他抬手，拍了拍她的頭，轉身往外走：「衣服穿好，出來吃飯。」

時吟穿好了睡衣，又去洗手間整理了一下，洗了個臉才出來。

顧從禮煮了碗麵，青菜香菇，鋪著個蛋，剝好的小龍蝦當澆頭。

時吟餓到極點，原本都快要察覺不到餓了，只胃部一抽一抽的，看到那碗麵的瞬間饑餓感重新被啟動，捏著筷子吃了個乾乾淨淨，連點湯都沒剩下。

嚼掉了青菜葉，又喝完最後一口湯，時吟將大碗放到餐桌上，幸福得想打嗝。

她癱在椅子裡，歪頭看著坐在對面的顧從禮。

從她開始吃麵到現在，他就一直坐在對面看手機，不知道在弄什麼東西。

時吟撐著腦袋看著他：「你在幹嘛？」

光線明亮溫柔，男人坐在餐椅裡，冷淡和懶散在他身上矛盾的結合，卻神奇的十分和諧。

她吃飽喝足，心情很好，看著他沉迷在手機世界裡，完全沒有在注意她的樣子有點小不爽，端起碗來，走到廚房放進水池裡。

故意弄出很大的聲音。

他抬了下眼，又淡淡垂下：「放那吧，我洗。」

時吟把筷子也摔進去，劈里啪啦。

他還是沒抬頭，時吟餘光瞥見他在跟誰聊天，隱約看見人名，三個字的。

情侶之間也要有點隱私，時吟很尊重他，於是她走到他身邊，捏著他手裡的手機邊緣，緩慢抽掉，隨手丟在餐桌上。

顧從禮終於抬起眼。

時吟站著，他坐著，她居高臨下地看著他，不滿意地鼓著嘴巴：「我吃飽了。」

顧從禮沉眸，扯著她的手腕把她拉過來，時吟乖順地坐在他腿上，勾著他的脖子，閉著眼，湊上紅唇。

她毫無章法的回應他，熱情又生澀。

能夠感覺得到，坐著的地方一點一點，硌著她的大腿。

顧從禮的手從她睡衣下擺鑽進去，指尖落在她背上的骨骼，一寸一寸往下摸。

他動作又輕又慢，時吟覺得有點癢，咯咯笑著躲，偏過頭，埋在他頸間，聲音細細問：「你今天可以控制了嗎？」

顧從禮啞著嗓子：「我儘量。」

時吟撐著他的肩直起身來，瞪他：「那這跟那天有什麼差別。」

他咬著她脖頸，一顆一顆解開釦子：「差別是那天妳一定會疼，今天可能會疼。」

時吟開始後悔了，有一點想臨陣退縮，被他摸得軟趴趴地縮在他懷裡，鼻子可憐兮兮地皺起來，黏糊糊地撒嬌：「我不想疼。」

顧從禮輕輕笑了一聲，抱著她往臥室走，咬了咬她的耳朵：「讓妳舒服。」

時吟不知道顧從禮哪裡來的自信，覺得自己能讓她舒服。

這一天，她明白了兩件事。

男人脫衣服的速度比撒尿還快，她被按在床上親得五迷三道沒反應過來的時候，衣服已經沒了。

以及，男人在床上都是騙子，他能克制個狗屁。

尤其是顧從禮。

這個男人的凶性，在這種事上體現得淋漓盡致。

時吟這碗麵吃完是晚上九點多鐘，半夜十二點，她哭著往床邊爬，爬到一半，被人抓著腳踝拖過來，再次釘在床上。

他聲音沙啞清冷，欲望不染，只帶著低低的喘息，吐息間熱氣燙著她耳尖：「不准跑……」

時吟連哭帶喊，嗓子都啞了。

直到最後被翻過來折過去折磨得意識模糊，腿都抬不起來，才朦朧感覺到有人吻掉她的淚，抱著她沖洗乾淨，水流沖到那塊，一抽一抽的疼。

時吟縮著身子躲，又被人按著無法動，浴室裡光線明亮，她卻連羞恥的力氣都沒有了，縮在男人懷裡哭得抽抽噎噎地：「疼……」

他按著她膝蓋，溫柔地低聲哄她：「乖，要洗乾淨。」

第二天一早，時吟睡起來，幾乎氣瘋了。

顧從禮覺很少，她醒的時候他已經醒了，翻了個身一動，身下火辣辣地疼。

有人抬手勾著她的腰，從後面把人勾過來，抱在懷裡。

時吟睜開眼，翻了個身，撐著床面坐起來。

顧從禮側著身，單手撐著腦袋，平靜地看著她：「早。」

時吟爆了個粗口。

昨晚她實在沒力氣，剛開始還能罵他，後面他越來越重，她連哭的力氣都快沒有了。

她拽過枕頭，「啪」拍在他臉上，氣得氣都喘不勻：「滾！給我滾！」

顧從禮淡定地把枕頭從臉上拽下來，豎立著放在她身後床頭：「要不要喝水？」

時吟：「呸！」

「喝點水。」他把床頭水杯端給她，還帶著溫熱，應該是早上已經起過床去倒的。

時吟嗓子確實難受，接過來咕咚咕咚喝了大半杯，他自然地接過來：「再睡一下？妳昨天睡得晚。」

「你也知道我睡得晚？」她終於有發洩出口，「你還是不是人？」

時吟不知道該怎麼形容那種感覺。

她雖然沒有過男人，可是在她的印象裡，正常男人，做這檔事的時候，肯定不會有這麼凶殘。

像是整個人被不停地捅對穿。

「對不起，」顧從禮認錯態度很誠懇，俯身靠過來，垂頭親了親她的唇：「我忍了很久，有點失控。」

時吟委屈兮兮地：「我好疼，現在還疼。」

他將她抱在懷裡：「對不起。」

「你對我一點都不溫柔，」她指控他，「小說裡都說這種事情的時候男主角都捨不得女主角，會輕輕的，你根本就不是男主角。」

顧從禮一下一下順著她的長髮：「我以後都輕輕的。」

時吟後知後覺地臉紅了一下，才開始覺得這個對話好像過於色氣。

她重新倒回床上，腦袋紮進枕頭裡，聲音發悶：「我要睡覺。」

「好。」他拽著被單往上拉了拉，遮住她的肩頭。

「我要睡到自然醒，你不准叫我。」

「嗯。」

顧從禮這麼答應著。

他翻身下床，怕她覺得冷，將空調的溫度調高了一點，去浴室洗澡，順手把昨天換下來的床單塞進洗衣機裡。

從浴室裡出來，時吟已經睡著了。

顧從禮看了手裡的吹風機一眼，將插頭拔下來，塞進抽屜裡，改用毛巾胡亂擦了擦。

然後，外面門鈴響起。

顧從禮一頓，甩了下濕漉漉的頭髮，又看了一眼，床上的人沒有被吵醒的跡象。

他快步出了臥室，走到門口，直接打開門。

時母站在門口，聽見開門聲，抬起頭：「哦喲，妳這小丫頭今天起這麼早的呀，不睡懶覺的啦？」

一抬頭，頓住了。

顧從禮站在門口，頭髮還滴著水，滴答，滴答，順著髮梢滴落在地板上。

他微微點了下頭問好，平靜道：「她還在睡。」

時母這次來找時吟，是想跟她好好說說之前那次相親的事

那相親對象原本時母是很滿意的，算是熟人介紹，知根知底，男方家境不錯，樣貌一表人才，工作也好。

而且中間人後來跟她說，男方那邊的反應好像特別喜歡，還說聯絡方式忘了加，趕緊加上，以後方便常聯絡。

時吟過了生日今年才二十四，其實本也不是急著相親的年紀，時母這麼著急，主要是還是因為她的工作。

每天蹲在家裡的工作，接觸到的不是已經結婚生子有小孩的編輯就是還在讀書的小孩助手，基本毫無社交，這樣下去，再過五七年也找不到男朋友。

時母很憂慮，她二十四歲的時候，時吟都已經出生了，自家女兒到現在身邊卻連個正經異性都沒有。

眼看著一年過去，又大了一歲，時母之前在電話和視訊裡很多次跟她提起這事，都被時吟四兩撥千斤地過了，顯然不是很想提。

時母本來覺得，那就順其自然吧。

結果今天早上在社區廣場，看見之前介紹的中間人，兩個人聊了幾句，時母才知道，之前的那次相親，那個銀行男沒去，去的是他表哥，喜歡時吟的也是他表哥。

時母很生氣，打了電話給時吟，想問這個事。

結果時吟手機關機。

一分鐘都不想等，時母直接到她家來了。

結果。

時母呆立在門口，確認了一下是這戶沒錯，又抬眼看面前的人。

男的。

高。

第一眼看長得挺帥。

再一看，何止是帥，傾國傾城貌。

就是這小帥哥，怎麼站在她閨女家門口，怎麼看起來還像是剛洗完澡呢。

時母被他一臉淡定的樣子唬得一愣一愣的：「你是？」

顧從禮將扣在頭髮上的毛巾扯下來：「顧從禮。」

時母恍然大悟，跟他互相做起了自我介紹：「我是時吟的媽媽。」

顧從禮很有禮貌地問好：「阿姨好。」

時母答應了聲：「欸。」

「……」

時母覺得這不太對勁啊。

她還沒說話，男人側了側身，抽了一雙拖鞋給她：「您先進來吧。」

時母點點頭，人迷迷糊糊地進了屋，還有點茫然：「你是吟吟的男朋友吧？」

時母也是個很潮的人，經常跟一起跳廣場舞的姐妹們聊天，還上網，知道現在的年輕人，男女關係都是隨便搞的。

不過她們家吟吟，她倒是放心的，就怕被騙了。

時母細細地打量著面前的男孩子，長得是俊，高鼻樑小內雙，身材跟電視上的模特兒似的。

高鼻樑小內雙的俊俏小夥子點點頭。

看起來還是個不聒噪的。

平心而論，時母是高興的，但是她高興了兩秒，又不高興了。

大清早的，就算是男朋友，進展也太快了。

她連女兒什麼時候有男朋友了都不知道。

時母走到臥室門口，開門，昏暗的臥室暖洋洋的，時吟裹在被子裡，睡得昏天暗地。

時母拍了拍她的腦門：「吟吟。」

時吟皺了皺眉，不高興地將被子拉高，擋住腦門。

時母改拽她頭髮，拔高了嗓門：「時吟！」

時吟一激靈，迷迷糊糊地探出頭，瞇著眼，看清來人以後瞬間清醒過來：「媽？」

時母瞇著眼睛：「醒了？接著睡啊。」

時吟魂都嚇飛了，結結巴巴地：「您您您怎麼來了……」

「妳現在膽子肥了，就敢這麼直接把男人帶回家裡來了？」時母往門口看了一眼，沒看到人，才轉過頭來，冷道。

時吟清了清嗓子，弱弱地辯解：「他是我男朋友……」

「妳男朋友就可以隨便過夜？」時母瞪眼。

時吟眨眨眼，很誠懇：「媽，他第一次在我家過夜，而且是我讓他留下的。」

時母瞪她一眼，頓了頓，又忍不住說：「不過那孩子長得是不錯。」

時吟忙點頭。

時母繼續道：「也就比妳爸年輕的時候差了那麼一點點吧。」

「……」

時吟一言難盡地看著她。

時母冷哼了一聲，指著她鼻子：「妳不用這麼看著我，妳這事辦得我很失望，今天這事我要是跟妳爸說了，你們明天就該分手了，他能拎著刀過來把外面那個腿砍了。」

時吟嚇得臉都白了，差點跳起來，往上一竄，腿心疼得她倒吸了口氣，看著時母，不敢表現出來。

她可憐兮兮地抱住時母：「媽，您千萬不能告訴我爸，這是您心心念念天天說著讓我找的男朋友！」

時母點著她腦門把她推回去：「妳這麼大的人，我不多管妳，妳自己心裡給我有點數。」

時吟小雞啄米似的瘋狂點頭。

時母又往外探了探頭，聽見外面廚房傳來聲音，低聲問：「他還會煮飯呢？」

時吟連忙為顧從禮表現：「會的，他煮飯很好吃，還會弄西班牙菜呢。」

她又說了一大堆顧從禮的好話，什麼家務全能，溫柔體貼，從來不發火，對她好得不得了。

誇到一半，時父打來電話，問時母出去幹什麼了，還沒回家。

時吟嚇得屏住了呼吸，瘋狂搖頭。

時母看了她一眼，隨便扯了兩句，起身準備走人。

她出來的時候剛好顧從禮端著煎得金黃的培根薯餅出來，時母笑吟吟地看著他：「小顧是吧，我先走了，改天有空我們再聊。」

顧從禮頷首：「阿姨再見。」

時吟穿著長睡袍倚靠在臥室門口，看著時母走人，轉過頭。

顧從禮挽著袖子，手裡端著個盤子，套了個多啦A夢圍裙，造型十分居家。

時吟一臉驚魂未定的樣子，長長的出了口氣：「嚇死我了。」

跟她比起來，顧從禮淡定多了，他放下盤子，抬眼：「醒了就先過來吃個早飯。」

時吟瞪著他：「我媽過來了，你不叫我？」

「妳讓我不准叫妳，妳要睡到自然醒，」顧從禮從容地說：「不敢違背女王大人的吩咐。」

時吟：「……」

顧從禮被餵得飽飽的，一連幾天都十分溫柔，對她百依百順。

時吟對他禁止了一切「進入」活動，大概是心裡也清楚自己第一次折騰得她太狠了，顧從禮十分乖地答應了。

甚至，他下班以後做起了助手的工作，將她畫完了主要人物的分鏡稿的背景畫了，還貼了網點。

時吟很多年沒看過他畫畫，他的畫功依然令人驚豔，他對分鏡的掌握和節奏非常可怕，只略微幫她修改了幾處構圖，簡單幾筆瞬間讓整個畫面看起來更加和諧融洽，衝擊力也更強。

時吟才想起來，這個人還有一個名字，叫欺岸。

一本單行本的發行量大概是她一輩子的作品加起來都追不上的數字。

這幾天過得平靜，再加上畫稿子忙，時吟都快忘了離年這個人。

不過想想，人她都睡到了，實在沒有必要和一個還在絞盡腦汁想要邀請他和他吃個飯的小可憐斤斤計較。

畢竟起點不同，戰鬥力相差甚遠。

時一老師傲慢地想。

隔週，搖光社年會如期舉行。

搖光社的年會一向是搞得無比隆重的，搖光社前年換了老闆，據說新老闆非常有錢，公司買來玩玩的，最喜歡幹的事情就是要帥，所以這種能體現出公司格調的活動絕對不會被放過，邀請來嘉賓無數，業內合作夥伴競爭對手若干，搖光社賺足面子。

時吟往年因為各種原因倒是一次也沒去過，今年依舊早早地收到了邀請函，想了想，她答應下來。

禮服依舊是顧從禮準備的，時吟在拆開的那一瞬間，沉默了好久。

幾乎拖地的長裙，雖然是抹胸的設計，但是帶了一個同色系披肩，好像誓死要捂住她身上每一塊露出來的地方一樣。

時吟一手提著一件，舉到他面前：「年會晚宴是室外的？」

「室內的。」

時吟點點頭，長裙就算了，她舉著手裡的披肩：「那這個是什麼意思？」

顧從禮坐在沙發上看電腦，聞言抬眼，在她頸間掃了一眼。

幾天一直沒碰過她，肌膚上沒了印子，一片瓷白。

顧從禮將電腦推到一邊，慢條斯理地接過她手裡的披肩和長裙，往旁邊隨手一丟，拉著她坐到自己腿上。

他垂頭，親了親她的唇，手指靈活解開睡衣上頭的兩顆鈕釦，露出雪白肩頭，輕輕咬上去吮吻。

時吟吃痛，輕輕叫了一聲，打了他兩下。

他抬起頭，指尖滿意地掃過剛剛留下的印子，一本正經：「幫妳遮著這個的意思。」

「……」

時吟翻了個白眼，抬腿踹他。

週年晚宴那天，顧從禮來接她。

他選的禮服很美，貼身的設計襯得她纖細精緻，雖然一雙好看的腿被遮得嚴嚴實實，但是細腰翘臀一覽無餘。

顧從禮來接人的時候，站在門口沉默地看了她幾秒，忽然淡淡道：「妳以後別穿禮服了，難看。」

「……」

時吟警告地看著他：「顧從禮，你不要每次都讓我因為這種事情生氣。」

顧從禮又沉默了下，拉著她湊近：「好看。」

好看得他不想讓她被別人看見。

想她把頭髮留長，養在高塔里藏起來，他喊一聲，她就放下頭髮，拉他上去。

顧從禮有一搭沒一搭亂七八糟地想著，側頭去吻她，被一把推開。

時吟軟軟地瞪他：「口紅。」

顧從禮收手，拍拍她的頭：「走吧。」

他一向準時，到的時候時間剛剛好，時吟有點意外，見到了不少熟面孔。

來人很多，不僅僅局限於漫畫行業，搖光社是做紙媒的，雖然近年來紙媒蕭條，但是搖光社依然做得風生水起，不少名氣很高的大神作者、影視公司都在場，熟悉的人三三兩兩交談。

時吟端了杯氣泡酒找了個角落的桌邊，她自從辦了簽售會以後相貌公開，不少人認出她，不時有人上前搭話，遞名片。

她一一禮貌收著，視線掃了一圈，發現竟然還有不少網紅什麼的，美是美，就是看起來像是流水線生產，讓人看了審美疲乏。

她一側頭，不遠不近又看見一位，背影，鮮紅的裙子，露出大片漂亮的背。

時吟有點被殺到，她定定地望著那個背影，期待這位回頭。

就像是聽到了她的心聲，美背殺回過頭，朝她的方向看。

時吟覺得自己被各路網紅臉荼毒了一晚的眼睛得到了救贖。

美人和她視線對上，微微挑了挑眉，眼波微轉，款款朝她走過來。

靠近，時吟看仔細了，明眸皓齒的美人，鮮紅的長裙和大紅色口紅被她壓得穩穩的，美人走到她面前，聲音輕輕緩緩：「時一老師。」

時一不知道她是誰，只是點點頭：「妳好。」

美人側頭，視線落在她身後的長桌上，巡視了一圈，從旁邊桌上捏了塊小蛋糕，開始吃。

一塊吃完，她又拿了一塊，繼續吃。

她吃的淡定優雅，吃得旁若無人。

就這麼一連吃了四塊。

時吟終於忍不住了，側頭問她：「這個好吃嗎？」

美人嘴裡塞著蛋糕，沒說話，只是特別接地氣地對她豎了個大拇指。

時吟也捏了一塊，咬了一口。

蔓越莓小蛋糕，中間一層蔓越莓和黑加侖果醬，酸甜綿軟，一層巧克力醬，有淡淡的苦味，確實是好吃。

兩個人湊在一起，一人拿著一塊蛋糕吃得開心，美人突然側頭，眼睛看著一個方向：「時一老師，那個妹妹一直在偷偷看妳呢，妳朋友嗎？」

時吟順著她的視線方向看了一眼，愣了一下。

離年站在靠門口的位置，正笑著跟旁邊的人說話，說到一半，若有似無掃過來一眼，剛巧對上時吟的視線。

她沒躲，時吟也沒躲，兩個人隔著老遠對視了幾秒，離年笑了一下，笑容十分甜美可愛。

時吟沒什麼表情地看著她，淡淡收回視線：「不是。」

「我也覺得應該不是，」美人輕輕笑了一聲，懶懶道：「她眼睛裡寫了兩個字。」

時吟咬著蛋糕轉過頭來，好奇地眨了眨眼：「什麼字？」

「情敵。」

時吟是沒看出離年眼睛裡哪裡寫了情敵，只覺得她對她笑得燦爛無比，笑得她雞皮疙瘩都起來了。

她眨眨眼：「這也能看出來的嗎？」

「能啊。」美人挑眉，她聲音很好聽，語速慢，講話的時候有點懶洋洋的感覺，此時吃著東西，嘴巴微微鼓著，一動一動的，看起來有點可愛。

「從我站到這裡開始她就一直往妳這邊看，還有一個方向——」美人抬手一指，「那位。」

時吟順著她指的那邊看了一眼，差點被蛋糕嗆著。

顧從禮。

這美人姐姐的眼睛好毒。

她把手裡最後一點蛋糕吃完，又端起酒杯喝了一口，沒說話。

美人站在她旁邊，自顧自地嘆道：「顧主編好豔福。」

時吟抬了抬眼。

知道顧從禮是誰，那看來應該不是網紅什麼的，是個業內人士，而且顧從禮做主編也才半年，別的公司的人應該對他不太熟悉。

那就是搖光社的人了。

時吟沒忍住，側頭問道：「您是搖光社的員工？」

美人微挑了下眉：「不是。」

時吟：「啊……」

美人繼續道：「我是老闆。」

時吟：「……」

對不起。

失禮。

打擾了。

時吟愣然了三秒，內心告辭三連，沉默了。

原來搖光社傳說中那位公司買著玩，沒事就喜歡耍帥，月月定下的業績目標都高到令人髮指的老闆是個女大佬。

女大佬五塊小蛋糕吃完，從旁邊桌上抽了張紙巾，優雅地擦了擦手指：「時一老師，抬頭挺胸。」

時吟不明所以，茫然抬頭：「啊？」

「妳的情敵來了。」

時吟愣了下，轉過頭。

離年已經走到她面前，時吟現實裡沒有見過離年，只看過她的照片。

平心而論，離年長得是挺好看的，屬於那種很容易讓人心生好感的討喜長相，她今天穿了一件藕色短裙，露出的腿細細長長，笑容也很符合她的人設：「時一老師。」

時吟點點頭，一臉茫然：「妳好。」

離年安靜地等了幾秒。

時吟歪頭：「妳是哪位？」

離年的表情有點僵，笑了下：「我是離年。」

時吟恍然大悟：「喔，妳好呀。」

「上次私訊您的事情可能引起了一點誤會和不愉快，我想先道個歉——」

時吟撇撇嘴，打斷她：「妳不用每次跟我說的第一句話就是道歉，真的覺得不好意思以後不要做就是了。」

離年的表情澈底沉下去了：「那不好意思，我是不能——」

「妳看妳看，」時吟抬手，再次打斷她，「都說了不要跟我道歉了，妳又不好意思什麼啊？」

離年臉都黑了。

時吟表情很苦惱：「我知道妳想跟我說什麼，妳想知道顧從禮喜歡什麼樣的，可是我也告訴妳了，他喜歡我這樣的，其他的我真的不知道了，您問問他本人吧。」

離年黑著臉，燦爛的笑容收了大半，淺淺彎著唇角，表情很自信：「時一老師，雖然顧主編是妳的編輯，但是我知道他很多事情，是妳絕對不知道的。」

時吟沒什麼興趣地垂下眼皮，心想我還知道他床上是個禽獸呢，妳知道嗎？

離年看她沉默了，以為自己終於拿到了七寸。

原本離年對顧從禮，是沒什麼興趣的，只知道是《赤月》的主編，時一的責編。

直到第一次見到，是在酒店裡。

漫畫家時一老師第一次簽售會就是兩場，S市那場辦完，離年看著網路上那些照片和影片，還有那些叫嚷著說她天才美少女什麼的話，心情實在不太好。

美少女漫畫家這個人設明明一開始是她的，時一畫了四年，始終沒爆過照，她這邊人設熱度剛起來，她就辦簽售會過來蹭熱度。

而且，離年也想知道，時一本人是不是真的有這麼好看。

所以帝都那場，離年跟著去了，訂了當時搖光社幫時一訂的那家酒店。

酒店餐廳裡，她第一次見到顧從禮。

離年長相不錯，從小追她的人很多，國中高中也交過校草男朋友，身邊的帥哥不少。可是顧從禮，無論放在她認識的哪個圈子裡，好像都是最帥的。

離年對時一的那種，奇妙的不爽，變得更加濃烈了。

她觀察了一下，發現他對時一態度其實是有點冷淡的，後來在簽售會上，她有意為難，顧從禮也沒有出現，反而看戲似的站在後面。

離年斷定，這兩個人關係非常一般。

而對男人，她有的是經驗，男人大多如此，看女人不過是臉和身材，這兩樣她都有，接下來應該非常好辦才對。

而且，她無意當中知道了他就是欺岸。

漫畫圈這個圈子很小，之前有一個《逆月》的編輯被從搖光社挖角到從陽來，某次無意間提起欺岸，那個編輯給她看了偷拍的一張，欺岸的側臉照片。

離年幾乎一眼就認出他來，一問，果然是他。

兩人見面那次以後，離年才算是真正對顧從禮這個人惦記上了。

這男人從頭到腳挑不出一點瑕疵，冷得像冰，鋒利又冷冽，輕而易舉就挑起她的征服欲望。人性本賤，越是難搞定的，就越讓人忍不住想拿下他。

她故意去找時一試探了一下，果然，時一不爽了。

想想也知道，和那種等級男人朝夕相處，她不可能不動心。

可惜從帝都那場簽售會來看，顧從禮對她並不熱情，而她還知道時一不知道的祕密。

離年臉上鬱色一掃而空，心情又好起來，笑著問道：「時一老師不好奇嗎？關於顧先生的事情。」

「挺好奇的，」時吟很誠實地點點頭，「要麼讓他自己告訴我吧。」

離年一愣：「什麼？」

時吟忽然露出了自從她過來以後的第一個笑容。

時吟眼型圓，因為今天穿得是長裙，五官特地往成熟了畫的，深紫色的眼線微微挑起上揚，勾起整個眼部線條的輪廓，媚得像隻貓妖。

她輕輕抿了下嘴唇，抬手搭上離年的肩膀，一副哥倆好的樣子，側身朝著一個方向揚了揚下巴：「妳看。」

離年看過去，正是顧從禮的方向，她們看著他的時候，他剛好看過來。

原本一到場，離年就找到顧從禮了，本來想上去和他搭話，但他看起來似乎完全沒時間。

時吟和男人視線對上，抬起手臂，朝他勾了勾手。

顧從禮沒看見似的轉過頭去，和旁邊的人繼續說話。

離年得意，挑著眼看時吟。

結果沒兩秒，顧從禮轉身，朝她們走過來。

離年沒由來地，忽然有些緊張。

她脊背直起，挺了挺胸，而後一條腿往前伸了伸，微曲，大腿的一截和膝蓋貼著裙擺的邊緣露出來，小腿到腳踝纖細。

姿勢擺好，顧從禮剛好走到她們面前，她動作幅度實在不小，很是有點引人注目，顧從禮掃了一眼，轉頭看向時吟，微垂著頭，低聲問道：「怎麼了？」

時吟一直瞄著離年的小動作，聞言餘光收回，仰頭看著面前的男人，瞇了下眼睛。

不爽。

這男人是禍水嗎，怎麼到處拈花惹草的？

他還看！就知道男人都是臭狗屎，有美女就不會放過！

時吟往前走了一步，忽然抬臂，纖細白皙的小手拉住他的領帶，拽著往下拉了拉，兩人距離被拉近。

公共場所，她一向是很避諱和他接觸過密，生怕別人知道他們之間的關係。

這樣做，是第一次。

所以，顧從禮愣住了。

時吟眼睫挑著：「剛剛離年老師跟我說，她知道你很多小祕密，全都是我不知道的，」她下巴微揚，囂張得像隻小獅子，「說吧，你瞞著我什麼事了？」

顧從禮反應過來，微弓著身，任由她扯著他領帶將他拉近，甚至還調整一下姿勢，讓她拉得更加舒服一點。

離年知道的事情，好像也就那一個。

屁大點事，她還覺得自己掌握了什麼驚天祕密，瘋狂拿喬。

再看面前的人一眼，就差沒把下馬威三個字寫在臉上了。

顧從禮很樂意幫他的女孩找找場子。

他垂眸，看著時吟的眼睛，淡道：「我是欺岸。」

時吟眨眨眼，拽著他領帶的力氣重了點，又往下拉了拉：「這個我知道了，換一個。」

顧從禮想了想：「沒有了。」

惦記了她很多年這種事不必說。

重逢，共事，偶遇，所有的巧合都是他計畫好的，這種事也不必說，反正離年也不知道。

時吟轉過頭看向離年，彎著眼睛軟聲道：「他說沒有了，離年老師有什麼要補充的嗎？」

離年一臉愕然的看著他們，還沒反應過來。

過了幾秒，她瞪大了眼睛：「你們……你們──」

「啊，還有一個問題，」時吟想起來了，又轉過頭去，看著顧從禮，「離年老師讓我問你，你喜歡什麼樣的女生？」

顧從禮單手扶上她的腰，指尖輕緩摩擦了下：「妳這樣的。」

她不依不饒：「你愛誰？」

「妳。」

時吟笑了，原本畫了上挑的眼，一笑，彎出軟綿綿的笑弧，中和了媚氣，像隻狡黠可愛的小狐狸：「我是你的誰？」

「心肝。」顧從禮輕聲道。

第十一章　白鴿童話

晚宴觥籌交錯，時吟這邊動靜不小，旁邊又有個紅衣美人，寂靜三秒，美人啪啪鼓掌：「好！」聽到動靜，周圍的人紛紛往這邊看。

《赤月》編輯部的人自從顧從禮被時吟叫過去以後就一直在注意這邊的動靜了。

看到時一老師拽著高嶺之花冷面閻王顧主編的領帶往下扯的時候，《赤月》眾人都震住了。

距離不近，《赤月》的人聽不太清楚這邊到底在說些什麼，特派小實習生衝鋒陷陣，靠近敵營。

小實習生哭喪著臉去了，默默站在不遠不近的地方，聽到最後的時候，下巴都要掉下來了。

他神情恍惚地回來，愣愣地看著一圈滿臉八卦的同事前輩們，沮喪地皺著表情：「幾個消息。」

《赤月》編輯部眾人湊在一起，趙編輯一抬手：「愛卿請講。」

「主編說他是欺岸。」

眾人：！

「主編和時一老師好像，在談戀愛。」

眾人：？

「主編叫時一老師，心肝。」

眾人：……？！？！？

資訊量太大，一時間沒人消化得過來。

小實習生不知道欺岸是誰，比起大家一臉見了鬼的震驚表情，他只是單純地沉浸在時一老師有男朋友的痛苦之中，一臉失魂落魄：「我失戀了……我失戀了……」

時吟這頭，離年臉一陣黑一陣白，眼看著引來了越來越多的注意，十分尷尬。

她像個嘩眾取寵的小丑。

帝都簽售會的時候，這兩個人的相處時的感覺明明不是這樣的。

非要說的話，時吟當時對顧從禮，更像是對著什麼長輩，或者依賴的人，現在，兩個人忽然就顛倒過來了，他反而一副惟命是從的樣子，只盯著時吟，正眼都沒有看過她。

離年想說話，可是這兩個人之間，莫名生出了一種讓人覺得插不進話的氣氛。

她氣得磨了磨牙，硬擠出一個笑來：「時一老師和顧主編是在交往嗎？」

時吟轉頭，訝異地看著她：「妳看不出來嗎？」

離年盯著顧從禮。

她自覺和時吟相比，哪裡都不差，從她第一次寄信邀請他見面，而他同意了的時候，離年就覺得自己成功了一半了。

明明是感興趣了，才會答應來見。

不感興趣的話，他應該會拒絕才對。

她咬著牙，有些不甘心。

顧從禮餘光都沒瞥過來一眼，垂著眸，抬手勾起時吟耳邊的碎髮，輕輕別過去。

離年終於忍無可忍，漲紅了臉，甩頭就走。

等她走了老遠，時吟才側頭，偷偷摸摸地看著她的背影，長長吐出口氣。

像個做了壞事的小偷。

顧從禮有點好笑的看著她。

她氣焰瞬間全沒了，鬆了拽著他領帶的手，笑咪咪的樣子，小下巴快揚到天上去了，美滋滋的樣子討表揚：「我棒嗎？」

顧從禮淡定的將被拽的皺巴巴的領帶扯平，塞回去，整理一下凌亂的領口：「棒。」

時吟一頓，笑容瞬間沒了，又凶巴巴地看著他：「她好看還是我好看。」

顧從禮順從答道：「妳好看。」

「那你還看她，你還看了她的腿，」時吟撇撇嘴，「好看嗎。」

平心而論，離年身材是好。

有胸有臀，那雙腿白皙，又直又細，時吟一個女人看了都覺得美。

顧從禮勾起唇角，扣著她腰的手掩在披肩下面，從細腰，滑到胯骨。

時吟敏感地縮了縮身子，「啪」一聲拍掉。

他抽手，垂頭湊到她耳畔：「妳的好看。」

只有她一個人能聽到的低音，聲帶混著微啞的震顫，像他那夜折著她身子，伏在她耳畔哄著她乖乖聽話時說的情話。

時吟沒上妝的耳朵緋紅了一片，推了他一把，小聲趕他：「欸，你怎麼耍流氓啊，公共場合呢。」

顧從禮不動：「妳也知道是公共場合？」

時吟終於反應過來，她站在角落，背後是巨大的落地窗，時吟挪了兩步，澈底躲到他身前，縮著腦袋往外瞧了瞧。

顧從禮垂眼，揚眉道：「時一老師剛剛好霸氣，現在怎麼想起怕了。」

「我剛剛沒想那麼多，」時吟有一點點慌，「很多人看到了嗎？」

顧從禮想了想：「應該，認識妳的人，都看到了。」

「……」

時吟抿著唇，沒說話。

顧從禮表情淡下來，垂眼看著她，低聲道：「妳後悔？」

時吟愣愣地，有點沒反應過來：「啊？」

他撇開眼去，淡聲道：「妳不想讓別人知道，也可以。」

如果她不想，那他隨便找個理由就能搪塞過去。

時吟仰頭看著他：「知道就知道了。」

顧從禮垂下眼睫。

女孩看著他，漆黑的眼睛亮晶晶，刷了睫毛膏，是兩把厚厚的、濃密的刷子。

大概是因為剛剛吃了東西，唇膏掉了一半，顏色比之前淡了些，像淡粉的薔薇，抿在一起，吐出來的字軟軟的，偷偷問他：「搖光社有規定編輯不能和作者談戀愛嗎？」
顧從禮還沒回答，旁邊的紅衣美人偷偷地伸頭，眨眨眼：「沒有喔。」
時吟：「……」
顧從禮面無表情的轉過頭來，冷聲：「林語驚。」
林語驚高舉雙手：「顧主編您忙，我這就走。」
美人踩著高跟鞋哢嗒哢嗒走了。
時吟轉過頭：「她不是老闆嗎？」
「嗯。」
「你這麼跟老闆說話，你怎麼還沒被炒魷魚。」
顧從禮勾著她的細腰，漫不經心：「可能快了。」
時吟很得意：「那你快點被炒吧，我包養你，你每天在家煮飯，做家務。」
顧從禮笑了一聲：「時一老師每個月賺的稿酬多不多？」
時吟瞥他一眼：「沒有欺岸老師多。」
時吟原本覺得顧從禮應該是個有後臺的顧主編，不然一個編輯哪有錢買保時捷，後來知道他是欺岸，就能解釋了。
欺岸老師，那肯定就跟黃河流水一樣，大筆大筆嘩啦啦的錢。
今天，她又覺得他是個有後臺的顧主編了，看起來和美人老闆都很熟的樣子。

喜歡耍帥的美人老闆林語驚年會晚宴上請了不少名人，也有明星到場，當紅歌手壓軸獻唱。

時吟沒再找到離年的影子，而工作狂魔顧從禮不負眾望，中場，拖了兩把椅子過來，坐在旁邊跟她談起了工作的事。

時吟看著滿會場說說笑笑喝著香檳挽著女伴到處竄的各位，再看看坐在角落裡，旁邊坐著一個拿著平板的冷漠男人的自己，神情漠然：「所以，你為什麼非要現在跟我談工作？結束了再說不行嗎？等等回家再說不行嗎？你是魔鬼嗎？」

顧從禮言簡意賅：「節省時間。」

時吟：「……」

時吟的《鴻鳴龍雀》反響太好，紙媒現在蕭條，紙價暴漲成本升高，漫畫雜誌銷量持續走低，而網路漫畫大火，微博上的條漫連載以及漫畫網站上的作品知名度要高很多。

搖光社技術部門也早已經上架了自己的漫畫APP和網站，傳統漫畫製作的同時，也在開拓網路漫畫這一塊，但是這也是公司裡的不同部門了，《赤月》始終做的都是傳統的紙媒，和正熱的網漫比起來受眾面要小上一些，宣傳管道也不同。

然而，在搖光社每一期的人氣總排行上，《鴻鳴龍雀》的數據卻一直能居高不下，甚至不久前，耽美大神西野奈太太畫了一系列的同人圖，鴻鳴和大夏龍雀兩人各種甜而不膩的互動，引來破萬的轉發量，直呼紅藍出CP。

連載至今半年，剛好可以出第一本單行本，顧從禮做足了準備，才來找時吟說。

時吟原本坐在牆角打著哈欠聽著他一大堆的資料分析，覺得這男人好沒趣，別人都玩得開心，吃吃喝喝看表演，只有他，拉著她在小角落裡加班。

像那種讀書的時候考試不及格，被老師抓取單獨補習的小可憐。

直到顧從禮說到單行本，時吟的眼睛終於亮了亮。

她出《ECHO》單行本第一本的時候一波三折，剛好遇上換編輯，前一個編輯離職走得急，好多事情都沒交代清楚，導致中途出了不少問題，最後還是趙編輯沒日沒夜地加班才解決。

現在，她的《鴻鳴龍雀》從頭到尾都是顧從禮在負責，而顧從禮，大概是這個世界上時吟除了父母以外最放心的人。

《鴻鳴龍雀》單行本開始籌備這個消息一出，時吟就像打了雞血一樣。

平心而論，自從顧從禮做了她的責編，除了最開始的幾個月她拖延得很嚴重以外，後面的幾個月都格外的勤奮，雖然也都是壓著日子交的，但是迫於顧主編淫威，從未遲過。

單行本要寫個序，要畫出封面的跨頁彩圖，還會加三話的獨家番外作為福利，同時，下個月的更新也一樣要畫，不能耽誤。

所以，時吟原本以為，顧從禮的「節省時間」指的是讓她晚上回家去抓緊時間畫完跨頁彩圖，番外和下期的更新。

結果，晚宴結束，時吟上車，顧從禮開出去十幾分鐘，時吟才察覺到哪裡不對勁。

好像不是之前一直走的路。

她轉頭：「我們去哪？」

「回家。」顧從禮無波無瀾說。

時吟點點頭，繼續垂頭玩手機，以為他換了條自己不知道的路線。

又過了一刻鐘。

車子緩緩駛進社區，顧從禮車子停進車庫，熄火。

時吟迷迷糊糊，靠著車門快睡著了，打著哈欠睜開眼：「到了嗎？」

顧從禮「嗯」了聲。

時吟睜開眼，四下瞅了一圈。

不對。

她家哪有車庫，她那駕照考了以後就像擺設一樣的。

她轉過頭來：「這是哪裡？」

顧從禮拔車鑰匙，解安全帶，開車門，動作流暢：「我家。」

時吟一下子就清醒了，瞌睡蟲全沒，瞪大了眼睛：「你這個人怎麼這樣的。」

他拍拍她的腦袋：「下車。」

「……」

時吟沒法，跟著他下去。

社區裡地燈光線昏黃，隱約看得出環境很好，比她住的那個不知道高級了多少倍，進門刷卡，上了電梯，十六樓。

一層兩戶，時吟跟著顧從禮出電梯，走到門口，密碼門鎖，他垂頭，按著密碼。

時吟卻終於，突然後知後覺地察覺到哪裡不太對勁。

她想起前不久那個，被折磨得要死要活的夜晚。

她那裡腫了好幾天，走路都彆扭，身上一片狼藉。

時吟：「……」

原來你的節省時間是這個意思。

叮鈴一聲，門開了。

時吟縮著肩膀，轉身就想跑，被男人攔著腰一把撈過來，抱進懷裡進門，回手關上，把她抵在門上。

金屬的門冰涼，她披肩已經滑落在地上，裸在外面的背直接貼在門上，冷得她打了個哆嗦。

黑暗安靜的屋子，顧從禮抓著她手腕，輕輕咬了咬她的唇，低低道：「不准跑。」

時吟不知道他已經對她說了多少次這句話。

吵架的時候說，和好的時候說，上床的時候也要說。

她抬手去推他，哭唧唧的：「我不想，好痛……」

他太凶了，都讓人有陰影了。

顧從禮指尖探索著摸到她長裙的拉鍊，一點一點往下褪，吻著耳尖哄她：「我輕輕的。」

都說男人和女人不一樣，男人到了三十以後，那個方面就開始走下坡路了。

顧從禮踩在了奔三的尾巴上，時吟本來以為，他在床事上能力的減退，差不多快要可以初見端倪。

時吟本來覺得無所謂，她喜歡的是顧從禮這個人，做這檔事，對她來說不是很重要。

直到一週前，時吟明白了什麼叫白天不懂夜的黑。

不過事後想想，他憋了很久，又是兩個人之間的第一次，難免會想要表現表現，之後可能就不太行了。

所以雖然心理上還是有一點點小陰影，但也就信了。

房子裡寂靜，衣料摩擦的聲音十分清晰，刺激得人越發敏感，時吟腦袋埋在顧從禮頸間，被他抱著進屋，放在床上。

顧從禮俯身看著她。

剛剛在會場的時候，她竟然吃離年的醋，覺得他看了離年的腿。

顧從禮懷疑，她從來不照鏡子，不然怎麼會覺得別的女人的腿美。

她的腿，從腳踝到小腿，膝蓋，大腿，羊脂似的白，觸感滑膩柔韌，沒有一處瑕疵，漂亮得像工藝品。

顧從禮跪在床邊，單手握著她精緻的腳踝，推起，微涼的指尖被她皮膚上的溫度熨燙著，緩慢升溫。

這個姿勢，他從下往上，上面的景色能看得一清二楚。

時吟漲紅了臉，驚慌地踩著床單掙了掙，想要併攏腿，被他兩隻手穩穩分著，半分動不了。

她羞紅了臉，急道：「顧從禮……」

「噓。」他喉結輕滾，氣聲低低，溫熱的唇貼上她白玉似的膝蓋。

時吟腳趾不安地蜷在一起，雙手捂住臉，別過頭去。

他的吻一路向上，一寸一寸滑到腿心。

時吟一顫。

顧從禮卻忽然停住了，

「時吟，睜眼。」

時吟快哭了，死死閉著眼捂住臉，聲音悶悶地，帶著一點點哽咽：「我不要……好丟臉，你快起來……」

他還開了燈。

男人做這事的時候，都喜歡這麼、這麼，正大光明的嗎？

顧從禮順從起身，雙臂撐在她腦側，垂頭輕輕吻了吻她的唇，又抬起，低道：「睜開眼睛，看著我。」

時吟猶豫了兩秒，小心翼翼地移開手，睜眼。

正對上他的眼睛。

顧從禮的眼睛很好看，他長得和白露很像，尤其是這雙眼睛，眼型細長，窄窄的內雙。

他眸色比起常人要淺很多，讓時吟不只一次懷疑他可能是個八分之一十六分之一混血什麼的，茶灰色的瞳孔，陽光下更淺，漂亮得像琉璃。

此時那雙漂亮的眼睛由上至下看著她，欲色一點點彙聚沉澱，像寂靜的夜，帶著濃郁的暗色。

美色．誘人，彷彿被蠱惑到一般，時吟抬手，指尖輕輕碰了碰他薄薄的眼皮。
顧從禮頓了頓，抬起手來，捉著她摸上來的手，緩緩拉下去。
白皙的指尖觸感灼熱，時吟一僵，觸電般地下意識抽手，卻被死死捉著。
時吟嗚咽著，任由他把著她動作，羞恥又生澀。
顧從禮垂著眸，視線緊緊地釘著她，額角汗水滾落，低喘了口氣，壓抑地舔了舔唇，聲音沙啞：「就這樣，看著我。」

顧從禮確實很照顧她，如果不算手，就只有一次。
而且確實是輕輕的。
但是食髓知味這種事，真的不是個好東西。
時吟不知道他哪來的那麼多混帳的撩撥手段，她難受極了，那種將溢未溢的感覺奇怪又陌生，最後讓她還是哭出來，勾住他的腰求他。
求了的後果就是，她哭得更凶了。
時吟開始不理解了。
難道男人三十歲以後就開始不行了這事，分界線就一定要到三十歲以後才管用的嗎？
時吟覺得自己可能熬不到他三十歲了，如果顧從禮一直這樣，那麼她會在他二十九歲這年，被他活活弄死在床上。

好在禽獸被餵飽以後非常溫柔，之後的所有工作他都全權負責，時吟只負責被他抱在懷裡喘氣。

第二天還是被身邊的人的動靜弄醒。

她掀起眼皮看了一眼，掃見男人站在床邊，寬闊流暢的肩線，背肌，和時吟看過的雜誌男模不太一樣，他皮膚偏白，身材卻特別好。

手感也好。

時吟迷迷糊糊地重新閉上眼，哼唧了一聲，翻了個身，繼續睡。

朦朧感覺到床邊微微塌了下，有人握著她的腿塞進被子裡，又將滑落的被單拉過肩頭。

再次醒來日上三竿。

她睜開眼，看著天花板簡約設計的黑色吊燈，一時間沒反應過來自己在哪裡。

時吟花了十秒鐘反應過來。

顧從禮人沒在，臥室裡只有她一個人，昨天她一條命都快被作案工具折騰沒了，顧不上觀察作案現場長什麼樣，此時四下看了一圈，顧從禮家這臥室比她家的看起來大了一倍，床角凳上放著件性感的女士睡袍。

時吟定了兩秒，爬到床尾去扯過來。

絲綢的面料柔軟光滑，上面帶著淡淡洗衣精的香味。

她將睡衣丟在床角，掀開被子翻身下地，除了腿還有點軟，倒也沒有太不舒服，她跑到地上撿起包，翻出手機，又蹬蹬蹬地跑回到床上。

抽了枕頭靠在床頭，時吟把手機開機，打電話給顧從禮。

那邊響了兩聲，顧從禮接起來，聲音低淡：『醒了？』

「我不要穿別的女人穿過的衣服。」她悶悶說。

顧從禮沉默了。

半分鐘後，臥室門被人推開，他拿著電話走進來，走到衣帽間，拿了套淺灰色的睡袍出來，走到床邊遞給她：「我的穿不穿。」

「……」

時吟瞪他。

顧從禮面無表情。

時吟裹上床單一躍而起，跪在床邊，凶巴巴地：「別的女人的睡衣你留到現在！還拿來給我穿，你是不是不想要女朋友了？」

她又想起昨天晚上那一抽屜的小雨衣，表情更凶了，拉過他的手狠狠地咬了一口：「你還有那麼多的小雨衣，顧主編好豔福，和前女友一定很和諧吧。」

顧從禮側頭瞥了一眼被她踢到床角的睡袍：「這是我媽的。」

接著掃了眼床頭櫃抽屜：「那些，」下巴點了點，「是替妳準備的，草莓味。」

「……」

時吟臉紅了，默默地爬回到床角，將那件睡袍疊起來，板板整整地放回到凳子上，表情十分肅穆。

顧從禮好笑的看著她，將手裡的衣服罩在她腦袋上：「穿衣服，出來吃飯。」

時吟慢吞吞地將他的睡袍套上，領口拉嚴實，帶子綁得緊緊的，眨著眼：「週末你要去看阿姨嗎？」

之前，顧從禮每週末都會消失一天，電話、訊息全都聯絡不到，時吟覺得這是個有祕密的男人，還經常腦補他腳踏兩條船，每個週末都和另一個美人你儂我儂的場景。

但是後來又仔細想想，顧主編那個陰晴不定的鬼畜性格，恐怕不會有第二個女人能在他手下活過三分鐘，時吟也就放心了。

顧從禮安靜了兩秒，點點頭：「嗯，一起？」

時吟撓撓頭，抿著唇看著他：「阿姨以後會喜歡我嗎？」

女孩跪坐在床上，仰著小腦袋不安地看著他，身上穿著他的睡袍，裹著他的被子，長髮軟軟地披散在肩頭，乖得不得了的樣子。

顧從禮抬手，揉了揉她的腦袋：「會。」

他想不到，這個世界上有誰會不喜歡她。

時吟跟著顧從禮看過白露兩次，兩次都不敢進去，只站在門口遙遙地看過她幾眼。

女人安靜地坐在床上，或者站在窗邊，每次一有動靜，都會迅速看過來，淺色的漂亮眼睛閃著明亮的光。

然後，在看清來人的時候，那裡面的光亮會緩慢地，一點一點熄滅。

時吟不知道該怎麼形容那種心情。

她現在大概瞭解了事情的始末，知道白露在等誰，會覺得不忍。

可是知道歸知道。

時吟每次想到顧從禮的時候，都會非常非常難過，眼睛像是被浸泡在水裡，酸澀得想要落淚。

她不明白，為什麼這個世界上會有這樣的母親，看到自己的孩子的時候，第一反應不是開心，而是失望。

他該有多難過。

難過的情緒積累得越來越多，人是會變得麻木，還是會將這些情緒深深藏起來，不讓別人窺探到。

年會過後，臨近過年，年前的這段時間是每個公司最忙的時候。

搖光社的所有雜誌除夕特輯是提前出的，漫畫部門只有《逆月》一本是週刊，休刊一期，而《赤月》作為月刊，是不休刊的。

員工照常放假，雜誌不休刊，也就是說，所有工作都要在半個月內做完。

好在雜誌的製作週期都是提前的，約等於，《赤月》全體年前無休止的，玩命似的加班，換來過年期間的半個月假期。

時吟這邊開始準備《鴻鳴龍雀》的單行本，隆冬二月，就連S市也飄了幾場雪下來，雖然剛落地就化得差不多了，天氣也依然陰濕入骨。

越臨近過年，時吟就想得越多。

以前不知道，所以沒考慮過這些，覺得顧從禮理所當然是和她一樣的，要回家過年的，可是現在，他那麼討厭他父親，怎麼可能回去。

大概每年都是一個人。

一想到這點，心思就免不了活絡起來，越想越多，時吟甚至腦補了一番顧從禮每年過年的時候，外面煙花爆竹，歡聲笑語，徒留顧主編一個人在空曠冷寂的家裡，手裡拿著一碗泡麵，站在床邊看著玻璃裡的自己，聲音無限淒涼地祝自己新年快樂。

時吟都快落淚了。

於是，某天晚上，時吟趴在桌子上畫稿子，顧從禮坐在旁邊沙發裡工作，她忽然抬眼：「主編啊。」

顧從禮「嗯」了一聲，看著筆電，沒抬頭。

時吟狀似不經意：「就，因為我之前跟我爸吵了一架，然後放了狠話說今年不回家了。」

顧從禮一頓，抬起眼。

時吟垂著眸，聲音低低的：「所以你除夕要不要，和我一起吃餃子？我還可以陪你放個鞭炮什麼的，爆竹聲中一歲除！」

顧從禮平靜地看著她，良久沒答。

時吟想，如果有人這麼對自己說，她應該會很感動。

半晌，他輕聲道：「時吟。」

時吟「啊」了一聲，趴回到桌子上，一下一下戳著電繪板，傲嬌道：「我反正跟我爸吵架了，也沒有特地想——」

顧從禮說：「市內不能放鞭炮。」

時吟：「……」

除夕這天，時吟還是回家去了。

時母提前一個禮拜就開始打電話，苦口婆心，威逼利誘，軟硬兼施。

『妳跟妳爸就是兩頭倔驢！他說不讓妳回來，妳就真不回來，坐個地鐵回家來來回要兩個小時沒有啊？妳跟他彆扭什麼？』

『他只是那麼說，妳還不知道嗎？其實他想妳的呢，那天我跟他說妳辦了個什麼書會的，他還偷偷上網看那個影片呢。』

完了話鋒一轉：『他不想讓妳畫什麼漫畫，找個正經工作還不是為了妳好？漫畫妳能畫一輩子呀？妳以後不畫了，難道吃西北風去呀？』

時吟懶洋洋地：「媽——」

『行了行了，知道妳不高興聽這個的，』時母嘆了口氣，『媽媽不說了，妳給我回來啊，聽見沒有？媽媽菜譜都搞好了，到時候都煮妳喜歡吃的菜，家裡一共就這麼三口人，過年你還不回家的，妳不回家想去哪啊？妳想氣死我呀？』

時吟沒說話，時母也突然頓住了，安靜了幾秒，她忽然道：『妳是不是要跟妳那個小男朋友回家過年？』

時吟：「……我沒有，他應該也不回家過的。」

『平時二人世界還不夠妳過的，過年都分不開你們？』時母揚聲，『時吟，我警告妳，妳不要給我搞什麼同居之類的事情，你們才在一起幾天呀？就算要住一起也得帶回來給我們瞧過了再說，聽見沒？過年就把他帶回來瞅瞅。』

時吟：「……」

時吟暫時還沒有把顧從禮「帶回去瞅瞅」的打算，成年以後，時吟跟時父每一次的交談，最終都會以不愉快告終，顧從禮在，如果真的又吵起來，會有些尷尬。

時父是很疼她的，從小到大，時吟跟時父天崩地裂地吵過兩次，一次是因為升學考選擇學校，一次是畢業以後的工作問題。

就這兩架，雞飛狗跳，民不聊生，父女倆誰都不跟誰說話。

時吟家親戚挺多，七大姑八大姨一大堆，她是家裡最小的，小的時候聽到過不少，哪個表哥功課好，哪個表姐又考了哪所大學。

她家盛產學霸，哥哥姐姐都是無論在哪裡念書都拿獎學金的，時吟成績也還不錯，從小到大都沒掉出過第一考場，她原本以為，遵循著既定的道路，讀書、學習，考個好大學，學個規規矩矩的，家長眼裡「有前途」的科系，那就是她的人生。

高一，她遇到了顧從禮。

男人幫她緩緩推開了另一個世界的門，這個世界裡堆滿了黑與白，堆滿了線條和油彩。

最開始，時吟沒發現這個世界對她有什麼吸引力，她的停留，完全是因為顧從禮。

但是這裡，就是有這樣的魅力。

她喜歡鉛筆的筆尖畫在紙張上的沙沙聲，喜歡顏料被擠在調色盤上時輕微的聲音，喜歡線條從彎曲難看到平滑的過程，喜歡嶄新的畫架帶著的木頭味。

她選擇去藝考的時候，幾乎全家都在阻攔她，親戚們一個一個地過來跟她做思想工作。

金融好、法律好、醫科好、清華北大好，你放著大好前程保送名額不要，璀璨未來不追，跑去學這個東西，考什麼藝考，妳腦子壞去了。

時吟覺得挺有意思。

這世界上的人大多如此，自己覺得是正確的道路，是最好的選擇，就覺得別人也應該跟她的想法一樣。

她們大概覺得自己是天神上帝，是世界中心，自己就是真理，是所有人人生前進道路的風向標，一旦有人的選擇和她們的認知相悖，她們就要過來找找存在感，拼命宣揚自己的「真理論」。

時吟全程表情都很淡，因為都是長輩，太過分的話不能說，她只能全程平靜地跟每一個試圖來勸阻她的人重複一句話。

「北大很好，但是我不想去。」

子非魚，焉知魚之樂。

更何況時吟有信心，就算是半路出家，她也能做到不比任何人差，她也能考上全國最好的藝術院校。

事實上，她確實做到了。

時吟在跟顧從禮說起這個事的時候，顧從禮正在開車，聞言輕笑了一聲，並不發表意見。

除夕頭兩天，她回家過年，顧從禮送她到家門口。

都到門口了，不上去一趟好像不太好，於是顧從禮提著給二老買的東西，左手拎著時吟的包，跟著她到家門口。

原本是想的打個招呼就走的，結果門一開，露出時吟二姨一張如花的笑臉。

看見時吟的時候，二姨笑得一臉驚喜：「吟吟啊，妳還知道回來喲。」

時吟笑著問了聲好，往客廳裡頭一瞧，果然，三姑六婆齊聚一堂。

二姨有著當代家庭婦女特有的熱情和八卦，看見站在她身後的顧從禮，笑問道：「這位是？」

時吟摸摸鼻子：「我男朋友。」

二姨「哎呀」一聲，拼命地盯著顧從禮看，大著嗓門：「長得真好。」

引來客廳裡一眾親戚的矚目。

五分鐘後，顧從禮和時吟坐在客廳沙發裡，像是博物館裡的展品，沐浴在各種各樣的眼神當中。

時吟很是不自在，顧從禮倒淡定得很，他是如果有必要，處在什麼樣的環境都可以讓自己游刃有餘的人，言談舉止都挑不出差錯。

時吟家到她這輩女孩少，就二姨家一個表姐和她，表姐學歷高，留學海歸，前幾天剛領了男朋友回來見過家長，時吟進屋之前，二姨正把那位準女婿誇得上天入地，兩個人在國外相識，工作也好，私企管理層，翻出手機來給大家看相片，儀表堂堂。

比較的心裡自然會有，顧從禮一進來，直接就把剛看過的照片裡那位比下去了。

這小夥子，長得確實有點太好了。

二姨心裡不是滋味，笑著問：「小顧做什麼工作的？」

顧從禮面色不變：「現在在做漫畫主編。」

二姨面上隱隱有了幾分得意，卻也沒表現得太明顯，只笑道：「也挺好的，工作，喜歡就好，我倒覺得這種普通一點的，反而更好，我那個準女婿啊，跟我女兒同個性子，心氣高，剛回國的時候那些小公司高薪聘他，他都看不上，左挑右挑才挑上現在這個。」

二姨喜滋滋的，說了個公司名字。

顧從禮微頓，抬了抬眼，又垂眸。

二姨不僅熱情八卦，還有著當代家庭婦女特有的敏銳，這個小動作被她捕捉到，連忙問：「小顧也聽說過這公司？」

顧從禮慢慢地放下茶杯，禮貌點頭，淡道：「聽說過，是我爸開的。」

二姨臉上的笑容僵了僵。

時吟垂下頭去，偷偷摸摸地笑了一聲，被坐在旁邊的時母戳了戳肚子。

她趕緊躲，邊躲邊悄悄瞥了一眼旁邊二姨沉下來的臉色，壓下笑意。

她這個姨媽心腸不壞，人也熱情，就是嘴巴碎了些，還有一點點虛榮心，家裡人早就習慣了，平時一般都懶得搭理她，讓她自己自我高潮一下就好了。

果然，二姨臉上有點掛不住了，將信將疑：「哎喲，小顧你們家是開公司的呀，那是富二代了，怎麼不在自己家裡的公司上班，跑去做別的啦？」

顧從禮微微笑了一下，非常低調：「工作，喜歡就好。」

顧從禮一直待到晚飯，期間，時吟和時父一句話都沒說。

都說女兒像爸爸的多，時吟跟時父長得像，父女倆一起板著臉的時候尤其像，就是時父板著臉是真的板，時吟是裝模作樣。

飯後，顧從禮離開，時吟送顧從禮下樓，時父坐在沙發裡，手撐著腿，偷偷摸摸地往門口瞄。

他看見時吟站在門口穿鞋，大衣太長，她又懶得蹲，背對著翹著腳，顧從禮就熟練地彎腰，幫她把皮靴拉上去。

時吟落腳，跺了跺，轉過身來，男人再幫她圍上圍巾。

女孩笑得明媚，拽著他的手幫他開門，兩個人一起出去。

時母在門口送，防盜門「砰」一聲關上。

時父冷哼了一聲，抬手，食指一根指著門口抖啊抖：「妳看見了沒？這丫頭跟她老子我板著臉板了一晚上，轉臉笑得跟朵花兒似的，她是不是故意氣我？」

時母白他一眼：「你不也板著臉不跟女兒說話，大過年的，女兒帶男朋友回來，你耍什麼性子？讓人家男孩子怎麼看？」

「呸！」時父瞪眼，「我同意了嗎？我同意了嗎？妳看誰談個戀愛像他們那麼黏？還提鞋，還圍圍巾！不就下樓送個人嗎？怎麼的能冷死啊？」

時母四下看了一圈，自言自語道：「吟吟是不是把醋給打翻了，屋子裡怎麼這麼酸呢？」

時父唰地站起來，炸毛了：「誰酸了！」

時母很懂：「你說你，你都快五十的人了，女兒男朋友的醋也吃，你不就是看女二跟你就板著個臉，也不跟你說話，跟人家小顧就有說有笑的，黏得不得了，心裡不舒服了嗎？你自己要跟女兒鬧彆扭，你怪誰啊？」

時父不說話了，垂頭喪氣地坐下。

時母將沙發上的靠墊擺正：「我看這小夥子挺好，模樣真是好，家教也不錯，聽著還是個富二代，各個方面條件挑不出什麼來，這吟吟能找到這樣好的，我也是沒想到。」

時父又火了：「什麼叫沒想到？怎麼就沒想到？吟吟哪裡配不上他了？吟吟能看上他那是他上輩子修來的福氣！還不趕緊偷著樂？」時父啪啪拍桌子，「富二代怎麼了？長得好怎麼了？我看他是癩蛤蟆想吃天鵝肉！也就配給我的寶貝提提靴子！」

時吟在家裡過完了這個異常舒適的年。

雖然是在同城，但是她畢業以後回家的次數有限，一隻手都數得過來，更多的還是時母去找她。

晚上，送完顧從禮回來，一進門就看見時父坐在客廳沙發裡喝茶。

時吟摸摸鼻子，脫了鞋，將外套掛在門口玄關的衣架上，沒說話，直接進屋。

走到一半時父咳了兩聲。

時吟腳步一頓。

她看起來軟，其實不太好相處，時母曾經說，她性子和時父年輕的時候一模一樣。

時父當時不支持她畫漫畫，兩個人在書房裡劈里啪啦茶杯、花瓶摔了一通，時父放下狠話，她就真的不回來，到現在，父女倆一通電話都沒打過。

也不是沒有親戚什麼的，包括時母都在說，她是小輩，那是爸爸，她總不可能讓長輩來跟她服軟，主動來跟她和好。

時吟覺得，有些情況是要分事情的。

如果時父現在說能夠尊重她的事業和愛好，那讓她跪下道歉都可以。

客廳裡燈光明亮，時吟租的那個公寓不大，裝潢也屬於簡約風，因為一直以來都只有她一個人住，所以很多地方，和家裡不一樣。

牆壁上的蘇繡掛畫、毛筆字，茶几上的歷史方面的書籍，沙發角落矮桌上放著的毛線筐，包括房子裡的味道，都是她熟悉的，家裡的味道。

時父坐在沙發裡，微垂著頭，手裡拿著他最喜歡的紫砂壺茶杯，眼睛到處瞟來瞟去，就是不看她。

時吟突然有點想笑。

笑完，又覺得鼻子有點酸。

都說女兒是父親上輩子的情人，女孩子跟爸爸的關係比較好。

時吟不知道別人家的女兒是怎麼樣的，但是相比起來，她好像確實是跟爸爸關係更好一點。

他很古板，也不怎麼愛笑，小時候她總覺得他嚴格，會看著她寫作業，也不讓她出去玩。

他也溫柔，會在她生日的時候翻著說明書烤蛋糕給她吃，雖然烤得很難吃，會在耶誕節的時候訓斥她們這些小孩都過這些個外國節，然後晚上偷偷地把禮物塞到她桌子抽屜裡，第二天再假裝不記得這件事。

性格彆扭得不得了。

從畢業到現在，時吟一次都沒見過時父。

有的時候也會在想，他最近身體好不好，但是轉身就忙起別的事情來，把他拋到腦後去了。

時吟眨眨眼，猶豫了一下，走到茶几旁邊，聲音低低的：「爸……」

時父亂飄的眼睛收回來，抬頭看了她一眼：「妳還知道跟我說話？」

時吟垂頭摳著手指甲，不語。

時父白了她一眼，皺眉，表情十分憤懣：「妳現在大了，畢業了，自己能賺錢就長本事了？我說妳什麼了？我不就說妳那工作我看不上？我說什麼了？妳跟我鬧彆扭到現在，妳這個脾氣像誰？」

「您還說讓我要畫出去畫，不畫完別回家了。」時吟小聲說。

時父被她噎住了，啪啪拍桌子：「我就說妳這麼兩句，妳一年沒跟我說話！」

時吟弱弱辯解：「您也沒理我……」

「我他媽土埋半截子的人了，我還得去跟妳賠禮道歉？」時父瞪大了眼睛，額角青筋直跳，「而且妳今天把妳那男朋友帶回來是什麼意思？故意甜甜蜜蜜給誰看？妳不就是想氣我？不理我，然後跟那男的親親我我的，還幫妳提靴子？還圍圍巾？二十多歲的人了妳自己不會圍？也不嫌丟人！」

「……」

時母坐在旁邊翻了個白眼。

時吟張了張嘴巴，又閉上，眨眨眼，試探性道：「爸，您吃醋啦？」

師父一躍而起：「我吃個屁的醋！我多大人了還吃醋？」

時吟乖乖巧巧地垂下頭，「噢」了一聲。

一時間沒人說話，時父瞪著她，良久，忽然別過頭去，不看她：「有時間再讓妳交的那個男朋友到家裡來坐坐，今天人多，沒來得及說上話。」

時吟：「咦。」

「咦什麼咦？幾點了妳才回來？」時父指著手錶，「下樓送個人妳送到春晚開播了，趕緊洗澡睡覺。」

時吟：「……」

在跟方舒說起這件事的時候，方舒覺得很能理解。

『時叔叔那個性格不就那樣嗎，他那麼疼妳，從前只有他一個的寶貝女兒有男朋友了，這就算了，竟然跟她男朋友關係那麼好，這也算了，跟她男朋友親親密密卻一句話都不跟他說，那得多氣啊。』

時吟覺得很有道理，第二天，狀似無意地在吃早飯的時候透露了一下，自己和顧從禮吵架的事情，陳述了一下顧從禮低三下四地對她道歉，卻被她痛罵了一頓的過程，果然，時父頓時人逢喜事精神爽，偷偷摸摸地開心了一整天，中午甚至還親自下廚，邊殺雞邊哼歌。

男人，真是神奇的物種。

新年過去，初七那天，時吟回到了自己的小狗窩。

她《鴻鳴龍雀》的單行本番外，跨頁彩圖、書衣、內封在年前都已經畫好全部交上去了，只留下一個要作為隨書贈品的海報沒畫完，時吟留著在過年期間畫。

她和時父好不容易現在才和好，兩個人各自心照不宣，時吟也不想踩地雷，在家裡從來沒提過自己工作方面的事情，就連海報都是出門去在咖啡廳畫的。

那家咖啡廳時吟一直很喜歡，離她家不遠，市中心的一條很有異域風情的街道上，位置有些偏僻，人不多，一個人的話就算把東西放在那裡去洗手間什麼的也沒什麼問題。

單行本的製作週期和過程比起雜誌連載來說步驟只多不少，漫畫原作者把原稿寄給責編，由責編確認過一遍以後進行分頁，製作成一種叫做「臺割」的檔案，然後影印下來，重新寄給原作者，進行作者校正，也可以成為初校。

初校完成以後，修正稿寄給責編，設計師進行目錄扉頁封面等等的排版設計，在這個過程中，截稿日期以前，編輯和原作者要做的就是反覆進行校對修正，直到確定原稿完全沒問題，敲定書衣、內封以及書腰的色校以後，交到印場進行印刷。

整個過程其實是非常漫長且繁瑣的，再加上印刷場雙休日和節假日是休息的，有什麼問題需要溝通和意見交流只有在平時工作日的時候，週期往往會拉得很長。

時吟出《ECHO》單行本的時候，每天和趙編輯訂正原稿，進行封面校色，一天一天熬下來頭髮大把大把掉，現在換了顧從禮，時吟輕鬆了不少。

男人充分展現出他可怕的行動力，效率十分之高，並且很多事情，比如漫畫裡的主要人物介紹和一些小劇場的cut，時吟懶得做，就乾脆直接丟給他了。

顧從禮倒是很是樂意接受，甚至會提出主動幹活，順便收點「勞務費」。

所以，當某天晚上，某個人再次收了筆鉅款，饜足地抱著筆記型電腦坐在床邊幫她做主角人物介紹的排版的時候，時吟躺在床上，忽然覺得有些惆悵。

總覺得自己很虧，明明這種小事，很多本來都是編輯會做的，她好像莫名其妙就默認了是自己的工作，然後把自己賣了。

時吟默默地裹著被單從床上一拱一拱地爬起來，長腿一伸，手臂撐著床頭，跨坐在顧從禮身上，隔著筆記型電腦看著他：「我怎麼感覺自己有點虧啊。」

她聲音沙啞，唇瓣微腫，剛被欺負過的樣子。

顧從禮沒抬眼，懶洋洋地「嗯」了一聲，床事過後，聲音比平時要略微低沉一些：「哪裡虧。」

時吟抬手，指尖敲了敲他的筆電邊緣：「我以前的單行本，人物介紹編輯有的時候也會幫我寫的，到你這裡，怎麼就要收費了呢？」

她累到不行，使不上力，軟趴趴地趴在他身上，表情憂鬱而沉痛：「畫漫畫是多麼神聖的事情，怎麼能用來交易呢，我怎麼能跟你做這種骯髒又齷齪的交易呢？我良心好痛，我的職業道德全被你玷污了。」

顧從禮像沒聽到一樣，單手順著她的膝蓋摸到大腿，隔著被單輕輕拍了拍她的屁股：「累不累？」

時吟搖了搖頭：「還好。」

他最近很照顧她，通常一次就過，雖然還是有點累，但是至少能留她小命一條。

從禽獸變成了溫柔的禽獸。

顧從禮點點頭，儲存檔案，闔上電腦放到一邊床頭，勾著她腰把人往上撈，另一隻手指尖順著被單的邊緣探進去。

時吟嚇得直往後蹭，從他懷裡竄出來坐到床上抬腳踹他：「顧從禮，你不要得寸進尺啊！」

顧從禮翻身，抬手握上她的腳把人拉回到身下，輕輕笑著咬了咬她的嘴唇：「最近對妳太溫柔了，沒聽見妳哭，我沒爽，重來。」

「……」

你他媽是有什麼奇怪的癖好？

這天顧從禮如願以償，時吟哭到了凌晨，成功滿足了他的變態癖好。

迷迷糊糊入睡之前，時吟想，等她明天早上起來，第一件事一定要把顧從禮的三十歲生日錄入到手機日曆重大事件裡，訂一百個鬧鐘提醒她，她要一天一天的倒數。

然後在那天敲鑼打鼓彩炮齊鳴，慶祝他終於到來的，寶貴的三十歲生日。

驚蟄以後，天氣開始回暖。

直到春分，S市下了幾場雨，氣溫升升降降，一直不上不下，空氣濕涼黏膩，也沒見回暖的影子。

《鴻鳴龍雀》的單行本第一冊兩週前全部校正完畢送入印刷廠，這天上午，時吟收到了第一版的樣書。

收到書的時候她正在睡覺，快遞過來簽了以後隨手放在沙發上，人重新回臥室繼續睡。

剛進入夢鄉沒多久，時吟的手機又響。

她皺著眉，摸索著接起來，閉著眼睛迷迷糊糊應了一聲：「喂……」

『妳的海報給誰看過了？』電話一接起來，顧從禮劈頭蓋臉問道。

時吟還睡得迷糊：「唔？」

『妳《鴻鳴》的單行本海報，離年在連載的雜誌今天出刊，她上的封面彩圖，妳看一下。』

時吟愣了愣，聽到離年這個名字稍微清醒了一點，掛掉電話以後打開顧從禮的對話欄，點開他傳過來的圖片。

是拍的一張雜誌的封面圖，她在看到的時候愣了愣，混沌的大腦一點一點被拽得清醒過來。

時吟猛地從床上坐起來，瞌睡蟲無影無蹤，指尖冰涼，頭皮發麻。

那張彩頁封面的構圖，和她替《鴻鳴龍雀》單行本畫的海報贈品，幾乎一模一樣。

《鴻鳴龍雀》單行本的贈品，除了海報以外，還有書籤。

這兩個都是夾在單行本裡面，作為隨書附贈的贈品。

書籤上的人物是從海報上切下來的，每本一個，兩個主角鴻鳴和大夏龍雀隨機，拼在一起就是完整的一張海報圖。

時吟當時覺得，這個設計好厲害。

她自己就有一點點的收集癖好，應該也有一部分人，因為這樣的一個設計，想要湊齊鴻鳴和大夏龍雀這兩位主角的書籤而去買第二本。

當然，沒有這種強迫症的人還是不會受到任何影響的。

因為年前時間實在太緊，海報趕不完，這張圖之前只打了草稿，時吟是過年的時候畫的。

年後初七那天，印刷廠一開始上班，她就直接交了檔案，到現在也有一個多月。

而雜誌的製作週期一般會提前，月刊的話這個月的刊物上個月開始做，應該也需要一個多月的時間，和她畫這張海報圖的時間差不多。

離年畫的是幻想類型的少女漫，又是從陽現在在這一塊重點在培養的漫畫家，新年開年的前面幾期漫畫給她彩頁封面一點都不奇怪。

整個畫面的構圖和時吟的海報幾乎是一模一樣的，那張她畫了很久，所以記得特別清楚，只是鴻鳴和大夏龍雀兩個雙男主變成了男主角和女主角，其他的，動作都一樣。

時吟整個人完全僵住，爬下床去赤著腳跑進客廳，坐進沙發裡拆開上午剛拿到的樣書，抽出海報疊在一起比對。

的的確確相差無幾。

時吟腦子轟的一下，完全亂糟糟地混成一團，茫然地坐在沙發裡。

如果是別人，時吟甚至會覺得，這是個巧合，畢竟構圖這個是沒辦法說得清楚的東西，而且兩個人畫風還是有一些差距，一些細節上的地方也不一樣，離年的整個畫面整體看起來也是和諧的，完全沒有任何違和感。

但是這個人是離年，時吟就難免不會多想一些。

前腳兩個人才鬧出了一連串的不愉快事件，後腳兩個人就出了差不多的畫，如果說是巧合的話，那也太巧了，而且，時吟是清楚的知道，離年的漫畫是怎麼出來的。

時吟第一時間趕到了印廠。

她人到顧從禮剛好也在，時吟看到他的時候愣了一下：「你怎麼來了？」

顧從禮站在門口抽煙，抬眼，神情平靜：「怎麼沒叫我。」

「忘了，而且叫你來還要等你，不如我自己走快一點，」時吟邊往裡走，一邊哭喪著臉，「那個海報我交給你之前絕對沒有任何人看見的」

她轉過頭，委屈兮兮：「離年的那個我真的不知道怎麼回事，除非——」

頓了頓，心裡咯噔一聲。

她那張海報是在咖啡廳畫的，除非有人路過的時候看到了她的草圖或者構圖，然後回去臨摹。

不過現在去想這些，都已經沒什麼用了。

這種事情本身就麻煩，畫畫的撞了構圖，就像寫小說的撞了大綱和框架，小說一本幾十萬字還有得說，畫就那麼一張圖，約等於大綱細綱從頭撞到尾的車禍現場，慘不忍睹。

即使是時間上能推算得出差不多，這本身就是個麻煩，而且這邊她單行本還沒上市，那邊離年的雜誌已經出刊了，先入為主的觀念進入讀者的眼中，所有人就是會覺得，離年是比較早的那一個。

就算最後她拿出了她草稿的時間，證明她是比較早的那一個，很多人也是不看這個的，你的海報和人家的構圖一樣，這事情本身就會讓人期待感大打折扣，很是糟心。

唯一的辦法，就是她現在趕張新圖出來，把海報那張彩圖換掉。

時吟深吸了口氣，強迫自己冷靜下來，看著顧從禮那邊進去把工作人員叫來，低聲在跟他說著什麼。

時吟四下看了一圈，轉頭看向顧從禮：「樣書今天才收到的話，應該還沒開始印刷？」

顧從禮掐了菸，跟著她一起進去：「還沒，但是周邊——」他頓了頓，「海報和書籤都已經印好了。」

時吟臉都白了。

她《鴻鳴龍雀》這本因為人氣很高，搖光社非常重視，甚至開出了三萬的首印量。

時吟只有一部完整的作品，雖然畫了也有幾年，但是也是今年畫了《鴻鳴》，還有在社群上的一些條漫才漸漸真正可以說是在圈子裡有了一些知名度，國漫現在雖然崛起，但是單行本三萬的首印量，依然可以說是非常非常有牌面的了。

不是所有人都是欺岸老師，他那個可怕的印量已經算得上是金字塔尖尖上的人了。

也就是說，書籤和海報都已經印好了，整整三萬套，如果要換，那麼全部都要廢掉。

時吟小臉苦兮兮地皺巴在一起：「如果，我是說如果，我現在重新畫一張圖，把這些換掉呢，三萬套海報書籤成本要多少錢，這個錢可以我來出。」

顧從禮看了她一眼：「海報和書籤的成本相對低，這個倒沒多少錢，關鍵是時間來不及。」

他淡聲繼續道：「預售已經過了這麼久，時間也已經放出去了，宣發部門宣傳海報幾天前就全部弄好，也跟合作的書店都定好了日期，你這邊重新畫一張彩圖，再色校，送廠，印出來時間會來不及。」

時吟舔了舔嘴唇：「兩天吧。」

「兩天？」顧從禮緩聲重複。

時吟點點頭：「我現在回家去重新畫一張，明天，我把新圖給你，稍微快一點的話時間應該也來得及，你跟印刷廠這邊溝通一下。」

顧從禮瞇起眼：「妳後天之前想畫出一張彩圖，還要有之前那種完成度？」

時吟沉默了。

她之前那張圖，幾乎用了整個過年的假期時間來畫，所有的整個畫面的色彩，主角的肢體，還有背景的一些小細節的地方，全部都是一點一點摳出來的。

但是這是她能想到的，唯一的辦法了。

她甚至不想跟離年平分秋色，新的圖，必須比現在這張更好。

決定以後，時吟第一時間回了家，叫了梁秋實過來。

專案整體進度都要延後兩天，好多事情需要去交涉安排，顧從禮去找了印刷廠的負責人，兩個人暫時各自分頭行動。

時吟之前神經繃得很緊，一路在車上都在想構圖的事情，要比之前的構圖更出彩，畫面要比之前更有衝擊力，就需要兩個主角的肢體動作之類的地方要更抓人一些。

她這本是少年漫，雖然鴻鳴和大夏龍雀兩個主角CP感已經極強了，社群上各種原創畫手網站上一大堆兩個人的同人CP圖，但是時吟的原作本身，所有的臺詞，分鏡和互動，都的的確確是沒有任何腐元素的。

所以，在梁秋實提議在海報裡加一點這種東西的時候，時吟很乾脆的拒絕了。

不是因為不喜歡這種，她其實也蠻喜歡的，還在社群上畫過段子，但是既然這本畫的是正統的少年漫，那麼她就不想放一些，別的東西來吸引大家的眼球。

時吟開了電腦坐在桌前，將手裡的電繪板高高舉起來，思考著她有什麼東西可以畫。

她有兩個人氣很高的主角，之前的那張海報，就是畫了這兩個主角第一次見面，站在懸崖邊的一個畫面。

因為畫的是刀和劍，所以配角也有很多，湛盧、赤霄、泰阿、新亭侯，甚至每一個配角的人氣都很高。

少年漫連載，往往人氣最高的時候是什麼時候。

結局的時候。

因為結局的時候是收官決戰，是收尾，之前每一個單元出現過的角色都會出鏡，多方混戰，主角配角，主角小隊和反派，每一個人物都在那個場景裡。

時吟眨了眨眼，抓起筆來飛快地勾勒出一個整體的大概草圖，傳給顧從禮：『我想畫這樣的行不行，就把我迄今為止出現過的所有人物，刀和劍都畫進去，其實好多讀者甚至喜歡配角多過這兩個主角的，這樣好像會比之前那張更好一點。』

顧從禮那邊大概也在忙，時吟等不到他回覆，乾脆直接動手開始畫了。

差不多半個小時後，他才回覆：『會。』

時吟剛要開心。

顧從禮：『妳畫得完？』

「……」

時吟默默地數了數草圖上勾勒出來的出場過的所有角色的位置。

一二三四五六，算上兩個主角一共八個人物要畫。

兩天的時間，八個人，完成度也要達到之前那樣的水準。

從現在開始，就這麼不吃不喝不睡，畫個兩天一夜，好像也不是不可能的。

時吟是第三天清晨，印廠開門之前畫完最後一筆。

這幾天顧從禮也沒回過家，從家裡拿了換洗的衣服過來，時吟畫完以後，啞著嗓子喊他：「顧從禮！顧從禮！」

顧從禮端了杯溫牛奶進來，時吟筆一甩，整個人徹底癱在椅子裡，接過他手裡的牛奶，咕咚咕咚乾掉，然後往桌子上一趴，朝著電腦螢幕點了點下巴，一句話都不想說。

一張豎版的海報，上面八個人，主角為首，後面六人形態各異，或坐或站，有的年少稚氣未脫，有的冷硬成熟。

站在最前面的鴻鳴，手裡握著一把長刀，刀身泛著冷厲的淡藍光芒，刀尖直指地面，兩手相疊，微垂著頭，神情冷峻。

大夏龍雀站在他身旁，側著身，赤紅色刀搭在肩頭，火紅的額帶紛飛在身後殘陽血色的戰場之中。揚著下巴，薄唇微挑，血紅的瞳眸中帶著睥睨一切的不羈和桀驁。色彩、構圖、層次感完全挑不出問題，畫風是她特有的，帶著時一風格的少年漫。有血氣瀰漫的殺意，鐵馬冰河的俠骨，也有高山流水的豁然和溫柔。

這幾天，在她畫這張圖的過程中，顧從禮一眼都沒有看過。現在看到成圖，他抬了抬眼，不由自主看向身後的人。

時一老師已經歪在椅子裡睡著了，整個人斜斜倒著，腦袋靠在椅背上。

顧從禮單手撐著椅子扶手，靠過去，近距離地看著她。

似乎是睡得還沒有太熟，她皺著眉，原本紅潤的唇瓣此時也有些蒼白，眼底有淺淺的一圈青黑。

顧從禮抬指，指尖輕柔地抹掉她唇邊沾著的一點點牛奶，垂頭，輕輕吻了吻她毛絨絨的眼睛。

女孩皺了皺鼻子，似乎覺得有些癢，抬手揉了一下眼睛，黏糊糊地哼唧了一聲，沒睜眼，縮在椅子裡繼續睡。

不知道為什麼，顧從禮突然想起很多年前，女孩子乖乖巧巧地坐在陰冷的畫室畫架前，一遍一遍，認真地畫著歪歪扭扭的線條，一畫就是一下午。

然後滿滿幾張紙堆在他面前，漆黑清澈的杏眼期待地看著他，聲音軟軟的：「顧老師，我的線畫得有沒有直一點了？」

顧從禮輕笑了一聲。

時間和命運是很神奇的東西，它見證著他的女孩一步一步的慢慢成長，從最開始他手把手教的橫豎線條，到現在從容下筆的俠骨柔腸，浩蕩山河。

像是稚嫩的蝶，破開層層疊疊柔韌的繭。

也讓她滲透進他生命中的每分每秒裡，牽扯著他每一次呼吸，每一次脈搏的跳動，轉了一圈，最後還是重新遇見她。

執念不被辜負，深情也沒被錯過。

這一張圖算是澈底透支了時吟的全部精力。

她一覺睡到傍晚，睜開眼的時候人躺在臥室床上，房子裡沒人，傍晚霞光淺淡，火燒雲從暖橙往青紫層層疊疊過度。

時吟盯著窗外看了一陣子，懶洋洋翻了個身，一身的骨頭都是軟的，爬都不想爬起來。

可是她又很餓。

時吟捂著枕頭哀嚎了一聲，腦袋扎進蓬鬆柔軟的被子裡，將空調溫度調低了一點，悶上被子繼續睡。

再次醒來夜幕低垂，外面客廳裡隱隱傳出一點點說話的聲音。

時吟爬下床，去浴室洗了個澡出來，明亮的光線從廚房透出，顧從禮站在流理檯前，那些在時吟手裡笨重的廚具在他手裡聽話得不行，時吟拉了拉睡袍帶子，走過去站在他身後，墊著腳往前探了探身。

鍋裡頓著咖喱牛肉，咕嘟咕嘟冒著泡泡，米飯的香味從電飯煲裡滾著飄過來。

時吟剛洗好澡，額發發梢的水順著顧從禮衣領滾下去，他沒回頭，關火：「餓不餓。」

時吟吞了吞口水，拍了拍他的背：「餓，米飯好了嗎？」

顧從禮側頭看了一眼：「還有七分鐘，」又回頭掃了她濕漉漉的頭髮一眼，「去把頭髮吹了出來吃飯。」

時吟拖腔拖調地「噢」了一聲，依舊站在原地，盯著焦黃飄香的咖喱不動：「你什麼時候回來的啊。」

顧從禮被她的這個措辭取悅到，微微勾起唇角。

在她自己都還沒察覺到的時候，已經習慣了他的存在，從「過來」變成了回來。

他將鍋蓋蓋上，洗手：「吹頭髮。」

眼睜睜盯著的食物被扣上了蓋子，時吟移開視線仰起頭，笑嘻嘻地去拉他的手：「顧老師幫我吹。」

顧從禮垂眸，任由她牽著他的一根手指往外，拽到臥室門口，又蹬蹬蹬地跑到床頭拉開抽屜拿出吹風機，塞進他手裡，坐在床邊，雙手板板整整地放在腿上，坐姿端正的像個等獎勵的小朋友。

時吟坐在床邊，濕漉漉的長髮亂七八糟披散著，看著他。

顧從禮走過去，拍了拍她的腦袋：「轉過去。」

她側了側身。

吹風機的聲音在耳邊嗡嗡作響，時吟享受著顧老師幫忙吹頭髮的待遇，樂顛顛地蹬著腿兒，背對著他坐，又忍不住隔個幾秒鐘就回頭看他。

男人手指纏繞著柔軟的髮絲，輕輕拉了拉，吹風機的風調小了些：「老實一下。」

時吟「唔」了一聲，回過頭去：「海報的那張圖OK了嗎？」
顧從禮漫不經心「嗯」了一聲，聲音低，在吹風機噪音的掩蓋下顯得模糊。
時吟對自己這次的作業很滿意，得意的問：「不錯吧，是不是比上張好一點？」
「嗯。」
時吟撇嘴：「你怎麼不誇我。」
顧從禮平靜地捏起她一縷濕髮：「怕妳尾巴翹到天上去。」
時吟仰著腦袋，瞪他：「我怎麼聽你這個意思不太對勁呢，你是不是怕我恃寵而驕？」
顧從禮笑了一聲：「恃寵而驕不是這麼用的。」
時吟不可思議地瞪著他：「就你那個用成語的水準，怎麼還好意思說我用的不對啊。」
她高高仰著腦袋，上半身後仰，腦瓜頂抵在他身上，從上至下倒著看著他，纖細白皙的脖頸拉出一條柔韌流暢的線，睡袍領口下藏著暖玉似的白微微起伏。
顧從禮垂眼，視線在那裡停頓了片刻，俯下身，垂頭親了親她的唇角：「那我不介意妳再嬌一點。」
時吟脖子酸，直起腦袋來轉過身：「我們說的是一回事嗎？」
顧從禮關掉吹風機，拔了電源重新塞進抽屜裡：「好像不是。」
她抓了抓吹得差不多還微微有些潮濕的頭髮，忽然問道：「那海報出來了，書籤怎麼辦？」
「每一個人物都獨立切出來，隨機附贈。」
時吟點點頭：「我每個人物都是分圖層畫的，都有保存單獨的獨立圖層，你去看一下，切起來應該會更方便一點，不然有的人物疊在一起的，會有點彆扭。」

「嗯，我看到了，已經下印了。」顧從禮抬手，指尖點了點她額頭，時吟順勢倒在床上，憤憤道：「你竟然偷偷看了我的電腦檔案，你知不知道什麼叫隱私，你這個邪惡的比克大魔王，我要代表月亮消滅你。」

顧從禮懶得理她發神經，轉身出臥室：「出來吃飯。」

時吟畫海報的這段時間單行本的書一直在印，等這邊書全部印刷完畢剛好可以開始趕海報和書籤的製作，所以實際上也沒有耽誤幾天。

顧從禮在那邊和印廠商談過後，海報加急，最終在約定好的發售當天印刷完畢上架，危機解除，時吟終於鬆了口氣。

忙忙碌碌提心吊膽了近一個禮拜，她感覺自己頭髮都白了，不用染就是潮流前線的奶奶灰，現在可以放鬆下來，她有時間思考別的事情。

比如離年的事。

時吟原本是個挺佛系的人，之前也不是沒有過類似的事情發生，這個圈子裡這種事其實很多，時吟都懶得去追究或者計較，人的精力有限，她在這些有的沒的的事情上投入了過多的精力，難免會影響到另一些事。

只不過，這個人是離年。

從最開始的她的粉絲亦或是水軍成群結隊來她社群黑她，到後來的簽售會，還有顧從禮的事，這次海報的事情，這個女人一次又一次地在搞事情。

時吟也沒明白她為什麼就盯上了她，一個畫少女漫的，一個畫少年漫的，不擦邊的兩個，女人何苦為難女人。

盯完了她盯她男人，盯她男人不成又盯上了她的作品。

時吟覺得這次無論如何都不能忍了。

雖然她畫了新的圖，比之前那張更好，但是那也是她一筆一筆，一點一點摳出來的、屬於她的作品。

畫面上的每一筆，每一根線條，都融入了她的心血，絕對不是說，因為有了更好的，這件事情她就真的不在意了。

思來想去，唯一的可能，就是她，或者誰，在咖啡廳瞥見或者看見了她的畫，畫這個東西和別的不一樣，整張圖的人物動作不需要特別細緻的去仔細觀察，只要路過的時候掃一眼，大致的位置記清楚，回去差不多的位置草稿臨摹下來，就可以畫出差不多構圖的東西。

這一眼的過程甚至只需要幾秒，從她身後路過的時候掃個兩眼就夠了。

時吟第一時間去了當時畫畫的那家咖啡廳，去要了監視器畫面。

因為她經常會去，和那家店的店長店員也熟悉了，解釋清楚前因後果以後，店長很大方的讓她去找了。

過年前後的監視影片，現在過去也有將近兩個月，而且她畫這張圖的時候，基本上每天都會待在這裡，只不過會換不同的位置。

時吟完全不知道離年到底是哪一天、哪個時間點來的。

而每一天，都有無數的人從她坐的那個位置的後面經過。

隨便抽了幾天的監視看，兩個小時後，時吟放棄了。

看得眼睛都花了，要花大把的時間在這種事情上。

算了算了，還是忍忍吧。

她很憂鬱地跟顧從禮說起了這件事情，最末加了一句：「我要去看幾本古代言情小說。」

顧從禮顯然沒有明白過來她的腦迴路：「嗯？」

「古言裡面這種劇情很多的，宅鬥啊、宮鬥啊，皇后用什麼手段陷害寵妃女主角了，女主角怎麼怎麼反擊，小妾用什麼手段陷害正房了，正房女主怎麼將計就計，」時吟一本正經，「早知道我應該多看看這種，學習學習裡面的那些反擊復仇技能。」

顧從禮思考了兩秒，問她：「這種小說裡有沒有那種情節。」

「哪種？」

「男主角幫女主角報了仇，然後女主角為了報恩以身相許，肉償。」

「……」時吟面無表情：「顧老師，你說的這個是邪魅王爺的劇本，很多年前的時尚了，年輕人現在不流行這個，人家現在都喜歡女強爽文的，女主要能日天日地獨立自強，你以為你是十年前霸道總裁小說裡面的男主角嗎？」

顧從禮掀了掀眼皮：「妳喜歡？」

時吟茫然地看著他：「啊？」

顧從禮說：「妳喜歡我也可以是。」

離年出事情的時候，時吟剛起床沒多久，正在敷面膜。

她兩天前接到了久違的西野奈的電話，找她晚上一起出來聚個餐，順便幫她慶祝《鴻鳴龍雀》單行本一週內順利上升到熱銷排行榜第三名。

西野奈入行很多年了，以前也是搖光社的，後來自己出去單幹，開了個人的獨立工作室，最近正在和搖光社談合作，兩個人平時也經常會聊聊天，關係還不錯，時吟很乾脆地就答應了。

她貼著面膜紙從洗手間裡出來，一屁股坐在床上，打開手機滑社群，首頁竄出來的第一個話題，上面就帶著離年的大名。

發文的是一個在畫手圈子裡也小有名氣的大大，不是畫漫畫的，插畫和手遊立繪原畫之類的作品比較多，畫功精緻，擅長各種不同類型的畫風，參與的手遊都算是小有名氣，粉絲人氣也不低。

時吟原本是沒關注他的，這篇文會出現在她的首頁，是因為甜味蘋果糖，林佑賀大佬他在幾分鐘前點讚了。

『從陽的某位「天才」美少女漫畫家，別以為凹了個人設就真的是天才了，妳的那些料我分分鐘爆得乾乾淨淨扒到底褲都不剩下信不信：）』

時吟：「……」

甜味蘋果糖老師可真是奮鬥在各種風吹草動的第一線。

離年的這個黑料來得很巧，剛好在她雜誌封面彩圖這期，一週後就要衝人氣排名的時候來。

從陽文化的漫畫部現在就離年一個作者最紅，再加上這個明顯的人設，直白到就差把她的大名掛在上面了。

網路上吵架這種事情很多，各個圈子都有。

遊戲原畫師和漫畫家之間雖然也有交集，但是其實算是不同的圈子了，兩個職業之間也有不小差距，原畫師的作品追求的是畫面的精度，而漫畫家比起精緻的畫功，引人入勝的故事性要更重要一些。

這個八卦時吟吃了一口，本來以為沒有什麼後續了，沒想到離年自己來對號入座了。

兩個人在網路上大戰了三百回合，期間離年一直保持著自己溫吞可愛的人設，說起話來文縐縐的，彬彬有禮，敬語和道歉隨口就來。

時吟對她這個語氣太瞭解了，之前兩個人的私訊聊天記錄還安安靜靜的躺在那裡呢，倒是這位原畫師太太是個很真性情的人，說起話來乾脆俐落一針見血，自帶叱吒風雲BGM和氣場，把離年噴的一愣一愣的。

噴完人，太太開始下猛料了。

從陽文化的漫畫部門是去年年初才開始成型的，首先看中的是網路漫畫這塊市場，紙媒其次，有自己的原創漫畫網站和APP上線，並且高價挖了很多在漫畫圈裡也算是小有名氣的漫畫家駐站，發展非常迅速。

而離年，是他們一手包裝出來的，完全沒有名氣的新人，僅僅一年時間，社群粉絲二十萬，時吟當時《ECHO》畫了四年粉絲都還沒她多。

這原畫師太太上傳的不是別的，全是畫。

一張張人設圖，畫功十分出眾，從鞋帶到頭髮絲都精緻。

原畫師都是這樣的，尤其是遊戲原畫，給她們簡單的文字的人物設定和場景描寫，她們可以創造出一個個光怪陸離的傳奇和世界。

而這些背景和人物，全部都是離年剛剛開始畫的這部連載裡的東西，甚至很多都是照著這個神態和動作扒下來用自己的畫風畫在分鏡裡面直接用的。

從陽從其他插畫師和原畫師手裡買來人設圖，然後將這些作為離年的作品，進行二次創作，甚至包括漫畫的腳本、助手，一切都是從陽給予的資源。

最後一張圖，是一個保密協議合約，上面有高額的賠償金。

這些，時吟之前倒是都聽梁秋實說過。

時吟開始心疼錢了。

這太太就這麼把離年掛出來了，要賠好多錢呢！

當天晚上，時吟很新奇的把這件事情和顧從禮分享。

「離年的人設什麼的都是找人幫她畫的。」

顧從禮：「嗯？」

時吟很做作：「腳本也是。」

「……」

「她跟她助手的工作好像剛好是反過來的。」

「她助手畫主要人物，她貼網點。」

「想想還挺幸福，每天只需要貼貼網點。」

「……」

時吟異想天開，突然興奮：「欸，那她的助手薪水是不是很高啊，我能去當她助手嗎？」

「哇哦。」顧從禮雲淡風輕說，眼都沒抬，手裡捧著一本封面看起來很性冷感的原文書，上面標題細細的一行《A Room with a View》。

時吟腳踩著沙發邊緣蹭啊蹭啊爬到他旁邊，不滿地戳戳他的臉：「你有沒有在聽我說話？」

男人皮膚很好，觸感神奇，時吟眨眨眼，抬手又戳又捏，有點上癮。

顧從禮抬手，捉了她的手拉到唇邊，親了親她的指尖：「我在聽。」

時吟撇撇嘴：「你怎麼不意外啊。」

顧從禮瞥她一眼：「意外什麼？」

「你知道從陽的那個保密協議要賠多少錢嗎？」時吟痛苦的臉都皺在了一起，就像賠的是她的錢一樣，「稿酬的十倍。」

顧從禮好笑的看了她一眼。

時吟想抽手，沒抽開，被他順勢拉著手扯進懷裡圈住。

她乖乖地縮在他懷裡，表情還很憂鬱：「十倍，雖然我很討厭離年，但是還是很心疼這位太太。」

顧從禮輕輕咬了咬她的手指，柔軟的舌尖從指尖掃過，聲音低淡：「妳應該心疼一下妳自己。」

時吟茫然地扭過頭去，仰著腦袋看著他：「啊？為什麼？」

「因為這十倍是妳男人出的。」

「……」

時吟：「你再說一遍——！」

女孩坐在他懷裡，不可思議地看著他，眼睛瞪得下一秒眼球都要滾出來了。

顧從禮勾唇，隨手把手裡的書放在旁邊，扣著她腰把她人轉了一圈，跨坐在他身上，抬手揉捏著她的耳垂。

她耳垂薄薄的，卻很敏感，軟綿綿肉一碰，女孩就軟成一灘，服服帖帖地任由他擺弄。

顧從禮手指往下滑了滑，湊過頭去，唇瓣貼過來，意圖非常明顯。

時吟縮著脖子，坐在他身上小動物似的扭來扭去往後躲了躲：「我在跟你說正經的呢，你別老動手動腳的！」

顧從禮的手順著睡衣衣擺鑽進去：「妳說妳的。」

時吟啪地拍掉他的手：「那個保密協議的違約金，是你付的？」

顧從禮淡淡「嗯」了一聲，被拍開的手一顆一顆，從容不迫解她睡衣的釦子。

時吟屈起腿來抬腳踹他。

他握住她的腳跟往上壓，垂頭，微涼的唇瓣輕輕印上腳背。

她很瘦，腳本上有一根根微微突起的骨骼，腳趾一顆顆，溫白得像玉。

微涼的唇瓣激得時吟腳趾不自覺地蜷起來，想從他手裡抽掉，卻怎麼也擺脫不了，她羞得滿臉通紅，打著顫急道：「你怎麼——你變態嗎！」

顧從禮抬眸，拉著她的腿勾在自己腰際，另一隻手熟練將她已經被解了的睡衣剝過肩頭。

看著她身上布料半掉不掉掛在纖細白皙的手臂上，清淺的眸光靜默無聲：「霸道總裁小說裡都是這麼寫的。」

時吟身子麻掉了一半，整個人縮著吸了吸鼻子，聲音黏黏的，迷茫發軟：「……什麼？」

顧從禮抬指，撫摸她柔軟的唇瓣：「男主幫女主報了仇，肉償。」

離年這件事情鬧得不小，雙方都是小有些名氣的人，從陽那邊的公關部門迅速反應，發出了聲明。

從陽說我們人設確實是參考了幾位知名太太的投稿和作品，但是也僅限於人設而已，作品確實是離年老師的個人創作，在此真誠致歉。

收效甚微。

不是所有人都是傻子，隨隨便便就能被糊弄過去。

離年也發了一篇文，她直接錄了段影片，哭得梨花帶雨，哭得我見猶憐，哭得讓人肝腸寸斷，還沒等她開口就讓人心軟了三分，中心思想和從陽文化那個官方聲明意思差不多。

她是有點人氣的，也有不少以前真心實意的喜歡過她的人，有些人覺得人非聖賢，既然知道自己做錯了，以後改了就是了。

也有些人說不管這個作者的東西是怎麼出來的，或者她幹了什麼，人品如何，反正喜歡她的作品就是喜歡她的作品，就算不是自己的又怎麼了。

但是其實很多事情更多的時候是這樣的，曾經越是掏心掏肺的喜歡過，這種情況越是讓人無法輕易原諒。

滿腔的歡喜和熱血，滿腔的真心被人辜負時的那種感覺，實在是太讓人難以接受，太讓人無法輕易釋懷了。

這件事情時吟沒有再過多關注，只在知道保密賠償是顧從禮付的以後心疼得抓心撓肝就過了，她精力有限，單行本在發售，下個月的月刊連載要畫，私下接了一個插畫的工作，沒有時間浪費在這種事上。

梁秋實在聽說以後還是有點不平：「時一老師，您之前那個海報就這麼算了嗎？」

時吟從電腦後面移了移腦袋：「嗯？不然還怎麼樣。」

「發文什麼的說清楚啊，現在時間不是剛好，那也是您的心血。」

「她都已經被罵成這樣了。」

梁秋實微皺了下眉：「這是兩碼事。」

「我知道你是什麼意思，」時吟停下筆來看著他，「但是這個好麻煩的，我要發文，要整理證據，要思考措辭，還要做後續的一連串事情，你知道弄這個要用我多少時間嗎？」

她的筆尖在電繪板上點了點：「我是畫漫畫的，不是成天因為一點小事在社群上吵架的，做事情要分輕重，一張海報而已，她抄了我就重畫，多虧了她，我還畫得比之前更好了，塞翁失馬焉知非福嘛，也許這事還是我賺了呢。」

時吟將筆放在嘴巴和鼻子之間，撅起嘴巴夾住筆桿，又拿下來：「我一大堆東西要畫呢，眼睛都快瞎了，哪有時間跟她計較這個，而且我這邊現在單行本賣得這麼好，她反而這麼慘了，心思放在歪處，報應總會找過來的。」

一通話再次說得梁秋實啞口無言，讓他忽然想起之前有一回，忘記是因為什麼事情，時吟也是這麼劈里啪啦把他一頓教訓，教務主任似的。

梁秋實的眼神又擔憂又嘆服：「時一老師。」

時吟覺得自己剛才表現得特別瀟脫，抬手撩了下瀏海，又端起旁邊的水杯，優哉遊哉喝了口水，懶洋洋哼了一聲：「嗯？」

梁秋實：「我感覺妳現在思想境界越來越高了，妳是不是跟哪個老頭談戀愛了？」

「噗——」

時吟頭一側，滿滿一口水全噴地毯上了。

第十二章　不及妳

這件事情以後，從陽文化信譽值蕩然無存，旗下的所有刊物雜誌銷量都在大幅度下跌，顧從禮之前工作的時候時吟瞥了他電腦上的和各家業內競爭對手的那個曲線對比分析一眼，慘不忍睹。

離年的新連載還在繼續，三週後，人氣排名連續倒數，作品被腰斬。

連載在週刊月刊上的作品能否畫完，是不受作者控制的，人氣投票連續多久處於中下的話，出版社會考慮腰斬，直接把這個作品踢掉，換成別的新連載取而代之。

新連載被腰斬，社群隨便點開，下面的留言上千則幾乎全部都是罵她的，不是什麼無關痛癢小黑點，這種原則性的問題，幾乎無法洗白。

離年糊得澈澈底底。

甚至後來有小道消息，幾位和之前那位太太情況差不多的畫手正在準備集體聯合起訴。

不過這些事情，跟時吟沒什麼關係，她非常佛系地閉關了一段時間，因為截稿期將近，時吟在額頭上綁了根髮帶，上面用黑色水性筆寫了兩個字，奮鬥。

天氣漸暖，厚睡衣重新換成居家的棉質T恤衫和熱褲，顧從禮一推開書房門，就看見這樣的造型。

女孩穿著白色的T恤，袖口和領口處帶著紅色條紋，盤著腿坐在椅子上，頭上一根棉布的髮帶綁著束起碎髮，上面黑色的筆寫著大大的字，眼睛緊緊盯著電腦螢幕看都不看他，筆尖在數位板上唰唰地畫。

顧從禮沒說話，倚靠在門邊垂眸看著裡面的女孩，安靜無聲，神情靜默溫柔。

時吟被盯了一陣子，後知後覺的抬起頭，眨眨眼。

她這段時間閉關，每天過著書房臥室浴室三點一線的生活，吃飯都在桌前解決，確實也沒什麼時間理顧從禮。

顧從禮倒是沒說什麼，只是在提出想讓時吟搬去和他一起住被拒絕了以後，直接沉默地用實際行動表達了自己的不滿。

花樣百出，並且精力旺盛，次數多的像他媽吃了壯陽藥似的。

導致他現在一靠近過來，時吟就下意識覺得他想做那檔子事。

顧從禮走到桌邊，身子往前一靠，時吟立馬丟下筆舉著手，掌心貼在他的腹部，做拒絕狀。

隔著薄薄的衣料，能夠感受到下面腹肌的紋路。

顧從禮垂眼，微歪著頭皺了下眉，神情有些茫然。

椅子帶滾輪的，時吟推著他往後竄了一點點，皺著表情看著他：「我不要了，我那裡還痛，上次都腫了。」

女孩聲音軟，直白得赤裸裸，顧從禮眼神深了深，唇角沉默地垂著。

時吟理解了他的表情，把著桌邊又往後滑了一段，還沒等滑出去，被顧從禮拉著椅子把手拉回來，拽到自己身前。

時吟小臉哭喪著，仰頭委屈兮兮地看了看他，忽然把著桌邊，直接踩在椅子上站起來。

滾輪隨著她的動作晃了晃，站得有點不穩，顧從禮連忙抬手抱住她，另一隻手扣住椅背。

時吟站在椅子上，一下子就比他高了，她滿意地垂頭，看他揚起眼，頭一回用這種仰視的角度看人。

她順勢捧起他的臉，垂下頭，伸出舌尖在他薄薄的唇瓣上舔了舔，又親了親，軟軟的唇瓣碰了兩下，一邊討好他一邊小聲撒嬌：「顧老師……」

顧從禮閉了閉眼。

小丫頭越養越像個妖精。

他手掌扣住她的腰，將人提起來，屈身放回到椅子裡，撐著桌邊垂頭：「再親一下。」

時吟仰著頭，抬臂勾住他的脖子，順從地貼上去吻他。

顧從禮扣著她的後腦，加深了這個吻。

好半天，他才放開她，女孩軟軟地掛在他身上小口小口喘氣，唇瓣腫著，長髮散亂，眼神濕潤微茫。

顧從禮指尖滑過她潮濕的眼角，聲音沙沙的，又輕又柔：「哭給我看看，今天就饒了妳。」

「……」時吟調整著呼吸瞪他：「主編，你最近又忘了吃藥了。」

顧從禮笑了，直起身來：「本來也沒打算做什麼，沒想到時一老師這麼熱情。」

這叫沒打算做什麼。

時吟蹭了蹭被啃的有些疼的唇瓣，翻了個白眼：「實在是顧老師之前過於熱情，讓我有些害怕。」

他沒答，往她身下掃了一眼，休閒的居家短褲下是一雙筆直白皙的長腿。

頓了頓，視線停在某處，問：「真的還痛？要不要看醫生。」

時吟搖了搖頭：「現在沒有了，就是之前使用過度嘛。」

她說完，自己先沉默了。

顧從禮也沉默了。

半晌，他淡聲：「我以後注意。」

時吟臉紅了，蹭著椅子推他：「快走快走，我要工作！」

《鴻鳴龍雀》賣得很好，預售期間銷量幾乎破萬，發行近一個月，按照這個速度下去，大概再有兩個多月會斷貨加印。

趕在截稿期前交掉了畫稿，時吟接到了林念念的電話。

自從上次以後，林念念回了老家，時吟有時候傳訊息問問她情況，林念念始終不願多說，主動聯絡她，是最近第一次。

電話裡，林念念聲音輕快，兩個人說了幾句以後開了視訊，她給時吟看她的肚子。

二十多週孕期，已經開始顯懷，她最終還是決定把孩子留下了。

「除了我爸差點打死我，然後三個月一句話都沒跟我說以外，過程還挺順利的，」林念念笑嘻嘻地，「我都決定了，總不能反悔，我媽倒沒說什麼，只是問我以後還打算找男人嗎？」

「我說我找男人幹什麼，還沒我能賺錢，本事不多毛病不少，我有兒子了還需要男人嗎？」

時吟跟她聊了幾個小時，掛了視訊以後感觸頗深，忽然有點想家，打了個電話給時母。時母那邊好像在跟她的小姐妹還是親戚聊天，接起電話來能聽到那邊女人說話的聲音，好熱鬧。

『喂，吟吟啊。』

時吟應聲，聊了幾句家常，她突然問：「媽，我問你個問題啊。」

時母：『妳說呀。』

「假如我懷孕了，然後男的是個渣男，我想跟他分手，自己把孩子生下來，妳會同意嗎？」

電話那頭寂靜了三秒，忽然爆發出一聲怒吼，時父的：『是不是上次來的那個姓顧的王八羔子！』

時母的聲音聽起來也有點慌了，哆哆嗦嗦的：『哎喲，你幹什麼啦，我看小顧不是那樣的人，你先聽聽吟吟怎麼說。』

時吟趕緊：「欸，不是，不是我，爸！媽！不是我！」

沒人理她，那頭一片雞飛狗跳。

『時文翰！你回來，你給我先回來！你要上哪去啊！』

時父：『我他媽打死他！』

『你先聽吟吟把話說完呀。』

『我聽個屁！』

『時文翰你把菜刀放下！』

時吟：「……」

時吟廢了好大的力氣才解釋清楚，再三證明自己真的沒懷孕，時父將信將疑，一定要讓她今天晚上回家，親自面對面審訊一下才算完。

時吟無奈應了，剛好手邊的工作暫時做完了，也有一段時間沒回去，就回家待了兩天。

剛好差不多到日子來生理期，時母這才澈底放心下來，大手一揮，准了她重新回自己的狗窩，走之前還笑咪咪問她：「吟吟，我記得小顧是不是二十九啦？」

時吟點點頭。

時母繼續道：「他三十，妳過年也二十四了，你們兩個也沒什麼打算？」

時母對顧從禮這個女婿喜歡極了，哪看哪好，怎麼想都滿意：「我看今年就不錯呀，今年把日子定下來，訂婚什麼的好先辦了的呀，掐著日子排一個，明年生下來剛好是金雞年。」

時吟被嗆著了：「媽，我才二十四，而且我們還沒交往多久呢，您急什麼。」

「明年不就二十五了嗎，我二十五的時候妳都會背詩了，」時母學道：「鵝鵝鵝——」

時吟當然沒印象，很沒有熱情地誇獎了自己兩句：「哇，我真聰明。」

時母睜大了眼，抿著嘴角：「就會這三個字。」

時吟：「……」

從家裡出來時間還早，工作日的上午，剛好過了上班尖峰，時吟也不急，沒搭車，上了地鐵。地鐵裡人不多，時吟坐在中間等，一邊抽出手機來滑社群。

沒等幾分鐘，地鐵進站，抬頭看了一眼，又低下頭去，上了車，靠站在角落裡繼續滑。報了好幾站，才忽然察覺到哪裡不對。

站名怎麼越來越陌生呢。

時吟放下手機，抬起頭，看了外面的站名一眼，又轉頭看車上的鐵路路線圖，才發現自己坐反了。

有了顧從禮以後太久沒坐過地鐵，這條線反了走終點站很偏，算是近郊了，時吟都差不多坐到終點前倒數三四站了，怪不得越坐人越少。

她正想著下站下車，結果往終點那站一掃，愣了下。

白露住的那家醫院，好像在這邊。

地鐵再停，時吟猶豫了一下，沒下。

一路坐到終點，出了地鐵站叫了個車，站在病房門口，才意識到自己兩手空空，就這麼迷迷糊糊地過來了。

時吟沒自己來看過白露，每次都是跟顧從禮來，她也沒進去過，就站在門口看一下，就算那麼站一下，她都覺得壓抑。

她也不知道，今天怎麼就自己跑過來了，顧從禮也不在。

時吟站在病房門口發了五分鐘的呆，摸了摸鼻子，打起了退堂鼓。

明天就週六了，再跟顧從禮一起來也行。

她轉身，剛要走，病房的門被人唰地拉開。

時吟下意識回過頭去。

門內站著個男人，看見她，也愣了一下。

男人穿著一身黑色的西裝，氣質冷冽，樣貌英俊，大概四十多歲的樣子，不太看得出年齡。

時吟愣愣地眨眨眼，還沒反應過來的時候下意識朝他點點頭：「您好。」

男人禮貌地頷首：「妳好，妳找誰？」

「我找……」時吟考慮了一下應該叫白露什麼，抬眼往裡看了一眼，「我來看看白阿姨。」

男人露出了恍然的表情：「妳是從禮的朋友？」

時吟大概猜出這個男人是誰了。

血緣很神奇，顧從禮跟白露長得很像，可是跟這個男人，似乎也有哪裡存在著一眼就能夠讓人認出來的共同特質。

又想起，這個人做過很過分的事情，顧從禮討厭他。

時吟當然是站在自家男朋友這邊的。

她舔了舔嘴唇，清清嗓子，抬起頭直視著面前的男人：「我是他女朋友。」

男人又是一愣，然後笑了。

一笑，冰山融化，眼角勾勒出淡淡的魚尾紋：「我是他父親。」

按照之前顧從禮跟她講的那個故事，顧璘這個人，絕對不是什麼好人。

冷漠無情，利益機器，利用了和白露的婚姻為自己帶來了最大的收益，是個沒有心的男人。

可是他笑起來，和顧從禮實在太像了。

冰雪消融，天光大亮，讓人不由自主一陣毛骨悚然。

顧璘沒說什麼，頓了頓，側過身，讓了讓位置：「進去吧。」

時吟猶豫了一下，點點頭，小聲說：「叔叔再見。」

顧璘挑眉，有些驚訝：「從禮沒跟妳說我的事情？」

「說了。」

「那妳還，」他頓了頓，換了種說法，「他應該說不了我什麼好話吧。」

時吟繼續點頭：「嗯，沒說您什麼好話。」

顧璘看起來沒什麼反應，連點惱火的情緒都看不見，擺擺手，人往外走。

出了病房往外走了兩步，顧璘轉過頭去。

女孩穿著件修身風衣外套，綁著馬尾，白淨，眼睛很大，看著人的時候發亮，乾淨剔透，心裡想的全都寫在裡面了。

身上的氣質是那種，沒被社會浸染過的單純稚嫩。

女孩進了房間，回手關上門，關上的瞬間望了他一眼。

兩個人視線對上，顧璘不慌不忙地點點頭。

女孩似乎有點意外，又有點猶豫，最後還是咬著唇，也朝他點點頭，關上了門。

顧璘輕輕笑了一聲。

她眼底的防備和不喜太明顯了，可是還是乖乖巧巧地，跟他打招呼問好。

性格是好的。

他這個兒子哪哪都不怎麼樣，眼光和運氣倒是不錯。

顧璘回過身來，一路往外走，穿過綠化帶和噴泉雕像，走到醫院大門口。

門口停著輛車，司機遠遠見著他走過來，繞到後面幫他開了車門。

顧璘坐進去，司機上車，從倒車鏡看著他：「顧總，您現在回公司還是回家？」

顧璘沒說話。

靜了幾分鐘，他抽出手機，撥了個號碼。

一遍，沒人接。

顧璘不急不緩，也不生氣，淡定的繼續打。

三遍以後，那邊終於接起來了。

顧璘沒指望對面能說話，先開口：「女朋友不錯。」

他從小看著顧從禮長大，對他太瞭解。

白露不理解他，他卻願意跟白露更近。

而他是這個世界上最瞭解他的人，他們骨肉相連，顧從禮的陰暗，掙扎，反抗，顧璘看得明明白白。

他卻厭惡他，否認著他的同時也在否認他們之間的共同性，拼命想要和他拉開距離。

顧璘原本想不明白，他的兒子，這個世界上和他最親近的人，為什麼不願意接受他。

他盡心盡力的教育他，把自己的全部經驗傾囊相授。

明明只要聽他的，他可以成為這個世界上最優秀的人。

果然，一片死寂，三秒鐘後，顧從禮把電話掛了。

顧璘靠進座位裡，單手撐著下巴直直看著窗外。

這家醫院環境很好，管理森嚴，地處近郊，空氣清新，設施全部都是從國外引進的最尖端設備，醫療水準毋庸置疑。

黑色大門和大理石圍牆攔住裡面的世界，透過鐵欄，能夠看到裡面綠色的植物，還有隱隱約約的人聲。

顧璘發了下呆，轉過頭，擺了擺手：「走吧，回公司。」

司機老李應聲，啟動車子。

時吟進了病房，回手關上門，看見裡面站著的女人。

她和白露不算熟，幾面之緣，而且這次就她一個人，時吟怕嚇到她，不敢走近，在門口站了一下。

白露看起來精神狀態好了很多，站在窗邊擺弄著她養得兩盆花，綠色的植物鬱鬱蔥蔥，她大概不怎麼會打理，隨便弄弄任憑她們狂野生長。

聽見關門聲，她回過頭。

兩個人視線對上，時吟有點無措，指尖搓了搓，微微欠了欠身：「阿姨好……我來看看您。」

白露彎起眼睛笑了，放下手裡的小水壺，朝她招了招手：「過來。」

時吟往前走了兩步，站在床邊。

女人頭上依然是精緻的盤髮，一件月白色長旗袍，淺棕的眼睛溫和柔軟，唇邊掛著淺淺的笑意，看著她，溫聲問道：「阿禮沒來？」

時吟搖了搖頭：「他明天應該會來，我今天路過，就來看看您。」

說完，她就安靜了。

郊區地偏，地鐵的最後一站，誰會沒事到這裡來路過？

還好白露不知是沒聽出來還是不在乎，自顧自繼續道：「之前每次看妳來都只站在門口看著我，也不進來，我還在想妳是不是怕我，我也不敢叫妳，」她笑了笑，「剛剛啊，阿禮的爸爸過來了。」

時吟安靜聽著，沒說話。

白露眼睛發亮，像是想要把開心的事情分享給所有人的小孩子：「妳要是早點來，還能讓他見見妳，不過他很凶的，不見也好，別讓他嚇到妳，」女人微微靠近了一點，親暱地拉過她的手，神祕地笑道：「他只對我溫柔。」

時吟張了張嘴，不知道要說什麼。

白露卻忽然不笑了。

她垂下眼，忽然輕聲說：「我知道自己在幹什麼。」

時吟抬起頭。

「他們說我有病，說我腦子不清醒，我都知道，我不想治，也不想清醒，」白露抬眼，眼睛濕潤泛紅，「清醒太累了。」

時吟怔住了。

兩個人對視了幾秒，沒人說話，手機鈴聲突兀響起。

時吟回過神來，匆忙從口袋裡翻出手機，接起來：「喂。」

『妳在哪。』顧從禮聲音冷硬。

時吟愣了愣，看了白露一眼：「怎麼啦？」

他沒聽見似的：『妳在哪？剛剛遇見誰了？』

時吟「啊」了一聲，有點懂了。

她放慢了語速，耐心道：「我在醫院，來看看阿姨。」

顧從禮沉默了。

幾秒鐘後，他低聲道：『我現在過去接妳，不准亂跑。』

時吟乖乖應聲：「好，我等你。」

她掛了電話，再回頭，白露已經恢復了之前的樣子。

唇邊掛著淺淺的笑，手裡捏著水壺看著她養的綠植，端莊又柔和：「是阿禮吧。」

時吟收起手機，「嗯」了一聲。

白露站在窗邊，動作頓了頓，輕聲說：「我對阿禮不好，」她低垂著頭，背對著時吟，沒回頭，聲音裡帶著顫抖，「我們都對他不好，妳要對他好。」

時吟待了一陣子，有護士過來看著白露吃藥，又看著她睡著。

她出了病房門，順著明亮的走廊漫無目的往前走。

總覺得，今天見到的顧璘和白露，好像跟她想像中的，不太一樣。

白露是知道的。

她清楚的知道自己現在的情況，她只是自顧自地把自己藏在那個封閉的殼裡，不想努力走出來，不想康復，也不想面對現實。

她說，清醒太累了。

她說，我對阿禮不好。

她一直在逃避。

時吟下了電梯，坐在醫院門口的大理石臺階上，看著前面小花園裡穿著病服的人。

在這裡的病人一般都是精神類疾病，無法單獨行動，旁邊都會圍著三兩個護士或者護工。

時吟看見一個看起來和她差不多大年齡的，二十多歲的漂亮女孩蹲在草地上，拽了一根青草往嘴巴裡塞。

旁邊的護士趕緊把她拉起來：「哎呀，這個不能吃哦。」

漂亮女孩仰著腦袋，眨眨眼，很認真地看著她：「妳沒看到這上面的花蜜嗎？我在採蜜。」

小護士耐心地拉著她的手：「妳把蜜蜂的食物搶走了，蜜蜂吃什麼呢？」

「我不是蜜蜂嗎？我是吃蜂蜜的啊。」

「妳不是，妳要吃米的。」

兩個人走遠。

時吟看著那個穿著粉白條紋病服的纖細身影被人牽著，一蹦一跳的消失。

這裡確實是個很舒服的地方，無憂無慮，也沒有那麼多紛紛擾擾。

能做個傻子，誰會願意清醒。

等了差不多半個小時，時吟抱著膝蓋快睡著了，忽然被人拍了拍腦袋。

她抬起頭，看見顧從禮站在她面前，居高臨下看著她。

時吟笑了笑，抬起手來去扯他的手：「你來啦。」

他抿了抿唇：「妳坐了多久？」

她歪著腦袋想了想：「不知道，好像也沒多久，阿姨睡覺了，我就出來了。」

顧從禮牽住她的手，初春天氣還沒完全暖和起來，大理石的檯面又冰涼，女孩的手指都涼涼的。

顧從禮將她小小的手整個包起來，時吟順勢站起來，跺了跺有點麻掉的腳，原地跳了兩下，才抬起頭：「你要不要上去看看？」

顧從禮換了個面，將她另一隻手扯過來，塞進自己風衣外套的口袋裡，往外走：「明天我再過來。」

時吟猶豫了一下，手塞在他的外套口袋裡，捏了捏他的指尖：「顧從禮。」

「嗯？」

「我覺得，你哪天好好跟阿姨聊聊天吧。」

顧從禮垂眸，看了她一眼：「怎麼了。」

「欸，」時吟撓撓腦袋：「也沒什麼，就是，感覺如果有機會你們聊一下，阿姨會好很多。」

顧從禮沒說話。

兩個人上了車，就在時吟以為他不會說話的時候，他才淡淡道：「嗯，好。」

時吟這次沒坐副駕駛座，從這裡到市區開車也要小一個小時，她跑到後座去，將車枕扯下來，和外套一起墊在車窗框上當枕頭，橫著坐在後面，準備睡個覺。

人靠在座位裡，她想了想，還是跟他說了：「我今天好像遇到叔叔了，我來的時候，他剛從病房裡面出來。」

顧從禮微勾起唇：「那我媽應該很開心。」

時吟沒有說話。

她想起幾個小時前看到的那個男人，西裝革履，一絲不苟，眼睛漆黑，看人的時候像是裝了什麼X光射線，冷漠得不近人情。

可是他笑起來，又頓時有溫柔覆蓋上眉眼。

反差太大，這種陰晴不定的，分裂的感覺，也跟顧從禮有點像。

不對，還是不像。

顧從禮溫柔多了，就算不笑的時候，也是清冷孤寂的溫柔冷月。

時吟忽然瞇著眼，兩隻手把著前面駕駛座靠背，從中間的縫隙探過身去。

顧從禮察覺到她的動靜，回頭。

女孩已經貼到他腦袋前，軟軟的嘴唇湊上去，吧唧親了他一口。

顧從禮愣了下。

等他反應過來，時吟已經飛速竄回去坐好，打了個哈欠，縮了縮肩膀，靠進座位裡，安安穩穩地閉上了眼睛。

在家作息規律，時父和時母起得早，一起來時母就要去掀她被窩，時吟連續幾天早上七點多鐘起床，嚴重和她平日裡的起床時間不符，到了這會兒，午覺時間，一上車就開始打哈欠。

車子開到一半，顧從禮回頭，看見她腦袋歪著靠在玻璃窗上睡得迷迷糊糊的，將車門落了鎖，又把旁邊自己的外套扯過去，蓋在她身上。

衣領擦到她的下巴，有點癢，時吟皺著鼻子，嘟囔著扭過頭去，抬手抓了抓下巴，小半張腦袋縮進風衣外套裡，一直蓋到了鼻尖。

顧從禮又把空調溫度調高了一點。

時吟稿子交完，暫時休息了一段時間。

忙過了這一段，插畫的稿子也交掉，她過上了朝五晚九的生活——每天早上五點睡。

相比顧從禮，她看起來真的像個遊手好閒的家裡蹲。

時吟第三次拒絕了顧從禮慫恿她搬到他家去和他一起住的邀請，顧從禮索性也不叫她去了，直接到她家來，一三五二四六，隔個兩三天就到她家來住個兩三天，每次帶套衣服過來，再帶點東西過來，沒幾天，就到處都是他的東西了。

她租的這個不到十坪的小臥室，被兩個人的東西塞得滿滿的。好在相對的，顧從禮很愛乾淨，家裡的家務現在都是他來做了。

雖然以前好像也是他做的。

時吟原本以為，顧從禮是只做著主編要做的那些事情，真的待在一起才知道，他有那麼多的事。甚至還有一個什麼跟大學朋友一起，合夥開的公司，有些決策上的事情也是由她來處理。

時吟確定了自己確實像個遊手好閒的家裡蹲，這讓她有點失落，她原本覺得漫畫編輯那點死薪水，她是比顧從禮賺得多的，賺得多，那就有更多的話語權，她在家裡才是說的算的那個。

結果發現並不是，人家還有小副業呢。

某天晚上，時吟切實地表達了自己的不滿，在顧從禮抱著筆電靠在床上劈里啪啦敲鍵盤的時候，她手腳並用爬上床，抽掉他的電腦，放在一旁。

顧從禮抬起眼。

時吟坐在他身上，抬手捧著他的臉，讓他看著她：「你怎麼有那麼多工作啊。」

顧從禮的臉被她捧著，微微變了形，但是這絲毫不影響他冷淡的表情：「還好。」

時吟手上力氣加大了點：「你天天求著我跟你同居，就是讓我看你工作的？」

顧從禮微揚了下眉：「我得克制，妳那都腫了。」

「……」時吟臉紅了。

「變態。」她罵他。

顧從禮輕輕笑了一聲，抬手，將她抱在懷裡，時吟側著頭貼著他的胸膛，聽著他的心跳聲。

沉穩地，一下一下，有力的跳動著。

她趴在他身上，像隻乖巧的小貓咪，軟聲叫他：「顧從禮。」

「嗯。」

「你以後不要做那麼多工作，你賺那麼多錢，我就沒有成就感了。」

顧從禮勾起她一縷長髮，指尖一圈一圈的纏繞，順從問道：「嗯？怎麼沒有成就感了。」

時吟抬起頭，下巴擱在他胸膛，揚起眼看著他：「一個家裡肯定是能賺錢的那個說話比較有管用，你如果太有錢，那你以後就不聽我的了。」

顧從禮顯然沒理解她的腦迴路，微頓了頓：「在妳家，叔叔和阿姨誰做主。」

時吟想了想：「我媽。」

「誰聽誰的話？」

「我爸聽我媽的。」

「那誰賺得多。」

「我爸。」

顧從禮拍了拍她的腦袋：「那我們也一樣。」

時吟沉默了一下，腦袋撐在他胸口，一晃一晃的：「不一樣的，我爸傻，你又不傻，我當然算計不過你。」

她說完，抬手去拽他的耳朵。

他總喜歡拽她的耳朵。

他的手指大概是有什麼魔力，每次他手一伸過來，酥酥麻麻得發癢，時吟曾經偷偷自己私底下也拽過，把自己耳朵拽得通紅，也沒有那種很讓人難以啟齒的感覺。

時吟指尖捏住他薄薄的耳垂，揉了揉，又順著耳廓摸上去，揪了揪他的耳朵尖。

也沒發現有什麼好玩的。

「好玩嗎？」

「不好玩。」她撇了撇嘴，撒手，撐著他胸口直起身來，還沒撐起來，又被人扣著腰和後頸按下去。

時吟叫了一聲，胸口結結實實壓在他身上，撞得有點難受。

她整個人趴在他身上，人在水裡似的撲騰了兩下，被顧從禮壓住。

他的聲音在她頭頂，低緩微啞，暗示意味很足：「留點力氣。」

時吟：「……」

時吟感覺她就像是一張大餅。

整個人癱在床上，翻過來，掉過去，翻過來，掉過去，撒上芝麻加點鹽，再捲個馬鈴薯絲，中間夾根烤香腸。

第二天，顧從禮神清氣爽去上班。

走之前還進來親她，叫她起床，讓她把早飯吃了再睡。

時吟覺得像是去健身房騎了一宿的動感單車，大腿內側的肌肉都在抽搐。

恨他恨得咬牙切齒，隨手拽了個枕頭就丟過去了，軟著身子裹在被子裡張牙舞爪揮舞著她的細小手臂：「你趕緊到三十歲吧！」

時吟想，等他三十歲以後不行了，開始走下坡路了，她一定天天晚上狠狠地勾引他，然後看著他力不從心的樣子放一串五百響的鞭炮。

一覺睡到十點多，還是被一通電話吵起來的。

時吟迷迷糊糊地從枕頭旁邊摸起手機來，「喂」了一聲，聲音睏倦，帶著濃濃的睡意。

男人大著嗓門在那邊嚎：『時吟！天快黑了！還他媽睡！妳是豬嗎？』

「……」時吟眯著眼打了個哈欠：「哪位。」

『我！妳的苟敬文哥哥！』

剛睡醒，她反應有點慢，過了幾秒，才慢吞吞地反應過來，想起這個人：「二狗啊，什麼事。」

苟敬文那邊聲音有點雜，不過什麼聲音都掩蓋不住他的大嗓門：『我不是外派到北方去了，這個月剛回來，明天出去吃一頓啊，』他忽然一笑，嘿嘿嘿，羞澀得讓人毛骨悚然，說話也帶上了一股北方味，『順便跟妳介紹一下我老婆。』

時吟腦袋埋在枕頭裡，人清醒了一半：「你出去一年婚都結了？」

二狗笑得更羞澀了，嘿嘿嘿：『沒呢，明天訂婚宴。』

時吟從床上坐起來，趕緊道恭喜。

二狗像個嬌羞的女孩子，跟她海誇了一頓他老婆，最後不忘補充：『我昨天打好幾通電話，同學現在都有伴了，就剩妳了，時大班花，知道妳人美眼光高，不過過去回不去，人要展望未來，該放下的人我們就放下吧，下一個更乖。』

「啊？」時吟有點茫然。

她靠在床頭，一側頭，看見顧從禮放在床頭的水，還有乾淨的睡衣。

昨天那件已經被蹂躪成一團，不知道跑到那個角落裡了。

二狗那邊頓了頓，忽然壓低了聲音：『我們高中關係也算鐵了，妳瞞得了別人瞞不了我，說實話，之前那次同學聚會，我看見顧從禮還挺怕的，生怕妳有什麼過激反應。這秦研怎麼把他帶去了呢，我是真沒想到他們能湊到一起，不過妳也看開點，妳看那顧從禮長得一臉性冷淡的樣子，說不定他們也不太和諧呢。』

「……」時吟清了清嗓子，平靜道：「二狗，我有男朋友了。」

二狗一愣，發出鴨子一樣的笑聲，嘎嘎嘎嘎：『怎麼回事啊，鐵樹總算開花了啊，明天必須帶過來給我見見，聽見沒？帶過來！哥哥幫妳看看面相。』

說到一半，又頓了頓，擔憂道：『妳男朋友長得怎麼樣，我上午打電話給秦研，她也說明天要帶伴過來的，我肯定是私心偏向妳的，但是妳新歡舊愛顏值不能差太多啊，我們顧老師那張臉確實能打啊。』

「……」

時吟不知道到底是什麼給二狗的執念，讓他覺得顧從禮就是跟秦研在一起了。

明明一年前那次遙遠的同學會，顧從禮和秦研也沒有太多的親密互動。

好像是沒有……吧。

行吧，顧從禮那種人，肯跟著一個女人去什麼同學聚會，這本來就是一種默認行為了。

想到這裡，時吟火氣又上來了，一邊默默記了他一筆，想著晚上一定要找他問問清楚，嚴刑拷打一下。

她端起床頭的水杯，喝了兩口潤潤嗓子，微笑開口：「我男朋友的顏值，當然比顧老師能打的。」

苟敬文訂婚宴這天，時吟做了三個小時的造型。

雄赳赳氣昂昂，母雞中的戰鬥機。

她去弄了個三百倍柔順的頭髮，帶著一點點捲不太聽話的額髮乖巧服帖，然後使出自己渾身解數，畫了一個登峰造極的妝。

都說好的化妝師一定是有畫畫基礎的，人像要很好，時吟人像是最當年學的最好的，人物面部的陰影得心應手，考慮到秦研現在是小花旦了，肯定是有專業的化妝師和助手的，時吟用處了渾身解數。

末了，拿到顧從禮送來的衣服，對著胸口的地方發了一下呆。

時吟考慮著要不要多墊兩個胸墊。

正拿著兩個往自己胸前比劃的時候，顧從禮忽然開門，進了臥室。

時吟手還按在自己胸上，錯愕地抬起頭。

顧從禮站在門口，平靜的看了她三秒，看起來沒什麼異樣。

反倒是時吟先反應過來，臉紅了，唰地把胸墊塞進櫃子裡，摔上櫃門，瞪他：「你進來怎麼都不敲門的？」

顧從禮微挑了下眉。

時吟很凶：「這是我的閨房，少女神聖的私人空間，你別以為你是我男朋友就可以隨便進的啊。」

顧從禮四下掃了一圈，看著這個到處都是他的東西的私人空間，點了點頭，雲淡風輕說：「妳昨天在妳神聖的私人空間的床上哭著求我不——」

他說到一半，時吟叫著飛撲過去鑽進他懷裡，兩個手臂舉起來嚴嚴實實地捂住了他的嘴。

顧從禮順勢將她抱住，垂眸。

她瞪著他，氣惱又羞恥：「閉嘴！」

顧從禮眸光淡淡，染上笑意，嘴巴被她捂著說不出話，低低「嗯」了一聲。

時吟放下手，退後了兩步，剛要趕人，又想起來什麼，上上下下打量他一圈。

她用批判的眼光在他身上來回掃視，發現這個男人確實過分，挑不出什麼需要改進的。

從眼睛鼻子嘴，到身材氣質衣品，全是能一槍擊中她少女心，完全符合她審美的地方。

情人眼裡出西施，時吟看不出哪裡需要她下手，扯著他出了門。

兩個人到酒店門口，顧從禮剛停下車，時吟忽然探身過去，拍在他臉上：「顧老師，你要給我爭氣。」

顧從禮很聽話：「嗯。」

她才又想起來，忘記問顧從禮秦研的事情了。

車子停在門口，泊車的小哥哥還站在那裡等著，時吟率先開了副駕駛車門下車，等顧從禮過來，兩人進了門。

二狗今天也穿的人模狗樣，他個子矮，未婚妻比他高，看起來溫溫柔柔的姐姐，兩個人遠遠的站在宴會廳盡頭，正在跟人說話。

時吟沒叫他，和顧從禮進來，有人先喊了她的名字。

她回過頭，看見高中時期的同班同學。

同學過來跟她說話，上次同學聚會這人沒來，很多年不見，男同學目露驚豔：「真的是妳啊，我剛剛都差點沒認出來，」他拉開自己旁邊的那張椅子，笑出一口大白牙，「妳坐這裡啊，這桌剛好都是我們班的。」

顧從禮輕飄飄地瞥了身邊的女孩一眼。

確實是漂亮，長腿細腰杏眼櫻唇，稚嫩的氣質被三個小時的昂貴造型抹了個七七八八，整個人顯得純真又嫵媚。

顧從禮不動聲色地往她身前站了站，遮住男同學一半視線，俯身在她耳邊問：「這酒店空調強，冷不冷？」

時吟轉過頭去，自己感受了一下，連點冷風都沒察覺到，茫然地搖了搖頭：「不冷呀。」

顧從禮淡淡直起身，「哦」了一聲。

他這麼一問，倒是把整桌人的視線都吸引過來了，一桌子的高中同學，神情各異。

顧從禮在實驗一中那年是畫室老師，他那個時候也剛畢業沒兩年，還不是正式教師。實驗一中雖然說是美術實驗基地，但是畫室和學校內部還是分開管理的，大多數同學跟他沒有關係。

但是顧從禮有名，因為他長得好，全校都知道畫室那邊有個小帥哥。

後來出了事，其實所有見過顧從禮，和他相處過的人都覺得大概是個誤會。

這個人骨子裡的冷漠，只要是親眼見到過的，都會明明白白的感覺得到不是假裝的。

只是高中生涯裡，平淡無奇的日常出現了這種調劑，所有人都不在乎它的真假。

那時候年紀小，不懂得謠言會造成多大的影響，覺得自己就是個看熱鬧的，後來也漸漸懂了生活，才明白其實最可怕的傷害早就在自己懵懵懂懂的青春時期造成了。

所以男同學在看見顧從禮出現在這裡的時候，其實是有點心虛的，心虛完了，又覺得鬆了口氣。還好他現在還是很好。

只是好就好吧，怎麼還跟時吟一起出現了呢。

男同學有些傻眼，他之前明明在群裡看見有人說，這顧天仙被秦研拿下了，還帶出去吃飯了。

想著曹操曹操到，訂婚宴這邊開始，眾人也就沒再說什麼，時吟和顧從禮落座，秦研姍姍來遲。

高中同學這邊坐了三桌，實驗班兩桌，剩下一桌都是二狗認識的別的班的，秦研不是實驗班的，本來不在這邊，但是那邊的桌子坐滿了，只剩下顧從禮旁邊一個空位。

小花旦還是穿紅，帶著大大的墨鏡，隻身一人進來，時吟往後看了一眼，沒看見有別人進來。

落座，顧從禮左手邊坐著時吟，右手邊坐著秦研，實驗一班原本就寂靜的氣氛顯得更加寂靜。

當年實驗一中他們這個年級，男生私底下暗搓搓選出的兩個級花，實驗班的時吟，和普通班的秦研。

男同學偷偷摸摸往這邊瞥了兩眼，又看看面不改色坐在中間的顧從禮，暗嘆：「好豔福。」

好些人已經控制不住自己的八卦之魂了，眼睛都發亮看著這邊，問題堵在嗓子眼裡思考著什麼時候往外吐，就這麼看了十分鐘以後，發現不用吐了。

行動和眼神，都騙不了人。

整個過程中，顧從禮的眼睛就像長在左邊了一樣，時時刻刻關注著時吟要吃什麼，一眼都沒往秦研那邊看，就像是完全不認識她一樣。

秦研倒是不怎麼介意的樣子，只坐下來的時候打了聲招呼，剩下的時間都很平靜。

秦研確實是喜歡顧從禮的，今天過來看見這兩個人，心裡也確實不是滋味。

但是人到了這個年齡，進了娛樂圈，很多事情都不太一樣了。

她喜歡什麼樣的男人現在無所謂，什麼男人能讓她紅，好像比喜歡這種縹緲的東西要重要得多。

而且，她很久以後才想明白，也許顧從禮對她從來不感興趣。

兩個人一年前那次相遇以後他的配合，甚至願意和她一起去同學聚會，並不是因為她，他的目標大概一直另有其人。

時吟第一次參加身邊同齡朋友的訂婚宴，感受到了事情有多少，二狗忙得腳不沾地，只來得及過來打了兩聲招呼，人正要走，掃到時吟的時候目光一頓，腳步硬生生停住了。

他的視線落她旁邊顧從禮的身上，脫口而出一句髒話，被旁邊的未婚妻偷偷地擰了一下手臂。

二狗嗷的一聲，哀怨側頭看了一眼，聲音可憐兮兮地：「老婆，輕點。」

女孩子笑得燦爛：「不好意思啊，你們就當沒聽見。」

時吟也笑咪咪地：「怎麼樣，我男朋友顏值確實比顧老師能打啊。」

二狗你你你了半天，一句話都沒說出來，最後恍惚地擺了擺手，朝她豎起大拇指：「您強，我敗了。」

時吟心裡的一口鬱氣這才散了，一直被別人以為自己的男朋友和另一個女人有一腿，這事會讓人特別鬱悶。

可是看著秦研毫無爭鬥欲望的樣子，時吟又覺得是不是自己太小心眼了。

但是在意就是在意，不會因為情敵的淡定就變得釋然了。

訂婚宴一結束，兩人開車回家，一上車時吟就湊過去，低聲問他：「顧老師，我有一個問題，你要坦白從寬抗拒從嚴，如實回答。」

她一般開始吃醋的時候，都是以這句話作為開場白。

顧從禮無聲彎起唇：「嗯，妳問。」

「就很早之前，一年前的那次同學聚會，你為什麼會跟著秦研一起過去？」

顧從禮瞥她一眼：「一年以前的事情，妳現在才問。」

時吟撇撇嘴：「本來忘了，但是最近這個人又出現在我的視線裡，我就又想起來了。」

顧從禮緩聲道：「我也忘了是因為什麼。」

他這明顯一副準備糊弄她不想說實話的樣子，讓時吟睜大了眼睛，越來越覺得他是因為心虛，抬起手來食指指著他鼻尖，怒道：「你是不是本來想泡的是秦研，結果人家沒看上你，你就退而求其次了？」

因為他三十歲了，該找個結婚對象了。

好像能說得通。

時吟很憤怒。

憤怒完又納悶：「還會有女人看不上你？」

顧從禮看著她，眼神奇異，似乎在驚嘆她的腦迴路到底是怎麼構成的，頓了頓，將她指著他的食指拽下來低聲道：「除了妳，沒有別的女人看得上我。」

時吟大怒：「你果然是拿我將就的！」

他終於忍不住輕輕笑了一聲，拉著她的手指湊到唇邊吻了吻，又輕輕咬了咬，聲音平緩溫柔：

「時吟，我會去，是因為妳在那裡。」

時吟一畢業就選擇了漫畫家這個職業，最開始，顧從禮也不知道是好還是不好。

她家庭幸福美滿，學生時代簡單，就像她說的，她這輩子遇到的最大的挫折就是他，畢業以後選擇了自由職業，做事工作全部都隨性而為，沒有經歷過職場，也沒有被社會浸染。

她機靈又純真，看問題通透卻也迷糊，是真的二十幾年來活得都簡單，乾淨的像一張潔白的紙。

顧從禮是墨，他從小到大看透了太多人性醜惡的一面，很久以前看見那些擁有幸福家庭的同齡人，他也會想，上天是對他不公平的。

可是現在，他又覺得，這像是神對他的恩惠。

這大概也是一種冥冥。

她沒見過的污濁，他來替她看。

她不知道的那些挫折和黑暗，他都替她經歷。

神讓他感受這個世界雙倍的惡意，他願本該屬於她的那一份苦難轉移，讓他獨自一人承擔。

如此，她便可只看得到光。

五月的這天，時吟接到了無數個電話。

先是林佑賀的，校霸大佬聲音低沉，語氣聽起來還是那麼不耐煩，沉默了兩分鐘，就在時吟亂想著這個人不會是來跟她借錢的吧，才聽見他冷硬地吐出了兩個字：『恭喜。』

時吟「啊？」了一聲，沒來得及說第二個字，蘋果糖老師把電話掛了。

時吟舉著電話乾瞪眼，沒反應過來，電話又響了。

這次是個陌生的電話號碼，時吟接起來，禮貌的問了聲好。

『時一老師，恭喜妳了。』女人的聲音輕輕淡淡，十分舒適好聽，有一點耳熟，卻讓人一時間想不到是誰。

她笑了一聲，自我介紹：「我是林語驚，之前年會上見過一次。」

時吟想起來了，之前那個紅裙姐姐。

後來她問了顧從禮才知道，這個人真的是搖光社的BOSS。

只不過這個BOSS是個甩手掌櫃，高薪雇傭了一大堆人才來管理公司，自己幾乎什麼事情都不管的，每年只有在年會聚會各種活動或者員工旅遊中才會出現，玩票的。

她又「啊——」了一聲，盤腿坐在沙發裡：「謝謝，」時吟頓了頓，有點遲疑，「不過，恭喜什麼？」

林語驚也沉默了，片刻她笑道：『這個我覺得不應該我來告訴妳，妳問顧從禮吧。』

時吟：「……」

兩個人說了幾句話以後，通話掛斷，時吟將林語驚的手機號碼存進通訊錄，看了看時間，剛想給顧從禮打個電話，手機鈴聲又響了。

梁秋實聽起來興奮到不行，一接起來就開始嚎叫：『老師！老師！恭喜妳啊！』

「……」時吟盤腿往沙發裡一靠，終於忍不住了：「你們到底在恭喜我什麼啊！」

梁秋實平時也是個穩重的小男生，有一點點這個年紀的年輕人獨有的那種性格和耍帥的，喜歡裝深沉，此時卻是難掩雀躍：『動畫呀！老師，您會參與製作嗎？CV呢？』

時吟一愣，今天第三次：「啊？」

梁秋實那邊已經在搭配製作班陣容了，他劈里啪啦說了一大堆，時吟聽得頭都暈了，連忙喊停：「不是，動畫是什麼意思啊？我嗎？」

『《鴻鳴龍雀》啊，不是準備談動畫化了嗎？不過老師，您這本雖然已經畫了一年了，但是內容還是有點少，感覺要再等等這個專案才會開始籌備吧，或者加一些原創的支線劇情進去？』

時吟聽懂了，就是《鴻鳴龍雀》要動畫化。

可是她自己，一點都不知道。

如果只是梁秋實或者林佑賀來，時吟還會覺得是個惡作劇什麼的，但是連林語驚都打了電話過來，那這個惡作劇也太真實了。

時吟十分懷疑：「你怎麼知道的？」

『妳不是介紹了我去賀哥那裡做助手嗎，剛剛才聽他說的。』

時吟想起來了，梁秋實以前是只當她一個人的助手的，時間上有的時候也有空閒，時吟就讓他去了林佑賀那裡，跟著不同的漫畫家可以學到不同的東西。

「所以，他是怎麼知道的？」

『好像是西野奈老師告訴他的，之前聽到他們在聊天。』

「……西野老師又是怎麼知道的？」

『西野奈老師的工作室最近不是在跟搖光社談合作嗎，好像是那邊管理層說的吧。』

時吟：「……」

所以說她自己的作品，她確實是最後一個知道的？

時吟掛了電話以後整個人還有些恍惚，心臟砰砰砰越跳越快，指尖發涼，手忍不住在抖，飛速打了個電話給顧從禮。

對面一接起來，她嗷地一聲：「顧從禮！」

『……』電話那頭，顧從禮看了時間一眼，她應該起床沒多久：『怎麼了？』

「《鴻鳴龍雀》那個動畫化是怎麼回事？我不知道！他們都來找我，結果我什麼都不知道？」

『嗯，我本來打算今天晚上回去跟妳說這個，要問一下妳的意見。』

「不用問了。」時吟乾脆道。

顧從禮：『嗯？』

時吟斬釘截鐵：「就這樣吧，趕緊、趕緊，他們如果資金方面有問題我親自出錢。」

顧從禮：『……』

整個下午，時吟又接到了很多個電話、訊息、社群，各種社交軟體上面的消息。

精力了一下午反覆對話，時吟已經從最開始的那種亢奮心情裡走出來，當電話再次響起來的時候，時吟面無表情地接起來，麻木而熟練道：「謝謝謝謝。」

她說完，對面好半天沒聲音。

沉默得很怪異。

時吟把手機拿開，看了一眼上面的來電顯示，是一個不認識的號碼。

她重新放到耳邊，剛好聽見那邊男人開口：『妳好，我是顧璘。』

時吟手一抖，手機差點沒掉下去。

瞪大了眼睛看看手機，確定自己確實沒有聽錯，時吟結結巴巴道：「您、您好……」

顧璘怎麼知道她的手機號碼這種事情她根本沒想過，顧從禮本來就已經神通廣大到無所不知了，他老子怎麼可能比他差。

男人似乎聽出來了她聲音裡的緊張，聲音很平和：『時吟小姐今天有時間嗎？我想請妳吃個飯。』

好像沒有哪裡不對。

時吟卻莫名感受到了一股壓力，就好像他說的話她完全無法拒絕。

她知道顧從禮不喜歡，他看起來似乎完全不想讓時吟接觸到他父親這邊，不想他們有絲毫聯絡。

可是如果想和他一直走下去，逃避也不是解決的辦法。

總有一天，這些事情都是需要面對的。

顧璘訂了家私房餐廳，時吟到的時候他已經在了，四周安靜，隱蔽性極好，男人遠遠坐在背對著門口的位置，依然是一身黑色的筆挺西裝，頭髮從後面看也一絲不苟。

時吟走過去，微微點了點頭：「您好。」

顧璘抬起頭，上次匆匆一瞥，今天見到，時吟忍不住再次感嘆，他真的很年輕。

時吟猜測他應該是比時父年紀要稍大一些的，但是時父現在眼角已經有皺紋了，一笑起來尤其明顯，很是和藹可親的樣子。

雖然他很少笑。

她原本來的路上還一直有點緊張，不知道顧璘單獨找她出來是準備幹什麼，結果人到這裡以後，反倒淡定了。

隨便他想說什麼呢，反正顧從禮也不聽他的。

如果他像言情小說裡那種套路，給她一張一千萬的支票讓她離開他兒子呢？

那她就讓顧從禮，把他那套市中心的大房子房產證明上寫上她的名字。

畢竟她接下來馬上就要為了他放棄一千萬的支票了呢。

時吟打起精神來，已經做好了不被金錢和利益誘惑，全心全意捍衛自己的愛情的準備，顧璘輕輕笑了一聲：「不用緊張，今天我就是來找你聊聊天，作為從禮的父親。」

這就來了。

時吟打起了精神。

「妳和從禮什麼時候認識的？」

這個問題問得好。

非要說起來的話，七、八年前吧。

「去年春天遇見的。」時吟保守地說。

去年春天，他當主編，兩個人重逢，也沒有哪裡錯。

顧璘面色不變，優雅地切著牛排，忽然轉了話頭：「從禮從小就跟別的孩子不一樣，懂事早，很小的時候就很沉穩。」

時吟不知道他想說什麼，只沉默聽著。

顧璘繼續說：「他像我，性格和我特別像，我其實是高興的，他可以很優秀，他的能力和才智遠勝於很多人，甚至勝過我。我手把手培養他，我對他寄予厚望，可是他討厭我，我不知道為什麼。」

他似乎是真的很困惑，抬起頭，歪著腦袋看著時吟：「我難道不是為了他好嗎？我可以讓他成長為人上人，變得更優秀，他明明跟我那麼像，可是他一直更喜歡他母親。」

「顧叔叔，顧從禮跟您不一樣，」時吟認真地看著他，「他是懂得什麼是愛的。」

顧璘的眼神平靜：「他是我的兒子，我當然也是愛他的。」

時吟垂下眼：「您只是愛您自己而已。」

顧璘沉默了，半晌，突然開口：「如果沒有妳，從禮會成功，會跟我一樣，而不是像現在這樣容易滿足。是妳毀了他。」

時吟聞言，突然想起，很多年前遇見的那個顧從禮。

他當時的眼神，是不是也是這樣的，冷漠得近乎無情，甚至不見情緒的起伏，對萬物都漠然。

如果她當初沒有能夠鼓起勇氣走近他，是不是現在的他也會變成顧璘這樣，無欲無愛的活著。

「白露阿姨沒能毀了您嗎？」時吟輕聲問他。

顧璘一怔：「什麼？」

女孩看著他，漆黑剔透的杏眼溫和又安靜：「您不愛白露阿姨，為什麼還要和她結婚呢？」

顧璘微皺了下眉，似乎對她的話很不理解：「我們門當戶對，她是很好的結婚對象，」他頓了頓，神情淡淡的，「如果她沒有一直莫名其妙的胡鬧，我們的婚姻可以很成功，我對她很好。」

時吟說不出話來了。

他說起婚姻來，就像是談一場生意。

這個男人的眼睛是沒有溫度的。

她看懂了，他一定不會被任何事物影響，他做的每一件事也都是有著自己的目的性的，不會有絲毫猶豫，也不為任何人停留。

說白了，這段婚姻裡，兩個人過於不般配，錯的人和錯的人結合，塑造出的只有悲劇。

白露想要純粹的，毫無瑕疵的愛情，而除了這個，顧璘什麼都能給她。

白露那樣的女人，在得知對方不愛以後，無論對方有多麼的滴水不漏，也根本沒有辦法做到粉飾太平維持婚姻。

於是爭吵，或者無理取鬧，或者歇斯底里，到今天的地步。所有的這些都只不過是因為，她想要得到對方多一點點的，哪怕一點點的在意和愛而已。

但他給不了。

時吟不知道顧璘在這場悲劇裡到底算不算是罪惡的那一方。

說錯，其實他並不是真的有什麼錯，天性如此罷了。

甚至，時吟覺得顧璘是可憐的。

他終其一生都沒能被誰毀掉，沒能遇見那個能夠讓他心甘情願停留下來的人。

顧從禮效率很高，《鴻鳴龍雀》動畫化這件事情很快確定下來，《赤月》官方公布了這個消息，時吟分享了。

行業內很多人紛紛分享恭喜，時吟久違地收到了韓萏的訊息。

韓萏之前在和顫慄的狸貓打官司，涉及到家庭暴力和智慧財產權保護這方面的官司本就不太好打，拖拖拉拉到現在將近一年，最近才好不容易有了點進展。

韓萏現在字裡行間看得出比之前狀態好了很多，甚至很活潑，兩個人聊了一下，約定好等她那邊的事情解決了以後兩個人合作創作，韓萏寫腳本，時吟來畫。

她的寫作和推理方面的能力確實是神賜的天賦。

動畫化的消息也帶動了漫畫連載以及單行本的銷量，一個月後，《鴻鳴龍雀》單行本加印一萬冊，一千套簽名版。

時吟的《ECHO》從來沒有加印過，上市至今不過幾個月的時間，時吟開心得抱著顧從禮在床上打滾：「啊啊啊啊啊，我加印了！我厲害嗎！」

男人的睡衣被她拽得亂七八糟的，依然很淡定，雲淡風輕：「厲害。」

不需要任何言語，他的冷靜就是對時吟最冷的一盆冷水。

但是現在別說一盆了，幾桶都澆不滅她開心的火花，抱著他笑咪咪地：「欺岸老師動不動就加印個三五億本，我們這種小透明一萬冊的開心你當然不懂了。」

顧從禮垂眸：「妳現在準備捧殺我了？」

時吟捧起他的臉，鼻尖蹭了蹭鼻尖：「哪裡，這是我對欺岸老師的崇拜。」

顧從禮抿了抿唇，忽然道：「時吟，那些漫畫妳少看點。」

時吟歪著腦袋：「那些漫畫是哪些，你畫的那些嗎？」

顧從禮淡淡「嗯」了一聲。

欺岸這個名字是他的陰暗面，他曾經所有的不為人知，都可以由欺岸，透過手裡的畫筆發洩出來。

這些東西，他希望她越少接觸越好。

時吟卻依然笑咪咪地：「欺岸老師，你自己畫完的東西自己會看嗎？」

她的髮梢掃過他的脖頸，有點癢，顧從禮喉結滾了滾，抬手勾起她的長髮：「不會。」

她忽然坐起身來，盤腿坐在床上，雙手撐著床面看著他：「我第一次看到欺岸的那本《沉睡之日》的時候，覺得這個漫畫作者畫的東西都好可怕。」

顧從禮眸色暗了暗：「所以別看了。」

「後來長大了以後又看了一遍，忽然覺得是個治癒的故事，我覺得很好，好人不會盲目善良，壞人也不都是陰暗的。」

背著光前行的人有陰影遮住前路，反之亦然。

骯髒泥濘的沼澤裡也能長出潔白無垢的花，人也如此。

無論多麼罪惡的人，在他們的靈魂深處，有某處一定還依然是鬱鬱蔥蔥的，生機勃勃，像稚嫩的幼苗拼命掙扎著想要破土而出。

時吟眨眨眼，繼續說：「當時就覺得，能畫出這樣的故事的人，內心一定很溫柔。」

《鴻鳴龍雀》上次的簽名版是印刷廠那邊把扉頁紙寄過來，時吟直接在紙上簽完，然後再寄過去滾膠裝訂的，這次加印的那一千套簽名版直接裝訂成冊，時吟自己去印刷廠簽。

因為上次海報的事情，她已經跟印廠那邊的負責人已經很熟了，顧從禮那天沒和她一起，印好的書整整齊齊碼在檯面上，需要簽名的一共有一千本。

因為前兩天就印好了，所以沒在廠內，放在印刷廠西邊的一個單獨獨立的小庫房裡，印刷廠的工作人員將她帶過去，時吟一個人坐在裡面，對著那滿滿的一檯面的書，內心十分絕望。

整整一千本，要簽到什麼時候。

還好她的筆名還是比較好寫的，時吟想了一下欺岸的筆名，筆畫那麼多，簽起名字來得有多痛苦。

不過欺岸大大那個咖位，可能就簽個一百本吧。

再想想甜味蘋果糖。

五個字。

時吟頓時心情舒暢，拿起筆來夾在指尖，開始滑手機。

拖延症這種病症，在各個方面上都有體現。

滑了一個小時社群，眼看著快兩點了，時吟終於放下了手機，打開手機裡的音樂播放機，塞好耳機，開始簽名。

抽過來一本，簽好，再整整齊齊地放到一旁。

機械地重複著這個動作不知道多久，時吟小拇指邊緣被紙磨得通紅，一長條的凹字型庫房，牆角牆邊都堆得滿滿的書和紙張，只有中間一張巨大檯面坐著她。

無聊，寂寞，又淒清。

她開始後悔了，就應該把顧從禮也叫來陪她一起簽，還能跟她說說話。

時吟趴在桌子上握著筆唰唰寫字，忽然聞到了一股爆米花的味道。

一開始，時吟以為是自己的錯覺，大概是印刷廠的油墨味，後來那味道越來越重，哪裡是爆米花味，像是紙張被點燃了的味道。

她臉色微變，抬起頭，鼻子動了動，庫房的另一頭隱隱冒著煙，一點一點飄過來，味道嗆鼻。

時吟唰地拽下了耳機，站起來往那邊跑。

堆在角落裡的紙已經燒起來了，因為剛好在凹陷的地方，時吟坐在中間根本看不到，如果不是聞到了味道，就只會在它燒過來的時候才會發現。

時吟顧不上別的，一邊大聲喊人一邊往門口衝過去，偏偏門也在那頭，她剛跑過去，門口一直堆到天花板的一摞紙被燒了一半，顫顫悠悠地倒下來。

時吟尖叫了一聲，飛快躲開往後跑。

黑煙滾滾，火星舔著紙張唰地竄得老高，深紅色的門被掩在火焰後面。

旁邊都是易燃物，火勢很快，不過幾分鐘的功夫，溫度開始升高，烤得人眼睛發幹，臉頰熱燙，彷彿連衣服都要被點燃了。

眼看著火苗順著牆邊的紙多米諾骨牌似的一排一排蔓延過來，時吟閉上了嘴巴，儘量屏住呼吸，往庫房盡頭視窗跑過去，猛地推開窗戶。

窗上都有鐵欄杆護欄，新鮮空氣進來，煙霧往外跑，就那麼一眼，她看見有人影一閃而過。

時吟顧不上去看，轉過身來飛快四下找了一圈，跑到牆邊打開滅火器箱抓起滅火器，拉掉保險栓，捧在懷裡對著門口火勢最猛的地方狂噴。

火勢太快，小小的滅火器收效甚微。

外面噪音越來越大，有人大喊著她的名字，時吟丟下滅火器捂緊了嘴巴蹲在地上回應了一聲火焰已經蔓延到屋子裡大半，她桌上剛簽好的一摞摞簽名被火舌舔到，瞬間竄起火苗燃燒。

濃煙爭先恐後地竄進嘴巴和鼻腔，身體被熱氣滾得像是要被點燃了，時吟被嗆得拼命咳嗽，然後聽見「嘭」一聲巨響，有人撞開了庫房的門。

時吟蹲在地上抬起眼，迷迷糊糊地看著他衝過火舌朝她跑過來，周身席捲著雪花般的——乾粉滅火劑。

時吟忍不住，噗嗤一聲笑了。

顧從禮抱起她衝出了門，門口全是拿著滅火器的員工，消防員來得很快，她人縮在他懷裡，咯咯地笑。

他垂下頭，抿著唇看著她，聲音緊繃：「有沒有哪裡被燙到。」

時吟搖了搖頭，繼續笑：「沒有。」

顧從禮不說話了。

時吟抬起頭。

男人像是忽然之間脫了力一般，身體一下塌了下來，只有抱著她的手臂緊緊地，死死地將她扣在懷裡。

時吟抬手輕輕戳了戳他繃得直直的唇角，輕聲說：「我沒事，還好你來的快，對啊，你怎麼這麼快啊？」

「覺得妳自己會無聊，就過來了。」

消防來得很快，一個穿著橙色衣服的小哥看見他們吹了聲響亮的口哨：「兄弟，有事的話去醫院抱，沒事就回家抱吧，啊！」

時吟臉紅了，兩條腿蹬了蹬，小聲說：「你先放我下來呀，我真的沒事。」

顧從禮不說話，沉默地將她放下。

時吟腳落地，剛站穩，他忽然抬起手臂，將她抱在懷裡。

他用的力氣太大了，箍著她生疼，感覺整個人像是要被鑲嵌到他懷裡去了似的，頭顱低垂，灼熱的鼻息噴灑在她頸間。

時吟抬手，環住他的腰。

顧從禮忽然開口：「時吟，」他聲音沙啞，帶著一點不易察覺的顫抖，「以後我不在，妳哪都不許去。」

儘管時吟已經再三強調了沒事，顧從禮還是強行帶她去了醫院，裡裡外外查了個澈澈底底，確定確實沒問題以後才帶著她回了家。

印刷廠負責人跟去醫院道了歉，後來又打了電話過來。最近幾年包裝工廠，印刷廠起火的事件太多，整個印刷廠都是安裝了滅火裝置的，唯獨那個舊庫房沒有裝。

那個地方背陰，陽光並不強烈，除非意外，不然自然起火的幾率很小，所以就只放了個滅火器在裡面。

沒想到就出了事情，也不知道火是怎麼起來的。

時吟聽著，忽然想起之前開窗的時候，看到的那個一閃而過的身影。

「調監視。」顧從禮忽然道。

她側頭，看了他一眼。

顧從禮手裡拿著電話，聲音低而輕：「死角？那就把整個印刷廠那個時間裡每一個角落的監視器全部都給我調出來。」

他面無表情垂著唇角，淺棕的眼眸冷冰冰一片，跟平日裡那種淡漠不太一樣，陰影層層疊疊的纏繞，讓他看起來像是剛從陰曹地府裡爬出來的無常。

時吟悄悄地抬起手，輕輕拽了拽他的指尖。

她此時剛洗好澡，吃了點東西，人靠坐在床上。顧從禮側眸，掛斷了電話，垂頭親了親她的額頭，柔聲問：「睡一下？」

時吟搖了搖頭，想了想，又點點頭，躺下。

顧從禮將她身上的被單拉高，隔著被子拍小朋友似的拍她：「睡吧，我陪妳。」

時吟再次得到離年的消息，已經是三天後了。

在之前被幾個原畫師聯名掛了個澈澈底底以後，她安靜了一段時間，沒有任何動態和消息，結果再次出現在大眾的視線裡，是因為縱火被逮捕。

時吟早知道顧從禮絕對不會就這麼算了，他就算掘地三尺，也會把原因，或者說那個人揪出來。

離年這段時間日子過得很慘，網路上被罵，之前一年賺的錢都拿出去賠償，而從陽文化那邊乾脆直接聯絡不到，澈澈底底棄之不顧。

因為長相曝光，她甚至連出門都膽戰心驚的。

結果就是這個時候，《鴻鳴龍雀》卻要動畫化了。

她什麼都沒了，時吟卻什麼都有，憑什麼所有好事都被她遇見了，憑什麼她運氣就能這麼好。

這個世界上哪有這麼不公平的事，怎麼能這麼不公平。

歹念起，只是一瞬間的事。

再後悔，也已經來不及了。

盛夏，天氣潮濕燥熱，風靜止著，空氣像是被凝固在一起。

《鴻鳴龍雀》動畫化的專案落實，預計明年年初開始投入製作，搖光社大樓門前，很多男男女女頂著驕陽和烈日站在門口聊天。

有路過的女孩子好奇，問旁邊的人：「您好，請問裡面是在幹什麼呀？有什麼活動嗎？」

她問完，一抬頭，就後悔了。

媽呀，這人長得太凶了。

他看起來好像有一百九，擰著眉，一臉不耐，漆黑的眼睛瞪著她：「時一的簽售會。」

女孩子也不敢多問了，趕緊退後了兩步，白著張小臉連聲道謝。

以為時一是哪個作家之類的，好奇得很，拉著身邊的女伴往裡走。

一進去，就看見坐在桌前的漂亮女生。

她穿著件款式簡單的淺灰色連身裙，白皮膚大眼睛，手裡拿著一支筆，正垂眸在面前的書上寫著什麼，幾縷碎髮垂下來，好看得像模特兒。

女孩子一眼就認出來了，這不就是那個！之前在飛機上！

果然，一側頭，她身邊站著個氣質冷冽的男人，淺灰色襯衫像是情侶款，低垂著頭看著在寫字的女孩，眼神纏綿又溫柔。

女孩激動得直拍大腿。

頭等艙超甜的那對！

做空姐以來還是第一次在地面上遇見乘客，還是留下了那麼深的印象的，她眼睛發亮，顛顛地去買了本書，跑過去排隊等簽名。

好不容易等到她了，女孩期待地看著她，忍不住問：「您好，您還記得我嗎？」

時吟抬頭仔仔細細瞧著她，確實不記得有在哪裡見過。

她有點不好意思：「對不起呀，我記憶力不太好。」

女孩也不在意，等她簽完名，美滋滋地說：「您和您老公真般配。」

時吟愣了下，臉紅了。

她連忙道：「不是，這是我男朋友……」

女孩瞪大了眼睛，東北味都出來了：「咋還不是妳老公呢？」

她後面那人也探過頭來：「我靠，不是時一老師的責編嗎？」

「我靠，不是責編，是男朋友。」

「也可能是責編變男朋友。」

「怎麼就不能是男朋友變責編？」

「我靠，時一女神什麼時候談戀愛的？情敵就在眼皮子底下站著，我竟然一直天真的以為他們是純潔的編輯和漫畫作者的關係？？」

隱藏在人群中的西野奈忽然掐著嗓子大聲喊道：「我不信，我不相信！除非他們當眾接吻！」

有幾個人隨聲附和，而後，所有人開始整齊大喊。

「當眾接吻！」

「接吻！」

「當眾的！」

「快點接吻！」

「……」

時吟看著下面亂成一團的人群，一臉茫然，紅著臉無所適從。

雖然她已經不是第一次簽售會了，但是為什麼每次的狀況都不一樣啊！

時吟清了清嗓子，拿起麥克風：「欸，你們冷靜一點啊。」

有女粉絲哭泣著喊她，聲音大得震天動地：「當眾接吻！」

時吟連耳朵都紅了，無措地抬起頭，看向顧從禮。

男人完全從容淡定的樣子，連眼皮都沒抬一下，依然是什麼都不打算管的姿態。

時吟頓時又氣不打一處來。

他每次都這樣，一副完全置身事外的樣子，好像只有她一個人覺得害羞似的，讓人生氣。

時吟鼓了鼓嘴巴，忽然撂下筆，扭過身去，抬起手臂，一把抓住顧從禮的領帶，往下拉。

男人猝不及防，被她扯著彎下腰來，俯身，垂頭，下一秒，柔軟溫熱的唇瓣貼上來。

顧從禮微微睜大了眼睛，然後，他很快反應過來，單手撐住桌邊任由她親吻。

現場寂靜了三秒鐘，然後整個沸騰了。

善意的歡呼此起彼伏，女孩子在尖叫，男生們吹出長長的口哨聲。

小空姐感動得哇哇大哭，一轉身，撞到一個硬邦邦的胸膛，抬頭，看見之前在門口碰見的那個男人，此時正漆黑一張臉，凶神惡煞看著她。

小空姐眼淚頓時就憋回去了，嚇得打了個嗝，抹了把眼淚，哆哆嗦嗦地：「對對對不起！」

林佑賀皺了皺眉，嫌棄地離她遠了點。

又掃了一眼她一把鼻涕一把淚的樣子，夾了張紙巾給她遞過去。

窗外天光大好，天空藍得沒有一絲雜質，驕陽照射在搖光社門口立著的大大的立繪牌子上。

藍衣的鴻鳴和紅衣的大夏龍雀手裡各持著一把長刀，交疊在一起，刀鋒凌厲，泛著隱隱光芒，上面是遒勁有力的黑色毛筆字：國漫的鋒芒。

這是個很好的年代。

我們年少輕狂，充實鮮活，可以隨心所欲地做自己想做的事情，也要撿起那些未能實現的夢想。

能夠哭得嚎啕，也放聲大笑，拋開掉曾經膽怯的、畏縮的自己，拋開掉那些塵封的、陰暗的過去。坦蕩地在陽光下親吻心愛的人。

——我所經歷過的一切不幸和苦難，都不過是為了將畢生的幸運積攢，然後遇見妳。

——《睡夠了嗎？》全文完——

高寶書版集團
gobooks.com.tw

YH 152
睡夠了嗎？【下】

作　　者　棲見
責任編輯　吳培禎
封面設計　單宇
內頁排版　賴姵均
企　　劃　何嘉雯

發 行 人　朱凱蕾
出　　版　英屬維京群島商高寶國際有限公司台灣分公司
　　　　　Global Group Holdings, Ltd.
地　　址　台北市內湖區洲子街88號3樓
網　　址　gobooks.com.tw
電　　話　(02) 27992788
電　　郵　readers@gobooks.com.tw（讀者服務部）
傳　　真　出版部(02) 27990909　行銷部 (02) 27993088
郵政劃撥　19394552
戶　　名　英屬維京群島商高寶國際有限公司台灣分公司
發　　行　英屬維京群島商高寶國際有限公司台灣分公司
初　　版　2024年3月

本著作物《睡夠了嗎？》，作者：棲見，由北京晉江原創網絡科技有限公司授權出版。

國家圖書館出版品預行編目(CIP)資料

睡夠了嗎？/棲見著. -- 初版. -- 臺北市：英屬維京群島商高寶國際有限公司臺灣分公司, 2024.03
冊；　公分. --

ISBN 978-986-506-938-4(上冊：平裝). --
ISBN 978-986-506-939-1(下冊：平裝). --
ISBN 978-986-506-940-7(全套：平裝)

857.7　　113002447